一風笑

古龍 言曰署

上官鼎與武俠小說

在武俠小說發展過程中，家人同心，戮力於武俠創作的拍檔，頗不乏其人，父子後先創作的，有柳殘陽及其父親單于紅；兄弟檔的有蕭逸、古如風及上官鼎，可以說都是武壇佳話。相較於柳氏父子、蕭家兄弟的各別創作，上官鼎兄弟三人合力共創同部作品，而又能水乳交融、難以釐劃的例子，則是迄今武壇上相當罕見的。

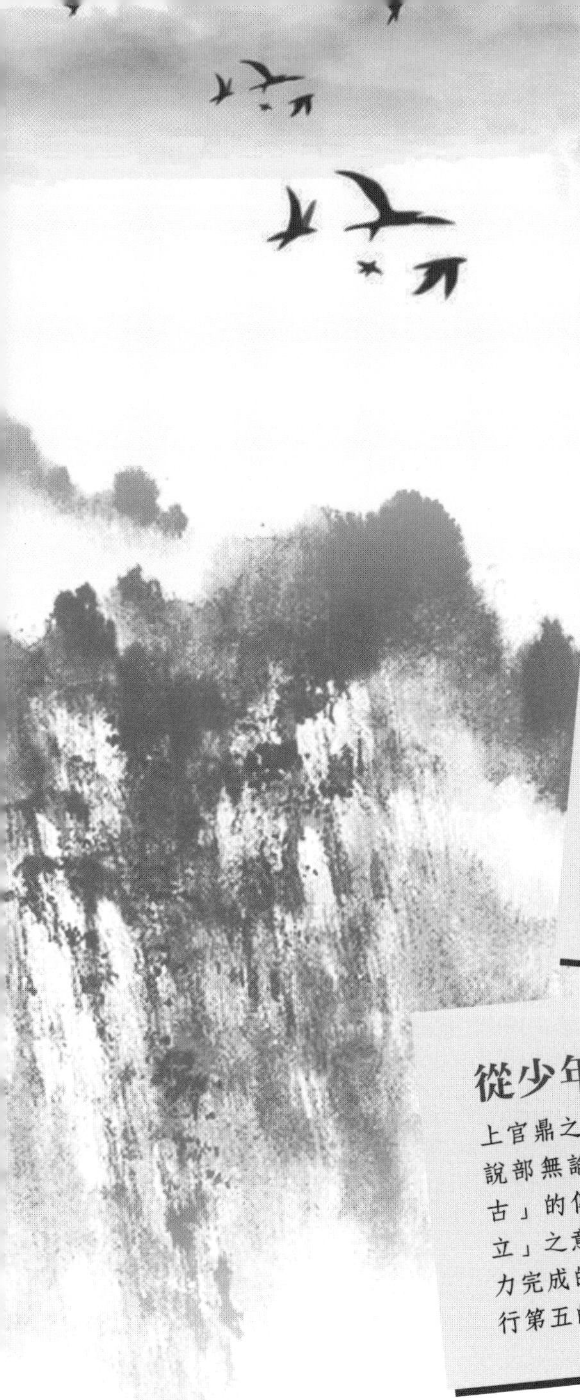

三兄弟協力，鼎取三足之意

上官鼎之名，為兆藜、兆玄、兆凱三兄弟協力共創小說的筆名，鼎取三足之意，大凡故事劇情、人物設定、重要情節，皆三兄弟於課餘閒暇商量討論而定，然後各負責其中章節，大抵兆玄擅於思想、結構，兆藜長於寫男女情感交流，兆凱則優於武打橋段，各有所長。

從少年英豪到調和鼎鼐

上官鼎之名，「上官」複姓源自於武俠說部無論是作者或書中角色刻意「摹古」的傳統；「鼎」字則取「三足鼎立」之意，暗示作品實由劉家三兄弟協力完成的。劉家三兄弟，主其事者為排行第五的劉兆玄。

劉兆玄和大多數的武俠作家一樣，
他喜愛武俠文學，
也投入武俠創作的行列，
或者，他只是將武俠視為他的「少年英雄夢」，
而成長之後，還有更重要的夢想該去達成。
上官鼎的「鼎」，尚有「調和鼎鼐」的功能，
與他之後所擔任的職務，或可密合無間了。

林保淳

上官鼎
武俠經典復刻版16

俠骨關

（五）

軍國秘辛

大結局

上官鼎——著

俠骨關 (五)

軍國秘辛

目錄

六四　虎將琴心

洛陽古道，朝陽初升，光輝映在黃土上，金光萬道，清晨，原野寂靜行人稀疏，偶而有幾聲鴉噪，清風徐徐。

左冰背著行囊，快步趕著路，他想到爹爹叫自己先去洛陽送信，他自會趕去相會，此時自己耽擱已久，不知爹爹先到了沒有？心中雖有些焦急，但爹爹對自己一直很放心，以前自己武功不濟之時，便一個人出來行走江湖，此時自忖大有進境，想來爹爹一定會安心辦要辦的事。

想到此，心中不禁釋然，那道路又直又長，兩邊白樺衝霄，一柱擎天，那樹幹表皮早已風霜雨浸，剝落得面目全非，但內層樹皮卻磨練得堅韌無比。

左冰邊走心中邊想道：「這樺樹一層層剝落，但有新生的生機，反而長得更是欣欣向榮，多少年後只怕還是存在不滅，這黃土古道從開闢以來，也不知走過了歷史上多少大將名相，行過了多少兵車戰馬，改朝換代，人世滄桑，但這路有沒有變呢？不管是暴君的軍隊掠野屠城也好，不管是仁者之軍解民倒懸也好，這古道總是默默地供給他們方便，唉，世間愈沒靈性的東西，看來是愈能持久的了。」

他走了很久，心中仍然在沉思這個問題，忽然背後一陣清脆的鈴聲和著疾奔的蹄聲傳來，震破了清晨的寂寧。

左冰正要回頭瞧瞧，只聞耳畔一個嬌嫩的嗓子叫道：「快閃開，你找死麼？」

左冰只聞蹄聲愈來愈近，他本能往旁一閃，忽然唏律律一聲馬鳴，一匹全身棗紅色的駿馬戛然立在自己身旁，那馬上坐著一個妙齡少女，正滿臉嬌嗔地望著他。

那少女罵道：「你這人是怎麼了，大清早便像失魂落魄似的在路中閒蕩，如果不是我這小紅神聽話，你再多幾條命也是不夠的了。」

左冰想想自己適才明明行在路邊，但見這少女臉頰正如旭日一般紅暈好看，便不願和她抬槓，當下微微一揖道：「是小人一時失神，請姑娘原諒！」

那妙齡少女容顏極是美麗，她見左冰文縐縐地道歉，心中不禁有點不好意思，正要交代兩句場面話，再快馬加鞭趕進城去見爹爹訴苦，但忽然發覺左冰慢條斯理，似乎對剛才那驚險場面根本未放在心上，當下冷哼哼地道：

「你們這些書呆子管什麼用，國家真有難你們能夠振臂一呼抗敵麼？成天道貌岸然，裝腔作勢，叫人看了便是不耐。」

左冰心中暗暗好笑忖道：「這少女和自己素昧平生，只因自己和她同行在一條路上，這便好像礙著了她什麼似的，瞧我偏不順眼，世上最不講理的，只怕便是像這種年齡的少女啦！」

他心中輕鬆，臉上不由微露笑容，那少女更是光火，叱聲道：「有什麼好笑，像你這種文弱書呆子，恐怕抵不上姑娘一根手指頭。」

她說完手一揮，「劈啪」一聲，馬鞭迎頭擊向左冰。

左冰雙眼一閃，口中連聲道：「女大王饒命！女大王饒命。」

那少女格格一笑，那馬鞭堪堪擊到左冰面頰，忽的似有靈性軟軟彎了下來。

左冰心道：「這女子橫是橫蠻，內勁造詣倒是不惡。」

當下索性和她開個玩笑，身子一直，倒在路旁樹下，他內功深湛，一悶氣，全身脈息全無。

那女少倒吃了一驚，連忙下馬探視，只見左冰蒼白的臉上無一絲血色，再一探息，不由臉色大變，一時之間，連半句話也說不出來。

她湊近左冰蹲下身來，用那雙小手在左冰胸前不住推拿，左冰只覺她滿頭柔絲不時擦過自己面頰，又癢又覺好笑，卻是不敢露出半點破綻來。

那少女推拿了一陣毫無結果，心中一急，大眼之中不禁落下淚來，她這人雖是驕傲刁蠻，但心地卻極善良，此時無端端失手嚇死一個書呆子，心中難過已極。

她哭了一陣，看看天色，心知不久這大道上便熱鬧起來，多有不便，收淚喃喃地道：

「這位大哥請放心死吧！黃泉之路聽說更是艱險，請你小心走啦，我每天燒大批冥錢給你，快快活活在陰世中做個大富翁，嬌妻美妾，也勝似紅塵中寒窗孤燈苦讀，我待會兒便派人來收殮，好好替你厚葬了。」

她說完帶著一顆愧歉不安的心，上馬而去。

左冰正要坐起，只見那少女又撥馬而返，坐在馬上，低聲地道：「這位大哥你命該絕，我根本沒有打著你，是你陽壽已盡，千萬請不要變惡鬼來嚇人，千萬請你……哼，你就是變鬼姑娘也不怕你，哼！姑娘武功高得很，又有千軍萬馬護持著，怎會怕鬼了？你……你，還是乖乖地到陰間去啦，不然我不燒錢給你，你在陰間也是貧苦，那又有什麼好處了？」

左冰聽她語氣，其實是「色厲內荏」，幾乎忍不住笑了出來，只覺這少女甚是天真，自己實在不該捉弄她，使她終生不安，但此時已成騎虎之勢，自己如果暴然坐起，這可愛姑娘如果不被嚇得半死，憤怒羞愧在下，難免要和自己過招，當下只繼續裝作，不動聲色。

那少女又呆然看了四周一會，忽然一陣風起，黃土迷漫，那少女臉都嚇得白了，心暗道：「難道真有鬼魂不成！」當下再也不敢逗留，拍馬疾去。

左冰緩緩站起身來，拍拍身上黃塵，含笑背起行囊，走向前程。

走了半個時辰，洛陽城已在望，左冰加緊腳步，走入城中，這時城中店舖剛剛開市，尚不見街上喧嚷，左冰心中想道：「現在去洛陽總鏢局找駱金刀還早，不如先到爹爹約定的會面地點相國寺去瞧瞧。」

當下問明那相國寺路徑，也不及解下行裝，大步趕去，一路上行人漸多，走了好半天，只見前面林木茂密，地勢愈來愈高，都是蒼松翠柏，氣勢不凡，那林間深處，隱隱約約露出一角牙簷來。

左冰穿過林子，只見前面地勢豁然開朗，一座古寺聳立，那正中屋簷下掛著一匾，正是「相國寺」。

左冰抬頭一瞧，只見相國寺佔地極大，雖是建造年代古老，但氣魄仍是雄偉非常，想是多年來香火不盛，失修已久，那窗櫺簷牙，油漆剝落，已無復當年氣派，他四下張望爹爹有無留下記號，卻未發現，左冰穿繞到廟後，只見旌旗四立，整個廟後山下遠處原野上都是兵營，此時想是早操戰陣，那連綿戰營，靜悄悄地只有放哨警衛之甲士往來巡邏。

左冰又在廟後巡視一周，他身形隱密，怕露出痕跡，被山下兵士誤爲奸細，惹來麻煩，身形閃躍之間，已將周圍摸了個一清二楚，卻仍未見爹爹留下之暗號。

左冰心中暗道：「難道爹爹也事情未了，不克趕來？什麼事拖延這麼久？這倒奇了。」但他素知爹爹之能，雖是擔心卻未害怕，正在沉思下一步應該如何，忽然山後蹄聲得得，左冰傾耳聆聽，卻是兩騎並馳往自己這方向跑來。

他身形一閃，躲在一株大柏樹後，只見山下路彎處露出兩個人影騎馬而來，漸漸地走近了，左冰定神一瞧，臉上笑意盎然，原來來的是一男一女，這兩人都是自己相識的熟人。

只聽見那少女的道：「俞參將，我有一事相問。」

那男的是個少年將軍，甲冑披身，全身掛帶，臉上尷尬之色尚未褪盡，想是適才受了窘迫之事。

那俞參將恭然道：「小姐有何吩咐，卑職一定照辦。」

那少女道：「我問你，世間有無鬼魂這事？」

那少年將軍一怔道：「咱們軍人在沙場上出生入死，殺人如麻，怎會相信這鬼神之事。」

那少女長長吁了口氣道：「這我便放心了。」

俞參將被問得莫名其妙，不由望了望那少女，只見一張又嫩又白的秀麗小臉，正癡癡地向著地上凝視，心中一酸，不由微微嘆了口氣。

少女極其乖覺，立刻發現了，問道：「你又嘆什麼氣了？是嘔了他們氣麼？我幫你告訴爹爹去，看那些老粗又能將你怎樣？」

俞參將連忙搖手道：「小姐千萬不要誤會，卑職想到國家多難，東南海岸倭賊橫行，蹂躪百姓，卑職卻居此後方，醉生夢死，不覺感慨。」

少女奇道：「我爹爹愛惜你文武皆勝人一籌，想要鑄成一代大將，這才調你回後方精研戰陣兵法，你這人怎的不識好歹？」

俞參將道：「大將軍厚愛之德，卑職如何不知，但既捨身為國，常居後方，反倒連連升遷，豈不惹人閒話？」

少女臉色一沉道：「我爹爹也留居後方，難道別人也說閒話麼？」

俞參將連忙解釋道：「大將軍是國之干城，唉！卑職恨不得以死以報知遇，流連此間，戰志日益消沉，深恐傷大將軍知人之明，如果清輝蒙塵，卑職雖死無以謝罪。」

那少女哼了聲道：「你要衝鋒陷陣，出生入死，別人管不到你，我卻要管。」

那俞參將默然，少女又道：「你以為在前方立功殺敵，便會平步青雲，封疆封侯，哼，爹爹說倭賊氣候已成，消滅時機未到，輕易涉險，必壞全盤大局，你愈想到前方去愈死得快！哼。」

俞參將臉色一變，雙頰通紅，只因早上他的親兵一句無心之語，使他心中憤憤不平，此時這上司的千金又是橫不講理，不由激動萬分，脫口道：「男兒戰死沙場，馬革裹屍，也勝似死於婦……」

他說到此忽然驚覺，再也不敢往下說去。

那少女愈聽愈氣，叫道：「也勝似死於婦人之手是不是？好！你真了不起，你把我……把我看成……看成什麼人？」

俞參將自知失言，又急又氣，一時之間語塞，心中想說一千個對不住，但卻礙難出口。

那少女默然一會，忽然柔聲道：「俞參將，是我錯了，請你別見怪。」

那少年將軍心中真是有如亂麻，如果這少女罵他，打他出氣，他定會心甘情願受著，誰叫他衝動失言，但這千金小姐竟然低聲下氣跟自己道歉，這恩惠如何消受，想起那些傷心往事，不由得心都碎了。

兩人默然一陣，雙騎緩行，已走到左冰隱身之樹前，那少女忽道：「俞參將，我累了，咱們下馬休息一會如何？」

那少年將軍道：「小姐說大將軍有要事相告，數萬甲士待校之前，將卑職召來，末將還待趕路，大將軍說不定有軍情指示。」

那少女笑道：「我包你不會誤事，咱們休息休息，其實爹爹也沒有什麼大事，只不過……只不過……」

那少年俞參將見她臉上又急又羞，心中一轉，知道著了這小丫頭道兒，他受大將軍厚愛，從軍以來，在短短時間中連建奇功，陞遷極速，治軍嚴謹，數萬人生死操在他手中，從來都是言出如山，但此時對著這又嬌又刁的小姑娘，卻是無著手之處。

那少女道：「我聽爹說，日後消滅倭賊，雪恥中興之人，非你莫屬。」

俞參將見她替自己戴高帽子，心知定又有極難應付之事發生，他只得依言下馬，兩人走到樹下。

那少女坐下，示意叫俞參將也坐，俞參將還待推辭，只見那少女臉色不善，只好遠遠坐在邊上。

少女道：「倭賊為患，迄今已數十年，俞參將異日破敵掃蕩，行將立萬世之功，小女子這裡先預祝了。」

俞參將吃她連捧，真是笑怒不得，無可奈何嘆口氣道：「大將軍一代豪傑……」

他尚未說完，那少女接口道：「怎會生出一個這等刁蠻的女兒來？你心中想說的是不是這句話？」

俞參將臉色一紅，這正是他心中感慨已久之言，此時被這少女一語點破，大感狼狽，只覺答也不是，不答更是等於默認，琢磨半天，找不到適切之辭。

左冰心中好笑忖道：「這少女當真是聰明，適才被我騙了一記，真是所謂『智者千慮，必有一失』了。」

那少女笑道：「這個問題連我也想不通，想來是我生來像我媽的多，像爹爹的少了。」

俞參將不語，那少女忽然臉色一整道：「俞參將，那事我已知道了，你不必為難。」

俞參將茫然，那少女又道：「我偷聽母親和爹爹談話，你放心，我不會……不會……」

她聲音愈說愈低，再也說不下去。

那俞參將驀然驚悟，連連搓手道：「末將因為……因為軍職在身，隨時可能身死戰場，是以……是以不敢有誤小姐。」

那少女忽然抬起頭道：「我……我不會成為累贅的。」

俞參將結結巴巴的道：「末將實有難言之痛，唉！真是……真是一言難盡，小姐人中之鳳，傷心人豈敢妄求。」

那少女聽了一會，忽然哇的一聲哭了起來，哽咽斷續地道：「你……你……是真的……真的拒絕了。」

俞參將手足無措，他被這千金小姐一哭，真是方寸全亂，口中只是反來覆去地道：「小姐莫哭，小姐慈悲！末將……末將……」

左冰在樹後看到這幕戲，不知到底是以悲或以喜收場，心中暗自忖道：「這小姑娘機智絕倫，此時不顧羞恥示愛，這姓俞的得妻如此，日後內外有助，前程似錦，怎的還在猶豫，真是太不識抬舉了。」

忽然聽到背後一動，他此時江湖歷練已足，立刻返身，只見一個淡淡影子一閃而逝，再一回頭，只見一個美艷絕倫的秀臉，朝他飛快一瞥。

左冰心中一轉恍然，暗自忖道：「既然被那少女看到了，只好硬著頭皮出去打招呼，我早上作弄她太甚，現下隨便她怎樣發脾氣，悶著氣受下便得了。」

正待現身，但聞樹前那對少年男女默然無聲，那少女並未叫罵自己，心中正感奇怪，少女卻道：「你走吧，你前程遠大，不願落個依靠關係陞遷之名，咱們再也不要見面了。」

那俞參將惶然道：「小姐息怒，末將這便護送小姐返大將軍府。」

少女漫然道：「不用了，你別擔心我想不開會尋短見，我要死也不用你來管，自有我爹娘來收屍。」

她雖漫不經意的說著，但語中之意仍帶著恫嚇之味，俞參將更是心焦不已。

那少女心中卻想道：「那人早上明明是裝死，我到現在還耿耿於懷，這個虧可吃得大了，日後定要報復，裝死，對了，我何不用這來試試這小子有無真心？」

她想到此，當下長吸一口氣，裝得不在乎的樣子，一言不語，半晌道：「咦，你這大將軍軍務繁忙，怎的還不回去檢閱部隊去？小女子耽擱了你軍國大事，可擔當不起。」

俞參將一臉尷尬，垂手而立。

那少女忽然發怒道：「你真要逼死我才甘心麼，我就死給你看。」

她說完飛快從懷中取出一支短刃，猛然往心窩中一刺，慘叫一聲，俯身倒下，那短刃深深刺入，只留匕柄。

這突起之變，俞參將驚若焦雷劈頂，樹後左冰也是心中一痛，這活生生如花似玉一個小姑娘死在眼前，自己卻是無能爲力，人間慘痛之事當以此爲最了。

那俞參將呆呆立了良久，左冰悄悄走了出來，心中暗嘆忖道：「這姑娘天性開朗，爲情所困，竟至出此下策，唉！」

那俞參將正是俞大猷，過了好半天，他俯下身去，口中喃喃地不知說些什麼，一會兒聲音高昂，一會兒聲音低啞，語無倫次，左冰隱隱約約聽到幾句，都是傷心斷腸之語。

左冰怕他一時內咎，再來個橫刀自縊，以報紅粉知己，那可更是不值，當下強抑悲思道：「俞兄弟，快將這小姐屍首運回她父親之處，其他的事日後再說。」

他想分散俞大猷之悲情，卻見俞大猷眼光呆滯，好半天才應道：「啊！原來是大哥！對，大哥說得對。」

但並不見他伸手去抱少女屍體，左冰步步爲營，全神貫注，怕他再出亂子，兩人佇立良久，只見俞大猷虎目之中流下兩行熱淚來。

俞大猷喃喃地道：「小姐，末將心中實是愛戀小姐，只因地位懸殊，再則小將傷心人別有他念，姑娘這番厚愛，小將今生絕不再娶，只待國事一了，來生定與姑娘相守。」

左冰見他語氣愈說愈是清晰，心知此人是個豪傑，此時理智尚能清醒，當真也是不容易的事了。

俞大猷轉身對左冰道：「兄台請便，小弟這便快馬馱這姑娘回去，前程有緣，自有相會之期。」

左冰點點頭道：「國事爲重，俞兄千萬珍重。」

俞大猷點點頭。

左冰正待轉身，忽然發覺一事，心中頓如放下千鈞巨石，笑生雙頰，一拜而別。

俞大猷呆呆望著左冰，他傷心之下，怎能注意左冰臉上神色？正要抱起那姑娘屍身，忽然遠遠傳來左冰輕快的聲音：「俞兄好好照顧這姑娘，應付不善，日後你吃苦的日子還多哩！」

俞大猷一怔，彎身去抱那少女，忽然少女身形一滾，一挺而起，臉上似嗔非嗔的道：「你敢碰我？」

俞大猷如墜五里霧中，他用力揉著自己的眼睛，卻見這姑娘活生生站在面前，他驚惶之下脫口而道：「妳……妳是人是鬼？」

那少女抿嘴笑道：「剛才還逞強，什麼男子漢大丈夫，不信鬼神之說，現下卻又如何？」

俞大猷茫然道：「姑娘……姑娘原來沒有死哩！」

少女嗔道：「沒有死你又失望了？」

俞大猷連道：「不是……不是這個意思，妳別誤會。」

那少女忽然低聲道：「總算你還有良心，講出幾句良心話來。」

俞大猷臉上訕訕，他被這少女弄得死去活來，可是又不能發怒而去，只有守在當場。

那少女道：「衝著你剛才那幾句話，咱們前隙一筆勾銷如何？」

俞大猷一怔道：「什麼前隙？」

那少女嗔道：「你拒絕我母親派人替我說親，這豈不是有意害我，置我於死地麼？」

俞大猷這才恍然大悟道：「是小將不是，是小將不是。」

那少女道：「不准你在我面前什麼卑職，小將的叫，我又不是你的大將軍，你便是你，我便是我，懂了麼呆子？」

俞大猷道：「小……不……這個我省得。」

少女嫣然一笑。

俞大猷道：「適才小……我親眼看到姑娘匕首插入胸中，但卻夷然無傷，難道那匕首是假的？不能傷人麼，不對，那匕首明明只剩匕柄露在體外，這個我實在是想不通。」

少女伸手取出短匕，交給俞大猷，俞大猷看了半天，只見那匕首寒光閃閃，原是精鋼所鑄，當下更是不解，自以為是的道：「我明白了，姑娘胸前原有護身甲冑。」

他眼睛不由往那少女胸前瞧去，那少女臉上一紅，暗啐一口，嗔道：「傻子，你自己刺一劍不就知道了？」

俞大猷果真往手中一刺，堪堪刺到肌膚，只覺寒氣森森，不敢冒失刺去。

那少女笑得花枝亂顫，口中不住激道：「大英雄也會怕死，真是想不到的事。」

俞大猷一橫心用了幾分力往胳膊刺去，自忖便是真的刺入也不致傷及筋骨，哪知匕首觸肌，只覺手中一軟，整個前半段喀嚓陷入內套之中。

俞大猷哈哈大笑道：「原來如此，這小劍是有夾層的，一用力便收縮進去，唉，姑娘真是聰明，這種玩意兒真也是天衣無縫。不過姑娘適才裝得太像了些。」

少女強道：「我才不是裝的哩！你心裡有數！」

俞大猷道：「只怪我心粗，一向未領悟姑娘心意。」

少女道：「你別以為我當真怕死，我還有一把一模一樣的匕首，要到你真的氣我時才用，你以為我不敢。」

俞大猷見她臉上又笑又嗔，那天真模樣著實可愛，心中大起親近之感，不自覺湊上前來。

俞大猷道：「我怎敢氣姑娘？那真匕首丟了也罷！」

少女道：「你口中說得好聽，心中怎樣想誰也不知道，好啦，現下咱們已算扯平，誰也不准怨誰。」

俞大猷道：「姑娘要怎樣才相信我，這樣好了，日後我如果再惹怒姑娘，姑娘便用那實心匕首刺我便是。」

少女道：「要怎樣才相信你，我此刻也未想到，你想叫我逼你發個惡誓？我才不會上當，你隨便胡扯幾句，到時候你不遵守，老天當真會罰你不成？」

俞大猷道：「妳伶牙利齒，我又哪裡說得過妳？那發誓之言雖是渺茫，但我們出生入死的人卻是甚爲重視。」

那少女一驚，半晌怯生生的問道：「發誓真會應驗麼？」

俞大猷道：「有此可能。」

少女臉色大變，口中連道：「我不信，我不信，這是胡說。」

俞大猷不知她爲何突然失態，少女又道：「如果發誓的人手背在後面，掌心向外，還有效麼？」

俞大猷道：「如果自已毫無誠心，又何必起誓？那自是毫無意義的了。」

少女長吁一口氣道：「這我便安心了。」

俞大猷一怔，只見那少女臉上甚爲羞愧，他想了想忽然悟道：「小女兒家常常撒嬌施賴，難免發誓騙人，這位寶貝姑娘做這種事豈會落人之後？難怪她緊張了好一陣子。」

兩人經過適才一陣「生離死別」，情感大是融洽，俞大猷原是至性之人，此時心中轉變，一心一意想要善待這姑娘，真恨不得掏心相報了。

少女道：「你以前有個情人是不是？」

俞大猷臉一紅，想起自己不久以前暗戀那董姓姑娘，別人卻根本未放在心上，這時面對如此可愛少女，頓覺自己以前實在幼稚無聊，硬把愁苦往自己頭上壓，那辛棄疾的詞句：「少年不識愁滋味。」一時之間從腦中流了過去，只覺心中一鬆，再無滯然不通之處。

那少女見他久不答話，忍不住又問道：「有便有，沒有便沒有，難道還怕說出口不成？」

俞大猷笑道：「沒有！」

少女道：「我也懶得逼你說真話，沒有最好，如果有的話，不准再理她。」

俞大猷道：「那又哪裡算是情人了？我自取煩惱，別人可能早就不記得我這個人啦！」

那少女拍手笑道：「你自作多情，苦惱不已，真是活該已極，我真高興。」

俞大猷也是哈哈一笑，笑聲中，那少女眼中泛著淚光，歡喜得眼淚都流出來了。

俞大猷道：「適才這一鬧，耽擱了不少時候，咱們走吧！」

少女道：「我爹爹根本無事找你，不過既是我找你談談，爹爹也會以爲是至要大事。」

俞大猷心中暗罵自己傻得可憐，忽然想起左冰，便道：「咱們馬行迅速，快去趕上一個姓左的朋友，他也以爲妳死去，告訴他這好消息，也叫他高興高興。」

少女冷冷地道：「這人奸詐無比，你以後少跟他來往，他正要瞧好戲，怎會走了？」

她見俞大猷一臉不以爲然的樣子，當下大大不悅道：「你不信麼？姓左的，姑娘老早便看到你，下來吧！」

俞大猷一怔，只見樹影一動，左冰凌空躍下，立在兩人身前。

左冰咋舌道：「姑娘真厲害！」
少女道：「你那幾套玩意瞞得過別人，可瞞不了我。」
左冰道：「小人不敢！」
俞大猷見兩人一問一答，似乎早就相識，心中正感納悶。
少女又道：「喂，你是怎樣看出破綻的？」
左冰笑道：「我無意中瞧見姑娘胸前並無血跡，那周圍黃土也是乾乾淨淨地毫無痕跡，恰巧姑娘這時太得意，竟是暗露笑容，哈哈！再傻之人也能發覺了。」
少女哼了一聲道：「偏是你精明。」
左冰笑道：「不敢，我這俞兄弟人雖老實，但思路縝密已極，凡事反應較遲，但一經細想，可是思慮無遺，大將之才，豈是等閒？姑娘騙他一二次尚可，騙多了定被識破，那時便是無味之極。」
少女道：「你別以小人之心度人，我幹麼要騙他？只有你這種人才以騙人爲樂，多行夜路必碰鬼魅，這話應該由我來提醒你才對。」
左冰道：「聽不聽由妳，妳把我這俞兄弟惹得急了，吃虧的只怕還是姑娘。」
少女哼聲道：「多謝指教。」轉身對俞大猷問道：「你會讓我吃虧麼？」
俞大猷天性淳厚，他見兩人鬥口，怕兩人爭吵難堪，正感沒著口處，聞言連忙道：「當然不會，當然不會。」
那少女得意的向左冰瞟了一眼，左冰聳聳肩道：「但願如此。」

只見那姑娘臉上不耐，似乎有逐客之意，當下會心一笑道：「俞兄弟……姑娘，啊，未請教姑娘尊姓。」

少女接口道：「我姓胡，他日與左大先生只恐還有後會之期，還請先生不吝賜教。」

左冰見她面帶不忿之色，知她仍在抱怨自己清晨在官道上戲弄她之事，當下一揖道：「兩位珍重，就此別過。」

俞大猷上次與左冰結拜，對於此人傾倒已極，連聲道：「咱們離多會少，日後不知何日再得重聚，左大哥何不多聚歡談，以慰他日相思。」

左冰哈哈大笑道：「別人討厭小弟在此，攪亂這良辰美景，小弟雖笨，這意思倒還理會得到。」

俞大猷聽他如此說，心下更感不好意思，還待挽留，只見那姑娘粉頭低垂，又是羞澀，又是惱怒，當下恍然而悟，便道：「他日小弟帥師東南，尚祈左兄翩然而臨，助小弟一臂之力。」

左冰點點頭轉身去了。

那少女高聲道：「左兄，適才小妹其實並未發覺兄台隱身在旁，胡亂招呼，想不到左兄作賊心虛，聰明一世，糊塗一時，中了小妹之計，小妹在此謝罪。」

左冰回頭又咋舌道：「姑娘一點虧都不肯吃，現下大家扯平，咱們以後誰也不再耍什麼心機。」

少女嫣然一笑道：「那要看你能不能遵守諾言。」

左冰身形一起，揚手之間已然越過樹叢，隱身在相國寺前。

俞大猷目送他背影消失，嘆口氣道：「左大哥是個好男兒，文武奇才，勝我多多，可惜不能為國大用，真是朝廷之失。」

少女不以為然道：「他除了詭計多端外，還能成什麼大事？這種人心機如此之多，要他統率軍隊，一定是軍心渙散，人人自危，算得上什麼奇才？思維緩而密，疾而疏，凡事皆是如此，像你這種外表木訥內中清晰的人，才能擔當一方之將帥。」

俞大猷吃這一捧，不禁訕訕不好意思，但少年人愛勝爭強原是天性，又是心上人軟語溫柔讚道，俞大猷心中自是受用得緊，也不再和少女辯論，隱約間自覺信心大增。

俞大猷道：「現下早操已畢，左右無事，我便陪妳去帥府吧。」

少女白了他一眼道：「你當然該陪我去，不過我現在想騎馬踏青，咱們繞著山道登高以望洛陽城，臨淵而吐胸中塊壘，那可有多好哩！」。

俞大猷道：「正是，我近來抑鬱已久，正該乘此麗日大好時光，觀天地之雄偉，以舒胸懷。」

少女見他言聽計從，心中大是高興，只覺滿天陰霾消盡，兩人上了馬，緩緩行著，款款而談。

六五　墳場涉險

且說左冰別了兩人，便往洛陽城中走去，這一耽擱，洛陽城早已開市，他先找個客舍安身，放下行囊，出門給駱老爺子送信。

他走到城中鬧市，忽見前面一家店舖人聲喧嚷，有人正在高聲爭執。

左冰上前一瞧，只見那店子是家麥鋪，他從人叢中擠入，卻見一個年老農人與那麥鋪掌櫃正在高聲爭吵。

那掌櫃手執一把油亮亮的算盤，臉色陰沉沉不動聲色，任憑那老農如何嚷叫，只是不理。過了一會兒，那老農叫得聲音嘶啞，略一歇口，那掌櫃用右手撥了幾下算盤，陰森森地道：「你吵也沒有，去年你借了廿兩銀子，如今整整一年，本息共四十六兩五錢五分三，現下麥價賤，那是你自己的事，你這車麥子還來，一半也不夠。」

左冰向旁一看，那店門前停著一輛大驢車，高高地堆得是全是一袋袋麥子，總有好幾百袋。

那老農叫道：「你去年明明講好還麥子，還你一百擔便清了帳，現在又要銀子，你講理不講理？」

那掌櫃道：「我說還麥子是誰作證人來著？你有證人的花押麼？王老實，老爺看你可憐，你再裝一車麥子來，我還你借據，兩不相涉，不然告到官裡去，你少不得吃官司。」

老農一聽他要告官，氣勢先懼了幾分，左冰從旁觀的人紛紛議論中，對這事知道了一個大概。

原來去歲中原大旱，麥價高漲十倍，這掌櫃以爲有利可圖，又見這老農誠實可欺，借他廿兩銀子，寫明一年以後以百擔大麥子償還，老農因嫁女急需，只得忍痛答應，他又不識字，糊裡糊塗畫了個押。那掌櫃卻未想到今歲風調雨順，蟲鼠之災全無，五穀豐登，糧價大賤，那掌櫃算盤一打，一百擔麥子不及十兩銀子，不但惡利吃不成，便是老本也折了一半，如何肯甘心，這便滿臉笑容殷勤地去找那老農，又替老農高價賣了少許雜糧，等老農感激之下，便開口托言借據遺失，又騙老農重畫一個押在新借據之上。

此事老農在左冰未到之前已然抖出，但那掌櫃的拿出借據，分明是去年老農親自畫押，清楚寫明以銀價折還，眾人雖知定是掌櫃的欺老農不識字，做了手腳，人人雖是氣憤，也是無可奈何。

那老農氣勢一懾，那掌櫃陰然道：「王老實，快快回家運麥子來，不然利上加利，你這輩子可還不清了。」

他說著又撥弄算盤，緩緩地道：「拖一天便是五分銀子……」

他未說完，那老農愈想愈氣，暴怒之下，哪還控制得住，順手拾起一條扁擔，口中嚷道：

「還有王法麼，我跟你拚了。」

那掌櫃不慌不忙，輕輕一撥，那老農連人帶扁擔飛身而起，眾人均知這掌櫃是會家子，都怕惹火燒身，敢怒而不敢言。

左冰再也忍耐不住，身形一偏一起，伸手將那老農接住，斜眼對那掌櫃道：「青天之下，王法之地，你敢逞兇麼？」

那掌櫃的見左冰身手矯捷，暗暗吃了一驚，想了半天才道：「殺人償命，欠債還錢，這位老爺子欠小店四十幾兩銀子，小人追索，難道有什麼不對麼？」

左冰冷冷地道：「這個容易。」

他伸手從懷中取出一小錠金子，這正是那凌姑娘所贈，拋給那掌櫃道：「這個夠不夠？」

那掌櫃用手一量，忙陪笑道：「一半都不用，我這便找回餘銀。」

他匆匆跑進櫃台，又匆匆跑出，手中捧了幾個元寶和一些碎銀，對左冰道：「這是剩下的銀子，大爺請點收。」

左冰冷冷接過，對那掌櫃道：「下次再瞧見你欺侮老實人，可沒這樣便宜了。」

那掌櫃的連道：「小人不敢。」

眾人看左冰義舉，又見那掌櫃一臉卑躬屈膝的樣子，心中均是大暢，便彷若自己出了一口惡氣一般，叫起好來。

左冰望著那呆若木雞的老農道：「你好生將這車麥子趕回去吧，待善價來賣，也免得受惡人之氣。」

那老農驀然雙膝一屈，跪在地上道：「大爺替小人出了這口氣，小人恨不得以死報答，您老又替我還了債，這車麥子便是您的了。」

左冰見他一臉誠懇之相，知道適才替他出了氣，此時便要他立刻死去，他也會肯，人生在世為爭一口氣，無論貧賤富貴，都是生死在所不惜的。

左冰笑笑搖頭道：「我一個人便吃三年也吃不完這許多麥子，又沒有地方放，你是成心跟我過不去是不是？」

眾人對左冰極是欽佩，見他出言詼諧，都湊趣哈哈大笑起來，紛紛地道：「王老實，這位英雄既肯出手救你，怎會在乎這區區麥子，你也忒地呆癡了！」

「老實頭，你是交上財運了，這車麥子你便省省吧！來春麥貴之時賣了，包你閨女光光彩彩陪嫁出去。」

眾人你一言、我一句說得十分熱鬧，左冰見那老農仍是倔強不聽，心中暗嘆：「這個人是個死心眼，須得想個法兒唬唬他才成。」當下脫口道：「對不起你老人家，是我小子不該出手救你，你出這個難題小子實在受不了，你直挺挺跪在那兒，是要拜死我麼？」

那王老實神色尷尬，顫巍巍站起身來，一句話也說不出，眾人更是狂笑不已，而且愈聚愈多，密密麻麻圍了好大一圈。

正在這不可當交之時，忽然一聲叱喝，眾人紛紛閃開，三個年輕漢子排眾而來，高聲道：「王老實，你這車麥子賣給爺們，便算你一百兩銀子如何？」

此言一出，人人更是議論紛紛，心想百兩銀子可供一家人數年用度，而且又當麥價狂賤之時，這三人只怕是失心瘋的大漢，大家都想看個究竟，頓時之間，四周倒靜下來。

左冰見有人解圍，心中大喜，正要一走了之，那老農卻是死心眼，百兩銀子聽得他怦然心動，但是他只知爲人重信，一言既出，再無反顧之理，當下搖手道：「不行，不行，這麥子已是這位爺台之物，要買，便找他老人家得啦！」

那其中一個漢子道：「一百兩不成，再加一百兩如何？」

他說完，從行囊中取出四錠大銀，拋在那老農面前。

那老農看了看銀子，心中真是狂跳，自忖一生辛勤也存不了這許多錢，但這念頭一瞬而過，一種更大的力量把這貪念驅散了，他抬起頭來，只見那大恩人已是蹤影沓然，心中一時激動，不禁老淚縱橫。

他從未讀過書，但那祖先遺傳下來的擇善固執之性格，卻是早已深深在他心中生了根，愈老彌堅，這一生中再也不會改變，這正是千千萬萬善良農民的本質，就憑著這種氣質，華夏民族永遠矗立宇間，不消不滅。

左冰剛剛閃身人叢之中，只覺那三個漢子有些熟悉，忽然靈光一閃，心中暗暗吃驚忖道：「原來這三人是跟楊群那廝一夥的，他們出高價買麥子，此舉定有深意。」

當下心念一轉，躲在人群中。

只見那老農自言自語道：「我替那爺把銀子先收起，日後總有機會還他，我這一生不還，我子子孫孫可以還。」

那老農邊說邊想，想到此處，心中頓然開朗，謹慎脫下上衣包起銀子，回顧四周，人人臉上都是羨慕之色。

那三人中一個高大漢子道：「王老實，這車麥子爺們已買下了，這驢車也借用一天，明兒自會送到王家村去。」

王老實點點頭，那三人跳上麥車，一趕驢子，排開眾人而去。

這時烈日漸厲，眾人議論一陣，耐不住暑熱，紛紛離去，只剩下那老農呆立麥店之前，彷若大夢初醒，但衣襟中所包的銀子，卻是千真萬確實在的了。

那掌櫃親切地呼道：「王老哥，外頭天氣熱，進店吃頓午飯，我叫小夥計僱車送你回去。」

老農一聽他聲音，真是如見蛇蠍，厭惡已極，大步而去。

那三個年輕漢子加鞭驅驢快馳，不一刻已走到郊外，覓著一處無人之地將車停了。

三人商量一陣，紛紛拔出長劍，一袋袋地將袋口束繩挑斷，舉起麥袋一倒，那黃澄澄地麥子灑在地上，不一會已堆成一個小丘，陽光下麥子顆顆飽滿堅實，令人有說不出的富足之感。

那倒麥的人忙了一大陣，臉上露出不耐之色，對他身邊用劍割繩的人道：「老八，你真瞧清楚麼了？」

那老人道：「錯不了，我可以用腦袋擔保。」

那人哼了一聲道：「你這腦袋常常替自己擔保，總有一天搞不好要和你分家啦！」

那一旁未曾說話的漢子道：「你們個吵什麼勁兒？加緊工作，馬上便見分曉。」

那老人道：「那廝昨晚身受重傷，逃入王家村中，後來聲東擊西將咱們引開，小弟好不容易在王老實家前找到那廝，卻已死去，搜了半天一無所獲，忽見那廝滿身都是麥芒，小弟靈機一動，立刻判定那廝一定藏身麥倉之中，那玩意兒多半也藏在麥袋中，小弟便去通知兩位去搜倉，卻想不到今兒一早這老實頭便運麥出賣，如果咱們慢了半步，那真是滿盤皆空。」

他侃侃而道，說得中規中矩，另外兩人不由得不點頭稱是。

三人又合力工作一會，那老八又道：「姓駱的可真不含糊，便是他調教出來的弟子也是不凡，如非咱們人多，準教他溜走。」

另一人道：「人家駱金刀名垂江湖幾十年，自有其道理，行鏢一業，黑白兩道都是冤家，駱金刀卻憑一把金刀縱橫數十載未遇對手，這可是容易的麼？」

那老人正要再搭訕，忽然身旁那漢子大叫一聲：「在這裡，在這裡。」

老八順手一撈，只見那半袋麥實中露出一封素簡來，三人相顧大喜，正待收起，忽然面前人影一閃，一瞬之間三人同時大驚，紛紛後退，那老八手中一鬆，素簡已被人劈手奪過。

三人怒吼一聲，紛紛出劍，只見來人身形一閃，身子竟在空中打了個轉，越過三人而去，一晃之間，已在十丈開外。

三人相顧駭然，這等輕功真是聞所未聞，待到想起追趕，敵人早已失去蹤跡，三人草草商量一番，分頭搜索而去。

那出手奪簡的人正是左冰。他一路跟蹤下來，在暗處聽到那三人提起駱金刀，心中更是注意，最後出其不意地將那信簡奪過，展開上乘輕功，飛奔了一段，繞了一個大圈子，又走到洛陽城中。

他心中暗忖道：「先將爹爹致駱金刀的信送去再作道理。」

當下正待往洛陽總鏢局行去，微一沉吟，又伸手懷中，將適才搶過之信函拿了出來，只見上面龍飛鳳舞寫著：「左老先生白秋親啓」。

左冰想了想，拆開信簡一瞧，只見信內一張素紙，卻是空無一字，心中登時吃了一驚。

左冰暗暗沉吟，好半天也想不出一個道理來，他努力回憶適才那三人所說，想到那「老八」所說的，心中一沉，暗自忖道：

「那送信的人是駱金刀的弟子，駱金刀致函爹爹，一定是有要事，但他弟子教人中途攔劫，傷重死在王家村，這書簡難道有人掉包過？」

想到此，不禁暗怪自己來遲半步，一切都無結果，但轉念一想忖道：「便是這信被人換了，也絕非楊群一夥人幹的，還是先找駱金刀去。」

他心下微放，邁步走到城東洛陽總鏢局。才一走近，便覺氣氛不對，那偌大鏢局，竟是大門深鎖，靜悄悄地無一人。

左冰上前敲門，半晌也不見有人來應，他看看四下無人，一躍進院，只見院中一片淒涼，遍地都是傢俱用品，似乎主人匆匆搬去，不及攜帶。

左冰心中疑慮萬端，默默回到客舍，分析一下形勢，暗暗想道：「難道駱金刀遇害不成？不會，不會，連爹爹都說他武功高強，能害他的人只怕宇內不多，便是楊群那廝，也未必能抵得過駱老前輩的金刀。」。

他在房中休息了半天，腦中總是思索這個問題，決定夜晚再探相國寺尋爹爹去。

他一路上行走，此時又連經變故，不禁有幾分疲乏，坐在床上調息一番，目送窗外日影漸漸西移，房中光景漸漸黯淡下來。

他內功深湛，漸漸地靈台清淨，天地渾然一體，他長吁一口氣，右手一用勁身子平飛下床，忽然傳來一陣叩門聲，左冰一怔，沉聲道：「甚麼人？」

那門外人道：「我姓凌，大俠客，我可以進來麼？」

左冰一聽那聲音，登時心中鬆了一口氣，上前開門，只見那酒樓邂逅、海上共航的凌姑娘，俏生生地站在面前。

左冰道：「姑娘怎會到洛陽城來？」

那凌姑娘眼色一瞟，流露出媚人之情，她從前遊戲人間，每每不拘小節，以柔媚惑人，這時陡見左冰，那老習慣又露了出來，忽見左冰臉上神色怪異，心中一醒，連忙笑道：「我這壞女人的壞習慣，大俠客看不順眼了。」

左冰道：「令尊可好？」

凌姑娘道：「你問我為什麼到洛陽城來？你心中該明白。」

左冰見她突然眼色清湛起來，當下柔聲道：「我真傻，姑娘莫見怪。」

凌姑娘道：「我如果連這個小事也氣，那我日後不活生生被你氣死麼？」

左冰聽她語中帶有深意，不敢貿然接口。

凌姑娘幽幽地道：「我……」

左冰奇道：「什麼？」

凌姑娘道：「你一離開，我便成……成天無所事事，連飯……都不想吃，怎麼活得下去？」

她雖是閒話家常，但那深情之處，卻令人蝕骨，左冰不是不懂她話中之意，但內心深處仍有顧慮，當下道：「我此間事一完自會到海上去瞧妳，妳一個人遠離家中，令尊難免擔憂。」

凌姑娘道：「還說哩！我爹爹見我這等模樣，便自動叫我出來找你啦！我到洛陽城，知道你天性節省，不願住華貴客舍，這便找中等的客棧一家家問，你想想看，洛陽城有多少家？」

左冰心中感動，忍不住柔聲道：「其實我思念姑娘，又何曾稍釋？」

他違心而言，說完了臉上不禁微微發燒，正恐被凌姑娘識破，卻未想到那凌姑娘大喜道：「那咱們便一道行走江湖，免得大家都是不安。」

左冰無奈，他近來連連遭遇少女，雖然有的是別人心上人，但閱歷漸多，對於少女性格了解漸深，知道此時如果反對，定會大傷了這少女之自尊心，當下只有附和道：「只要令尊放心，那真是求之不得之事。」

凌姑娘橫了他一眼道：「事已至此，還有什麼放心不放心！」

左冰聽得胸頭一熱，受用十分，當下便道：「我今晨進城，卻未見著我爹爹，他老人家也未留下暗號，顯然還未到洛陽來，看來咱們只好在洛陽城待上幾天。」

凌姑娘一聽咱們這兩字，登時心花怒放，忍不住湊上前來柔聲道：「我便在你隔壁訂個房間。」

左冰知她素來富可敵國，生平何曾住過這種客棧？日後如果生男育女，想起今日這事，一定會覺得甚是委屈，不顧身分將就自己，與其多年之後思及發作，倒不如今日遷就她，立刻泛起笑臉道：「咱們住大客棧去！」

凌姑娘含笑帶媚地道：「喲，你幾時發了橫財？」

左冰笑道：「怎敢委屈姑娘在此下榻。」

凌姑娘脈脈含情的道：「那也算不得什麼。」

雖說如此，但目中仍是感激之情流露。

左冰一笑收起行李，他那行囊極是簡單，行走江湖，天晴下雨都是這身打扮，兩人心中都極舒暢。

那凌姑娘帶他走到一處最大客棧，要了兩間上房，凌姑娘道：「我早上胡亂吃了些乾糧，到現在粒米未曾入口，咱們先填飽肚子再說。」

左冰也甚飢餓，兩人攜手走出客舍，凌姑娘一向揮霍已慣，自然找了一處最負盛名的酒樓進膳。

兩人微酌數杯，坐在臨窗雅座，那燭光昏輝，別是一番情趣，左冰想到如果真的跟這女子成親，得妻若此，也不能說不是艷福了，腦中胡思亂想。

那凌姑娘也在想和這雅俊男子長相廝守，日後生活定多趣事，想著想著，不禁臉先紅了。

兩人都有心事，誰也不敢開口，生怕打斷如迷情思，忽然樓下一個大嗓子叫道：「夥計，爺們訂的酒菜可好了麼？」

那聲音宏亮已極，兩人一震，不約而同往窗下瞧去，只見一個高大漢子，滿臉濃密黑鬍，根根似針，卻相貌堂堂，儀表威武至極。

兩人不由相對一笑，左冰道：「今夜我要去相國寺再瞧瞧！」

凌姑娘道：「我陪你去。」

左冰想了想道：「也好！」

凌姑娘忽道：「我一路行來，聽人談起一件驚人之事，我先前忘記告訴你了。」

左冰問道：「什麼大事？」

凌姑娘道：「我聽人說，洛陽總鏢局鏢東駱金刀被害了！」

左冰一驚道：「妳是聽誰說的？」

凌姑娘道：「我在酒樓上聽一個俊雅青年和幾個漢子談起，那幾個人目光懾人，分明具上乘內功。」

左冰道：「我下午到鏢局，駱老爺子鏢局關了門。」

凌姑娘道：「那些人還說，駱金刀葬在城外十里五陵崗上，還感嘆了一大陣子才走。」

左冰雙目一睜道：「妳一路走來，他們有跟蹤妳麼？」

凌姑娘道：「這倒沒有注意，但如有人跟蹤我數天數夜，能不被我發覺，那是相當困難之事。」

左冰沉吟忖道：「難道駱老俠當真死於這群賊子之手？這事真相務須查明，今夜我便到五陵崗去看看。」

轉念又想道：「如果是賊人們佈下毒計，引我上鉤，那豈不是自投羅網？」

一時之間沉吟無計，那凌姑娘知他在深思一事，大凡男子思索之際，最討厭別人打擾，她對男子心理可謂知之甚為透徹，當下默默地陪坐在一旁，一言不發，但見左冰劍眉微皺，她昔日所見的左冰，都是嘻皮笑臉，此時見他凝重，那輪廓分外動人，看著看著，不由得癡了。

左冰沉思良久道：「我今夜去探駱金刀墓去。」

凌姑娘道：「我也要去。」

左冰搖搖頭道：「我也不知怎的，直覺此去危機重重，但細想起來，卻又想不出什麼具體道理，我一個人去，如果見機不對，這便一走了之，敵人也奈我不何。」

凌姑娘道：「我武功雖不及你，但多個人總多個照顧，至少可以替你抵敵幾個膿包。」

左冰知她關心自己，早將自己生死看的比她本人更是重要，勸也無效，只得不言，心中卻想道：「如果敵人連我和這姑娘關係都打聽清楚了，自己還未察覺，那真是時時都在危機之中，自己一舉一動都在對方掌握之下。」

想到此，心中竟是顫慄起來，一種從未有過的恐懼之情湧上心，他一向行事瀟灑自如，這時竟感冷汗沁沁而出。

他長吸一口氣，心中接著想道：「敵人故意說給這姑娘聽見，知道這姑娘一定是來找我，又知爹爹要我送的這封信事關重大，非親手交給駱金刀本人才行，便安排這計謀引我上鉤，這原本是極其普通的詭計，難道我一定要進這圈套麼？」

但他深知，如果駱金刀一死，爹爹一條有力線索又斷，多年心血毀於一旦，那年之事永遠不得澄清，看來自己非得涉險去一趟了。

他默默又想道：「我乍聽到這消息，如果不信，一定會前去探個明白，如果信了，也難免前去墓地尋尋蛛絲馬跡，這定計之人，明明定了一條極其普通之策，竟是算定了我必去，連我心理也完全摸清了，這人是誰，除了那奸賊楊群而外，只怕再無其人了。」

他心中又盤算了一下進退之計，覺得帶這姑娘涉險，那礙事的成份要大得多，想全身而退，只怕甚為渺茫，當下不得不再說道：「我看妳在客棧中等我，我至多去上一個多時辰，妳一路辛苦，正好休息休息，何必又要勞累奔波？」

凌姑娘淡淡地道：「你單身涉險，我能夠安安穩穩休息麼？你出了什麼事，我能獨活麼？我知道此事事關重大，不便阻止，難道我願意你去涉險麼？」

她一連幾句問話，並無半點激動之情，彷彿那是天經地義的事，根本不值得多加思考了。

左冰卻聽得一顫，他胸中憂鬱不展，感情自是脆弱，只聽那凌姑娘幾句話便若縷縷情絲，愈縛愈緊，心中反覆思量道：「我對這姑娘的真心程度，能夠及得上她對我的一半麼？我阻止她前去，難道是真怕她涉險麼？左冰啊左冰，你這人也太自私無情了吧。」

一時之間，只覺羞慚無地自容，胸中一句話隨著洶湧的思潮幾次要湧將出來，他明知自己性格，如果隔些日子，可能便又淡淡然不在乎，但此時如果不說出來，自己真會嘔血，當下又愧又慚地道：「凌姑娘，我懂妳意思，妳放心！」

凌姑娘眼中含淚，點點頭，那感激愛戀纏綿之態，便是鐵石心腸也會激動不已了。

左冰看看天色，已是初更時分，去五陵崗只怕還有一段相當路程，便道：「咱們回客棧去收拾收拾，時候不早了。」

凌姑娘點點頭，偷偷向左冰手中塞了一塊銀子，示意他去結帳，左冰知她怕給人看到由她會帳，自己臉上便不好看，只覺這女子心細如髮，體貼已極，微微一笑雙雙走下酒樓。

這時月色正佳，清輝四壁，凌姑娘緊偎左冰胸前，左冰只覺鼻端香郁陣陣沁入胸肺，非蘭非麝，一生之中，左冰是從來未如此更愛過一個人。左冰勇氣陡增，自覺一定有能力保護這姑娘。

兩人進了客棧，裝束停當，左冰從囊中拿出寶劍，順手一按劍鞘卡簧，刷的抽出三尺青鋒，格森地泛著寒光，那劍鞘上用金絲鑄成的「魚腸」二字，燈光下也淡淡發出金色光芒。

左冰一收劍道：「走吧！」

夜色蒼茫，左冰、凌姑娘在荒野中狂奔，兩人默默不發一言，但心中是緊張已極，兩人攜手，掌心中都沁沁出汗。

左冰早已問明五陵崗之路徑，兩人一路行去，只見四周愈來愈是荒涼，地勢也漸崎嶇，奔了一盞茶時光，來到一處丘陵，野草衍生，青墳遍佈，原來是個亂葬場。

凌姑娘附耳輕聲道：「只怕便是此處。」

左冰抬頭四顧，黑漆漆的一片，天上無星無月，山風吹過，更自增了幾分陰森之氣。

左冰點點頭道：「多半是了，咱們小心伏行過去瞧瞧！」

凌姑娘道：「這漫山都是野墳，哪裡去找駱金刀埋身之處？」

左冰想了想道：「妳能肯定駱金刀已死了麼？」

凌姑娘柔聲道：「如果駱金刀沒有死，這便是敵人奸計，咱們明知奸計，為什麼一定要自投羅網？」

這是她藏在心中已久的話，只是她見左冰對此事極是慎重，是以一直藏在心中不敢說，這時卻覺四周危機重重，再也忍不住說了出來。

左冰道：「此事關係家父一生名譽清白，我豈能不去？」

他才說完，只覺手中一緊，一隻又滑又膩的小手緊握住他，一股熱血再衝而上。

那凌姑娘柔聲道：「咱們得千萬小心。」

左冰點點頭，兩人伏身潛進，那凌姑娘輕身功夫極佳，緊緊隨在左冰身後，行進間毫無聲息。

又走了一會，只見前面立著一塊木牌，左冰湊近一瞧，卻是看不清楚上面字跡，他正要伸手去拔，凌姑娘低聲道：「大哥小心。」

左冰一怔，只見凌姑娘從懷中取出一物，托在掌心之中，閃閃發著柔光。

凌姑娘上前，將手中之物在木牌上擦了兩下，當下臉色一變道：「好險！好險！」

左冰低聲問道：「什麼？」

凌姑娘將手中之物交給左冰，低聲道：「這是千年香鯨內丹，是驗毒解毒至上寶貝，你瞧瞧剛才這丹珠流光四射，現下如何了？」

左冰伸手接過，只見那丹珠只有黃豆大小，此時果真是黯然無光。

凌姑娘道：「此牌有劇毒，咱們差點著了道兒。」
左冰心中大是慚愧，他起先還怕這姑娘跟來誤事，卻未想到如非這姑娘機警，一上來便差點吃了大虧。
凌姑娘道：「你看清楚這木牌上字跡麼？」
左冰搖搖頭道：「我運盡目力，但天光太暗，什麼也看不見。」
凌姑娘輕輕一笑道：「我卻有法寶。」
她邊說邊從懷中又取出一物，登時兩人立身之處都亮了起來。
左冰注視那木牌，只見原來是個路標，上面鮮紅地畫了一個骷髏頭，寫了一行字：「死亡之路。」
左冰輕輕哼了哼道：「死亡之路，那倒也不見得。」
忽然心中想起一事忙道：「妳快將這玩意兒收起，不然敵暗我明，更易著了敵人道兒。」
凌姑娘道：「大少爺，如果待你想起，只怕敵人早已下手，此處四周野草茂密，我這明珠放光不過方圓三尺，你緊張作甚？」
左冰訕訕一笑。
凌姑娘收起明珠，左冰要還她那千年香鯨內丹，凌姑娘搖頭道：「你收著吧！日後總有用處！」
左冰想了想道：「還是妳收到身旁的好！」
凌姑娘道：「我還有好幾枚哩！你推辭做甚？」

左冰想到一句話：「其實妳收著也是……」

剛剛說了一半，只覺此時危機重重，實在沒有心思再說什麼俏皮話，便住口了。

凌姑娘卻追問道：「你怎麼話說了一半又收回，鬼鬼祟祟地像個什麼男子漢大丈夫。」

左冰微微一笑道：「我說了，姑娘可不准生氣。」

凌姑娘心中一想，脈脈含羞，但她隨時隨刻都想聽左冰講些心中之話，當下不顧羞澀，柔聲又逼了一句道：「我怎會生你的氣？」

左冰溫柔地道：「我說其實這寶貝收在妳身旁，和收在我身邊還不是一樣的麼？」

凌姑娘心中早就想到他會說出這句話來，但聆聽這俊美男子如此多情的說著，當下心中顫動不已，握著左冰的那隻手更緊了。

凌姑娘嫣然一笑附耳低語道：「你知道便好！」

左冰一振精神，緊張之心微去，對凌姑娘道：「多虧姑娘細心，我此刻想起來實在慚愧。」

凌姑娘輕輕哼聲道：「你一路上來，一直後悔不該帶我這個累贅是不是，我好心不得好報，現下卻又如何？」

左冰訕訕道：「是我錯了，是我錯了！」

凌姑娘一聳鼻又道：「你知道便好！」

左冰沉吟一刻道：「咱們與其偷偷摸摸去，倒不如大搖大擺前去，反正是去蹈險，卻又怎的？」

凌姑娘想了想道：「你說得也有理！」

左冰和凌姑娘長身而起，順著那木牌所指途徑，施展輕功踏草而行，行走如風，卻都是屏氣凝神，一絲不敢大意。

兩人在草葉中行了一會，忽然前面一亮，兩人連忙隱身，只見地勢已是開朗起來，原來已到了小山山頂，那山頂卻是一塊方圓數十丈的平地，稀稀落落長了幾株大樹，其中一株樹上掛了一盞孔明燈，將四周照得有若白晝。

那掛燈大樹之下，一對石几石凳，坐著兩個老人，正在聚精會神對奕，左冰瞧了一眼，心中陡然一震，半晌說不出話來。

那兩個老者似乎全副心思都在對奕苦思，並未發覺左冰及凌姑娘。

凌姑娘輕輕向左冰招手低語道：「咱們藏起來，索性給他們來個捉迷藏。」

左冰伏身而行，走近凌姑娘藏身草葉之中。

凌姑娘又道：「這個老者不知是何路數，反正都不是好東西，咱們想個法子耍他兩人一下。」

左冰心中一直跳動不已，半天也不能平靜，凌姑娘講的話根本未聽進去。

凌姑娘何等機警，當下一怔，低聲問左冰道：「你認得這兩人是不是？」

左冰聲音更低道：「那靠左邊的人，便是名滿江湖的駱金刀。」

凌姑娘也是吃了一驚低語：「駱金刀當真沒有死？」

左冰茫然應道：「我可不知道，那右邊的人妳道是誰？」

凌姑娘睜大眼睛，心中茫然不解。

左冰沉啞的聲音道：「那右邊的老者，正是家父！」

凌姑娘一聽，幾乎叫了起來，半晌道：「原來……原來……他老人家便是武林中最神秘的左老先生！」

左冰道：「我心中虛得緊，姑娘妳有何高見？」

凌姑娘想了想低聲道：「你再瞧瞧清楚。」

左冰附耳道：「錯不了！」

凌姑娘閉目苦思一會，兩人同時道：「有詐！」

凌姑娘道：「如果是令尊與駱金刀對奕，咱們在此說話聲音雖低，能逃出兩位前輩之法眼麼？」

她聲音故意提高。

左冰點點聲道：「我上去探探虛實。」

凌姑娘道：「咱們先投個石子去探探。」

左冰順手摸到一塊小石，右手雙指一彈，那石子挾著一縷勁風直往「駱金刀」面門襲去，他雖知有詐，但仍存偏心，先找那「駱金刀」試試。

那石子疾若強矢，「駱金刀」仍是分紋不動，砰的一聲，石子正擊面門，反彈得老遠。

左冰心中恍然大悟忖道：「原來是兩尊石像，但這鑿像之人，手工之巧，也是一代高匠了。」

他大叫一聲道：「姓楊的，你還有什麼詭計快施出來，在下既來，豈會畏縮了？」

他喊完四周卻是寂靜一片，左冰微一沉吟，當下大步向前而去。

凌姑娘急叫道：「且慢！」

左冰回頭，只見凌姑娘拔出長劍上前，示意他也出劍，左冰刷的拔出「魚腸」短劍，兩人一步步走向那兩尊石像，目觀四方，卻是未發現半點可疑之處。

兩人走到離石像五尺左右，突然間那石像一沉，嗤嗤聲大起，兩人只覺眼前銀光亂閃，滿天暗器直往兩人襲來。

左冰一抖劍，運起內勁呼呼揮了幾個大圈，那漫天暗器或是紛紛墜地，或是無影無蹤，但事起突然，一時之間也是手忙腳亂，那凌姑娘更是狼狽不堪，長袖已被飛刀割去一截。

左冰長噓一口氣，劍在空中又劃了幾下，漫天卻是絲絲劍氣，那一對石像中暗器已然放盡，機簧一陣連響之後，忽然徐徐下陷。

左冰豪邁地道：「到底還是『先天劍氣』厲害些。」

凌姑娘向他扮了一個鬼臉，心中卻是沉重已極，這路上處處都是死亡陷阱，而左冰又勢在必行，除了加倍小心，實在別無他法。

左冰上前，只見石几上橫放一個棋盤，上面放了幾十個棋子，那時並無縱橫方格，棋盤正中，赫然寫著幾個大字：

「左白秋、駱金刀死此樹下。」

左冰勃然大怒，一運勁，彎身揮劍將棋盤上字跡刮去，那劍尖才一碰棋盤，驀然一陣劍風，每枚黑白棋子之中，都射出一把細若牛毛的針雨來。

左冰立身之處，不過半尺左右，眼看再難逃過劫數。

凌姑娘慘然大叫，雙手蒙住眼睛不忍目睹。左冰身臨絕境，當下長吸一口真氣，劍尖忽然倒轉揮刺，劍光連閃，身子暴然倒在地上。

那凌姑娘淒然哭了起來，奔上前去，只前左冰面向下倒在石几之前，當下她只覺腦前一陣昏眩，金星亂冒，再也支持不住，昏倒地下。

六六　墓中鴛盟

四周靜悄悄地，過了半晌，忽然一個沉著的聲音道：「姓左的，好一招『孔雀開屏』，在下開了眼界。」

左冰陡然翻身而起，冷冷地道：「姓楊的，你雖詭計多端，卻未能傷在下分毫，在下身有駱老爺子親筆書函，你敢現身見我麼？」

那沉著的聲音吃吃笑道：「算你小子機警，咱們遲早得見面，此時還不是時候，告訴你，駱金刀墳墓便在後山山麓，在下在彼處恭候。」

左冰冷冷道：「便是刀山槍林，在下照樣前去。」

那人哈哈大笑道：「左白秋有子如此，死可瞑目矣！」

笑聲一止，四周又是寂然一片，那人已走得遠了。

左冰聽他話中帶刺，正要開口回敬幾句，但心中忽然轉了一個念頭，臉色都變得蒼白了。

他心中暗自忖道：「那駱金刀昔日在江湖上終年行鏢，他的相貌自然為人所熟，可是爹爹隱身多年，近年雖是重出江湖，但絕少與人照面，那石像栩栩若生，如說那石匠只與爹爹照過數面，便能憑記憶雕鑿如此生動逼真，這事實難令人相信，但如不是如此，爹爹難道……」

他想到此，再也不敢想下去，他瞧了瞧那昏倒的凌姑娘，心中真若一團亂草，方寸全失，一時之間不知如何是好。

隔了良久，他轉念忖道：「憑姓楊的幾個人怎能把爹爹困住？但駱金刀不也是身具一代宗主的武功麼？不會的！不會的，便是北魏親自出手，爹爹也不含糊，嚴格說一點，爹爹不定會輸過北魏。」

他想起不久前父子相偕而行，爹爹曾說過：「當今天下，除東海二位董先生外，其餘諸子，只在伯仲之間。」

自己童心未泯，追問道：「北魏魏定國比爹爹如何？」

爹爹道：「如果他這些年來武功進境只依照常理增長，那麼或許遜爹爹半分，也未可知。」

自己當時心中那份高興是不用提了，只覺爹爹雄風盡復，豪氣陡增，世間再無難事了。

想著想著，心中漸漸安定下來，彎下身去，只見凌姑娘急痛攻心，猶自昏迷未醒。

他輕輕在凌姑娘背後脈道拍了兩下，凌姑娘悠然醒轉，一睜眼只見左冰正在捏自己人中，鼻內一癢，不由打了一個噴涕。

左冰溫柔地道：「妳放心，我好生生地一點沒事。」

凌姑娘用手揉了揉眼睛，眼前心上人確是活生生地並無半點異樣，翻身坐起道：「大哥，咱們是在夢中麼？」

左冰柔聲道：「我原想詐死，以引出敵人現身，想不到未騙到敵人，倒嚇著了姑娘。」

凌姑娘道：「我真沒有用，如果……如果您真的受了暗器，我這般不爭氣，還談什麼報仇雪恨？」

她說著說著又哭了起來，左冰輕輕拍著她秀肩安慰地道：「是我不該嚇了姑娘，好姑娘別哭！妳一哭我心裡亂得緊，什麼也不能想。」

凌姑娘哽咽道：「都是你不好，你難道不知道我心裡多麼悲痛麼？」

左冰自以爲施計可騙出施暗器之人，自己便可放手和他幹，卻是弄巧成拙，苦了這個多情姑娘，當下心中甚是羞愧，連聲陪不是。

凌姑娘悲痛之情一去，心想其實左冰也並沒有犯什麼錯，只怪自己不爭氣，這當兒竟是昏倒，瞟眼只見左冰不住軟語陪話，作恭打揖哄自己開心，當下心中一甜，嫣然笑道：「下次再也不可以嚇我了。」

左冰連聲道：「當然不會，當然不會！」

凌姑娘道：「我剛才昏倒之際，發生了什麼事？」

左冰照實說了一遍，凌姑娘皺眉沉吟一刻道：「翻過山麓，便是駱金刀之墳，大哥，咱們便是尋個駱金刀之墳，卻又能怎的？」

左冰道：「如果真是北魏他們一夥人幹的，這筆血債自然須得償回。」

凌姑娘道：「如果敵人故佈假塚，咱們什麼也查不出。」

左冰知她有勸阻之意，但不見真相，自己實在不甘心，心一橫道：「事已至此，難道還能退縮不成？」

凌姑娘默然，兩人相對一瞧，不再多說，握劍一步步前行，翻過山頂，只見小山背後平坦，空地極廣，黑暗裡也不知暗中到底藏了多少敵人。

左冰道：「咱們亮起個火把，搜索一下。」

凌姑娘遲疑一會，探手囊中，迎風燃起個火摺，兩人眼前一亮，只見立身十餘丈外，一個雄偉的青磚新墳坐落在山坡平緩之處，一柄金色大刀正插在墳前地上。

左冰仔細一瞧道：「這是駱老前輩的金刀。」

凌姑娘道：「看來正是。」

左冰一吸真氣，朗聲道：「在下約赴而來，姓楊的，你再躲躲藏藏，不怕讓人恥笑麼？」

青磚墳後一個沉著的聲音道：「好說，好說。」

人影連動，閃出五六個人來，凌姑娘藉著火光一瞧，低聲對左冰道：「那日在酒樓中談論駱金刀的正是這幾人。」

左冰瞭然於胸，他明知此舉是自投陷阱，但此刻心中平靜下來，這正是他性子異於常人之處，當下緩緩地道：「楊群，你處心積慮要邀在下來此，在下有一個問題倒要請教！」

那從墳後閃身出來幾個漢子，有意無意間緩緩踱到左冰和凌姑娘四方站定。

左冰暗自冷笑忖道：「好一個十面埋伏，今日之爭，非得拚個生死了。」

那最先走出的人正是楊群，他嘴角微微含笑，站在墳前，身著長衣寬襟，袖帶隨風而動，顧盼之間，極是瀟灑自得。

左冰見他不理自己所問，心中久忍的一口氣再也按捺不住，大喝一聲道：「楊群，駱金刀是被你等所害？你不敢承認麼？」

楊群微微一笑道：「姓駱的不識抬舉，自恃一把金刀竟想和魏大先生爭長短，嘿嘿！後果你不難猜到。」

左冰自午間所見一切，心中對駱金刀之死早就信了八分，此時聽楊群親口說來，他素知楊群此人雖是詐奸無比，但自恃極高，此事既是涉及北魏那老魔頭，看是不會假的。

左冰道：「你們害了駱金刀，自有東海的人來收拾你，你要在下來此，難道只為告知在下此事？」

楊群冷冷地道：「在下也有一事相詢。」

左冰一擺手道：「請閣下劃下道兒來。」

楊群道：「聽說閣下伸手搶奪了駱金刀一封親筆函件，在下斗膽，求閣下放手，咱們怨仇一筆勾銷。」

左冰心道：「這人消息真快，他甜言蜜語，又怎能騙得過我？那被我搶到手的信函，如果其中真是關係那昔年之事，被我得知，楊群豈能不下毒手滅口？卻未想到是張白紙，奸賊呀！奸賊，你也太看輕我左冰了。」

當下左冰沉聲道：「那封信是在在下手中，此為駱老前輩致書家父，在下原該代收。」

楊群臉色微微一變道：「在下再請閣下放手。」

左冰道：「如是在下不答應卻又如何？」

楊群陰陰地道：「咱們走著瞧吧！」

左冰哈哈笑道：「那封信在下已然看過，那事已瞭然於胸，閣下手段再厲害，也不能從在下腦中將此事刮去，哈哈！姓楊的，你處處著人先機，卻未料想到會敗在在下一個江湖無名之輩手中吧！」

楊群不動聲色地道：「在下早就將尊駕與那丐幫姓白的視為生平對手，此事尚未了結，鹿死誰手，卻也未可先見。」

左冰伸手懷中取出信封，雙指一彈道：「接住了。」

那信封又輕又薄，此時夜風甚疾，但左冰指手所至，那信封平平穩穩向楊群飛去，到了楊群胸前，忽然力歇直落，端端放在楊群手中，便似親手遞交一般。

楊群雙眉一揚，心中暗忖道：「這小子內勁已達收發自如，此時不除，他日終成大患。」

他將信封運勁一揉，化為片片紙屑，一張手掌，漫天飛去。

楊群道：「既是如此，在下再也留你不得。」心中卻盤算道：「不知還有什麼人見過此信內容，須得一網打盡，不然終是禍根，師父一番心血也白費了！」

左冰哼一聲，道：「在下來此，便是要領教北魏高弟之功夫，楊群，多說無益，你上吧！」

楊群凝視左冰，見他一臉不在乎的樣子，心中竟是寒意，漫然毫無把握。

楊群冷冷地道：「死到臨頭，還說大話，有話你快說，異日在下好替你向左白秋傳信去。」

左冰知他在激怒自己，當下又長吸一口真氣，內勁蓄於全身，那魚腸劍尖微微顫動，在黑夜中發出清澈透骨的寒光來。

楊群拔出長劍，離左冰五尺左右佇立，兩人目光相對，不敢交瞬，心中都自明白，如果被敵搶了先機，要扳回平手，至少是在百招以外的事了。

好半晌四周只聞眾人輕輕呼吸之聲，那凌姑娘手執火把，火苗高竄，火光下，凌姑娘臉色卻是一片慘白，額角沁汗，將秀髮沾住一大片。

左冰心中轉了許多念頭，只覺每招發出都佔不了便宜，一時之間沉吟無計，那楊群也是一般苦惱，兩人不由停止對視，漸漸緩緩游動起來。

兩人心思都是一般，只待對方一露破綻，立刻致命一擊，但過了半盞茶時間，只覺對方門戶謹嚴，毫無一點可乘之隙。

楊群心道：「只要這小子再游動我身旁，我便往他脅下一劍。」

左冰心道：「適才他轉動之際，面門似乎有隙，只待他再次現露，我便往他眉心擊去。」

但兩人相繼都重複了一遍適才動作，並未下手，都是仍覺對方是誘敵之計。

楊群長劍平胸微揚，左冰劍垂膝前，兩人遊走愈來愈快，忽然左冰飛快起了一個念頭：「我何不用爹爹『鬼影子』的輕功，以快對快，將對方視界擾亂？」

思想之間，腳下愈走愈快，施展開左白秋名震武林的輕功來。

楊群只覺對方身形閃爍飄逸，定目看來，幾乎看不清左冰之身形，當下知道不可再等，大喝一聲，一劍刺出。

便在同一時間，左冰見楊群門戶有隙，也是疾起一劍，兩劍在空中連換了七八個攻守之勢，卻是悉力相當，兩人身形如老樹盤根，未曾移動分毫，那雙劍子互攻了七八式，也未相碰著一下。

左冰不待對方思索，攻擊連綿，招招不是擊向眉心，便是對方胸前大穴，楊群見招破招，腳下步子愈來愈是穩重沉凜。

左冰愈打愈快，四周嗚嗚激起一股劍氣，聲音極是尖銳，凌姑娘心中隨著那嗚嗚聲響起伏劇烈，便若打鼓一樣。

那另外幾個漢子，也是目不轉睛注視著，這場中兩人功力之強，普天之下也難找出幾個，兩個大高手比劍，精妙之處的確令人讚嘆。

忽然山下刮來一陣狂風，凌姑娘手中火把被吹得顫動欲熄，她知敵人人多勢眾，這火把千萬不能熄，否則黑暗中對方群起圍攻，左冰定要吃虧，不由心中喊道：「火把！火把！千萬不能熄啊！」

正在此時，兩人呼呼揮了幾劍，漫天劍氣縱橫，那原已微弱的火把忽然一暗，竟自熄了。

凌姑娘幾乎哭出聲來，忍不住叫了一聲，但想到此刻萬萬不能分了左冰之心，當下強忍悲思，不敢多言。

左冰見眼前一黑，又聞凌姑娘一聲叫喚，心思不由微微一分，一招閃動微慢，竟被楊群長驅直入過來。

左冰連退數步，兩人在黑暗中聞聲辨招，激烈地又交了幾十式，驀然砰的一聲，兩劍交擊，兩人分開，黑漆漆只見對方精光閃爍的一雙眼珠。

那站在周圍的漢子燃起了一個火把，凌姑娘只見兩人對面而立，那楊群手執半支劍柄，瞋目而視，她當下忍不住大叫道：「左大哥，快攻啊，他劍被你削斷了。」

左冰向凌姑娘微微頷首，並未乘勢進攻，他雖天性無滯，對於聲名滿不在乎，但自幼所見所聞，都是氣吞斗牛的豪傑之事，一時之間，對於自己因寶劍而取得之優勢，竟未想到乘勢而攻，直覺應該等待對方換劍再戰。

這一耽擱，那周圍一個漢子拋過一柄長劍，楊群冷冷地道：「原來是魚腸寶劍。」

左冰默然不語，楊群一抖劍又攻了上來。

凌姑娘暗暗頓足，心中忖道：「這人平日看起來瀟灑無滯，這當兒卻是拘泥得緊，自失良機，夫復何言。」

這時山風愈吹愈大，驀然平空一聲焦雷，天際金光暴閃，一明一暗，凌姑娘只見楊群臉上殺機騰騰，左冰白皙的臉上也是鐵青帶煞。

又過了一會兒，下起雨來，那火把被雨淋熄，天上雨雲密佈，更加黑暗。

這時兩人劍法一變，楊群出招愈來愈慢，一招之中變化也是愈來愈簡單，透出一種古樸純真之氣，但攻守之間愈是嚴謹，而且威力奇猛，已具「大巧若拙」宗主之風。

左冰的劍法卻是愈來愈鬆，每招都是臨時創出，但那精微之處，實在招招都是佳作。

楊群愈打愈是心寒，心想這小子劍術不但老到，而且舉手投足都見功力，一時之間看來劍法稀鬆，其實配合之佳，實在是通徹劍道的大手筆。

那雨勢愈下愈大，只一刻功夫眾人都淋得透了，驀然從遙遠東方傳來一聲長嘯，楊群心中一緊，開口打出暗號，那在四周的漢子長劍紛紛出手，合圍而上。

凌姑娘又急又怒，長劍也自出手，那楊群原本自恃極高，此時竟然不顧身分，以勢眾取勝，左冰心中勃然大怒，一口氣連攻六招，對四周敵人都招呼到了，那幾個漢子卻是胸有成竹，進退之間，以楊群為首，數劍一起防守，一起進政，配合得極是嚴密。

左冰連發數劍，只覺對方壓力愈來愈重，漸漸地合成一道劍幕，將自己和凌姑娘圍在當中。

左冰出劍愈來愈是吃力，身畔凌姑娘每招頂多只能遞出去一半，雨水和汗水順雙頰流下，面色白得可怕，似乎內力已將耗盡。

左冰心內一痛，奮力封架，他知敵人長劍一合，自己和凌姑娘的劫數便到，當下真氣暴吐，長嘯一聲，身子一飛而起，魚腸劍在空中一陣亂舞，卡嚓卡嚓之聲大作，削斷了敵人四支劍子。

他在空中又開聲吐氣，身子硬生生在空中大跨一步，忽見劍氣一閃，那楊群的劍子已然逼到，左冰一閃之下，身形落地，又陷入重圍。

左冰邊戰邊想：「我便是能夠逃出重圍，豈能捨凌姑娘不顧，何況有楊群在此，今日之事，拚一個算一個，後果也無法想了。」

他主意打定，放手幹去，招招都是打定拚個兩敗俱傷之主意，再不堅守門戶。

楊群見他情急拚命，竟然用這種不要命的打法，一時之間倒頗忌憚，不敢欺身太近。

那幾個漢子，武功之強極是驚人，都是楊群同門師兄弟，如果在中原江湖闖蕩，人人都可自立門戶，成為一地之霸，此時聯手合襲左冰與那少女，竟是久戰無功，而且劍被削斷，那幾個人都覺是生平未遇之恥，氣憤之下，揮著斷劍，力道更加重了。

左冰和凌姑娘不住後退，漸漸地已近青磚墳邊，楊群等人劍幕漸漸合攏，那凌姑娘一不留神，敵人斷劍當腰橫削而來，眼見閃無可閃，左冰奮起神威，大吼一聲，一手反手劍招先削那刺凌姑娘之人右臂。

那人萬萬未曾想到左冰竟從不可思議的方位襲到，當下飛快一縮刺劍之手，那時已慢了半刻，魚腸劍過處，血光一閃，慘叫一聲，一條右膀連劍給削了下來。

就在這同時一刻，左冰背後露出破綻，中了一劍，左冰沉哼一聲，挺住劍傷，一轉身魚腸劍橫削而去，又是一聲慘叫，那刺他一劍的人齊腰被削成兩截。

他連斃二敵，腳上又中了一劍，那楊群愈逼愈緊，將左冰和凌姑娘被逼到背靠墳牆而戰，忽然楊群飛起一劍，那劍在空中連連抖動，激起一片劍花，便若點點流星墜地一般。

左冰不閃不躲，舉劍迎接，驀然背後墳牆一軟，墓門突然開了，胸前一股絕大力道襲到，左冰凌姑娘身子挺立不住，直往後退五六步，霹靂一聲雷過，電光一閃，左冰只見楊群獰然的面孔在眼前一現，立刻是一片黑暗，機簧之聲大作，那墓門漸漸合上，什麼都看不見。

左冰身形一定，伸劍一刺，砰的一聲，劍插入厚厚的石牆中，耳畔只聽到凌姑娘道：「左大哥，你沒事吧？」

左冰道：「你囊中火摺還有沒有乾的？」

凌姑娘摸索了一陣，伸手用力揮了幾下，立刻大見光明，兩人相對，只見對方都是狼狽不堪，憐愛之心油然而生，左冰輕輕挽住凌姑娘秀肩，全身虛脫無力。

這時墳外楊群道：「五師哥遇險發嘯求救，咱們先去救應，這兩個人便是大羅神仙也逃不了，回頭再來收拾。」

他不及收殮那兩個死去弟兄，率領另外幾個人向西方奔去。

左冰和凌姑娘休息了好久一陣，體力漸漸恢復，左冰只覺背後腳上中劍之處傷痛漸漸加劇，不由皺了皺眉頭。

凌姑娘驚魂甫定，看到左冰全身衣襟都紅了，心中一痛，哽咽道：「左大哥，你……你……我來替你瞧瞧傷勢。」

左冰道：「未曾傷到筋骨，不要緊的。」

凌姑娘翻身坐起，伸手在百寶囊中尋到一把小剪、一捲綿布，她那百寶囊乃是東海鯊鮫皮所製，防水防火，是以囊中之物絲毫未濕。

她輕輕剪開左冰中劍之處衣襟，那受傷之處本已凝結，但吃雨水一淋，四周都泛紫了，凌姑娘咬緊牙根，慢慢剪開。

左冰痛得發顫，但他強忍著，口中帶笑道：「姑娘們到底細心，針線呀，剪子呀，都隨身攜帶，真是方便得緊……」

說到後來，痛得豆大汗珠直流，再也不能言語。

凌姑娘強作歡笑，分他心神道：「這個自然，咱們女孩家行走江湖，怎能像你們一般衣衫破爛？落拓不堪？衣衫破了，自然得補上，誰像你呀，落魄得……得像個叫花子。」

左冰忍痛笑道：「我這叫花子卻有俠女垂青，當真……當真不容易啊。」

凌姑娘啐道：「臭美，不識羞。」一邊說又從囊中取出一個小瓶，倒出三粒丸藥，放入口中嚼碎，剛剛想吐在手指上替左冰敷在傷口上，忽然想到手指只怕太髒，低聲道：「你閉上眼睛。」

左冰一怔，低眼閉上，凌姑娘俯身用舌頭替他傷口敷上了藥。

左冰只覺傷口一陣癢，接著一片清涼，痛楚消除大半，忍不住睜開眼來，只見凌姑娘小口正湊在自己背上，他心中頓時明白，只覺胸中熱血翻騰，心中感激，真恨不得嘔血以吐深情了。

凌姑娘敷完藥包紮好傷，見左冰目中情潮洶湧，她臉色鮮紅，頭低得再也抬不起來。

左冰輕聲道：「凌姑娘，我這一生怎能報答完妳的恩情？妳……妳再對我好，來生也……也報不盡了。」

凌姑娘羞澀地道：「我要你報什麼恩，欠什麼情，我……我對你好，還不是爲了……爲了自己？」

她說完一頭鑽入左冰懷中，兩人衣衫濕透，緊貼抱著，卻是一片真情，毫無遐念。

凌姑娘忽道：「我忘了大哥身受劍傷，這一運勁，豈不又牽破傷口？」

她輕輕掙扎要坐起身來，左冰將她抱得更緊，脫口說道：「凌姑娘，咱們心意相通，今日之事如果不能脫險，咱們死在一塊，名目……名目……」

他說了一半，只見凌姑娘羞澀不堪，驀然醒悟，不敢再說下去。

那凌姑娘聽得心中熾熱，只待左冰說出她心中渴望已久之事，等了半天卻無下文，不禁大是懊惱。

左冰道：「姑娘別生氣，我一時衝動，言語失機，請姑娘原諒。」

凌姑娘聲音像蚊子叫一般：「你……你……敢不說下去，你……難道想害死我？」

聲音雖低，左冰卻聽得清清楚楚，心中狂喜，柔聲道：「咱們先定下名目，便是同穴而死，也是心安理得。」

凌姑娘驀然坐起，雙目凝視左冰，半晌道：「咱們既無父母之命，又無媒妁之言，這算什麼？」

左冰點點頭，臉色大爲失望道：「姑娘說得也是。」

凌姑娘眼睛一轉道：「你是我命中魔星，我拚著讓爹爹打一頓，今日便依了你。」

左冰大喜道：「急亂之下，正該從權，姑娘好豁達。」

凌姑娘白了他一眼道：「還不是爲了你。」

兩人相視一笑，千情萬意盡在不言之中，心曲早通，兩人不約而同並肩跪下。

左冰祝道：「弟子左冰與凌雪芸結爲夫妻，如能脫過今日之難，生生死死永相廝守，如有背誓，天滅之，地厭之。」

左冰祝禱完畢，對著這新婚妻子，心中真是百感交集，他從未想到自己要成親，在那一刻之前，他也不曾想到自己會渴望和這女子成親，但此刻卻是誠心誠意，誓愛這女子，至死不渝，人生際遇之奇，真是不可逆料。

凌姑娘道：「大哥，你看咱們有幾分希望了？」

左冰一震，打斷如潮情思，他柔聲道：「只要一息尚存，便有希望。」

凌姑娘見他眼中盡是愛憐之色，她是何等乖覺女子，當下知生機極微，但人生能與相愛的人廝守，但是立刻死了，卻也再無遺憾。

兩人在生死莫測之時結親，既無絲竹爆竹歡慶，又無紅燭高懸，默默領悟相悅之情，對於生死也自看得淡了。

忽然墳外一個雄豪的聲音道：「姓楊的，山不轉路轉，咱們又碰上了。」

左冰一聽這聲音，心中猛跳，脫口道：「白大哥到了，事情有轉機。」

原來楊群趕去救援他五師兄，到了地方，他五師兄已是奄奄一息，一言未發死去，楊群急怒之下又趕了回來，這時大雨已停，楊群正要點燃引線，引發墳中預埋之炸藥，恰巧此時白鐵軍趕到。

楊群一見白鐵軍心中便是發毛，白鐵軍冷冷地道：「又是炸藥，嘿嘿，姓楊的，你除了陰謀詭計，又還有什麼能耐？」

楊群一言不發，一劍無聲無息而至，白鐵軍左袖一揮，雖是空空衣袖，卻是真氣暴衝，便若一支鐵柱，劍袖一交，白鐵軍震天一聲大吼道：「姓楊的，你也吃我一掌。」

他右手揮掌而上，楊群收劍也是一掌拍出，雙股力道一接，楊群後退三步，只覺對方掌力之雄厚，比起師父北魏魏定國只怕不差。

白鐵軍吐氣又是一掌，楊群閃無可閃，硬接一掌，身子又退了三步，白鐵軍奮起神威，跨步開掌，楊群勉力迎擊，蹌踉倒退十步停住身子，喉頭一甜，哇的吐出一口鮮血來。

正在此時，那另一個大漢已點燃引線，楊群一聲呼嘯，率眾飛躍而去。

白鐵軍看著那引線燃得極是迅速，形勢緊急，不消片刻便要爆炸，急忙快速引退數丈，「轟」的一聲，大堆石塊驚天飛起，四周石塊已被炸得四飛零碎，墜落在石墳附近。

左冰大喜，叫道：「是白大哥麼?多謝你救了小弟一命。」

白鐵軍連忙應聲道：「正是白鐵軍，左老弟你怎會來此?」

左冰道：「小弟被逼入石墳之中，這石墳內層是幾塊萬斤巨石圍成，小弟一人不能突圍，大哥助我一臂。」

原來他適才已將石墳四周觀察清楚，那石墳外層是青磚，內部卻是大石合成，只要將大石推開，便可突圍而去。

白鐵軍道：「我先運勁推動，你再乘大石搖動之際發掌，力道須得緊銜。」

左冰說了聲好，白鐵軍暴吼一聲，一掌拍碎青磚墳牆，真氣一衝，掌力真往內層巨石推去，聲勢有若開山巨神。

那大石吃這天下罕有的掌力一推，晃了幾下，左冰見機不可失，也是吐氣一掌發出，轟然一聲，飛沙走石，四周一片迷漫，那萬石巨石竟被兩人硬生生推倒，兩人力道配合之巧，真是天衣無縫。

白鐵軍有若狸貓一般，身形貼在巨石之上，翻身已立在石頂。

左冰攔著凌姑娘閃身而去，只見巨石上站著一個大漢，迎風而立，神威有若擎天巨神。

左冰眼尖，失聲叫道：「白大哥，你……你的手臂？」

白鐵軍微微一笑，心中卻是極爲愴涼，他搖搖頭不語，忽然天空一聲鶴唳，一隻絕大白鶴飛下，站在凌姑娘身邊，不住摩頸親熱。

凌姑娘從白鶴足下取出一捲紙來，迎著墳內火光瞧了瞧，臉上笑意盎然道：「爹爹到了，他要我立刻去南方找他，只怕有事，左……左大哥，你要辦的事還多，我和爹爹料理完事便來相會，我有『大白』飛行空中，一定找得到你。」

左冰一怔，依依不捨，凌姑娘對白鐵軍襝衽行禮道：「有白大哥在你身旁，我可以放心了，白大哥，多謝你。」

她說完騎鶴凌空飛去，不住向兩人揮手，左冰癡癡看著她身形消逝。

白鐵軍道：「左小弟，這姑娘又是誰？」

左冰微微害羞道：「是小弟賤內。」

白鐵軍哈哈大笑，笑聲中充滿了驚訝和歡悅，那是從心裡發出之歡聲，笑著，笑著，左冰眼睛都濕了，他心中想：「我有這樣的大哥，不勝似親哥哥麼？」

夕陽沿著遼闊的大地，黃土路變成了紅色，左冰和白鐵軍並肩走著。

白鐵軍一身衣衫雖然百結襤褸，但是那眉目間的英挺之氣卻是絲毫未減，左冰和他並肩走著，目光卻一直停留在白鐵軍那神采飛揚的臉上，他心中只覺得這位武功高強的白大哥簡直就如天神一般，天下沒有人能打敗他的。

白鐵軍道：「這些日子來，咱們跑得可真辛苦了。」

左冰癡癡然凝望著著他，沒有回答。

白鐵軍道：「我始終不相信世上真有永無揚發的秘密。任你再老謀深算的陰謀詭計，遲早總有破綻的……」

左冰茫茫然點了點頭，但他根本沒有聽見白鐵軍在說什麼。

白鐵軍道：「漸漸的我有一種預感，那土木堡大變的秘密，在最近就要水落石出了。」

左冰嗯了一聲，微風吹了過來，白鐵軍左臂的衣袖飄然蕩起，左冰望著那空蕩蕩的衣袖，忽然再也忍不住，顫聲叫了起來：「大哥……白大哥……」

白鐵軍吃了一驚，他轉首望望左冰，左冰輕輕抓著那隻衣袖，低聲道：「白大哥……你的手臂……」

白鐵軍怔了一怔，但他隨即呵呵長笑起來，他伸出僅剩下的右手，拍了拍左冰的肩膀，大聲道：「大丈夫立於天地，縱使殘肢斷體，只要心志不餒，便是雙手齊斷，照樣能好好地活下去，何況我還有一隻手臂哩。」

他說到這裏，揚起了那隻右臂，臉上忽然泛出了一種異樣的光彩，他喃喃地道：「我還有一隻手臂，這隻手臂曾從兩個天下第一等的高手圍攻中殺了出來，我還有什麼遺憾？」

左冰怔怔然望著白鐵軍臉上動人的光彩，他想著白鐵軍所說的每一個字，終於激動地緊握住白鐵軍的手，喃喃地道：「白大哥，你說得對，我……我是太兒女之態了。」

白鐵軍豪爽地大笑起來，他強打著開玩笑的口吻，拍著左冰的肩膀道：「像我白鐵軍這等粗魯漢子，只要武功不廢，斷條手臂實在也算不了什麼，若是像你左老弟這等俏俊的少年斷條手臂，那可要叫天下的娘兒們心痛了。」

左冰聽得怔了一怔，白鐵軍從來不會用這種口吻說笑，他知道白鐵軍是想故作輕鬆地扯開話題，他深深地看了看這位敬佩的白大哥一眼，然後道：「大哥，咱們上路吧！」

白鐵軍道：「咱們目下到何處去？」

左冰道：「我和爹爹及錢伯伯分手的時候，說好一個月後到少林寺分手之處相會，如果我不去的話，他們自會到洛陽來找我，現下分明一月之期早過，咱們即使趕去少林，也見不到爹爹他們，倒不如就在這裏等一下。」

白鐵軍道：「在城裏還是在這附近等？」

左冰道：「城裏人多且雜，咱們不如在這裏附近等候，反正他們若來洛陽，一定經這裏過的。」

白鐵軍點了點頭，道：「就依你的。」

左冰道：「這些日子來，我東跑西跑，野外夜宿已成了家常便飯。」

白鐵軍聽他說這話，回想起初逢左冰時的情景，那時的左冰嫩嫩的初出茅廬，什麼事情都不懂，只有一腔初生之犢的衝勁，如今的左冰的確是老練成熟多了，想起那時的情景，歷歷如在眼前，然而時間卻是如飛而過了，白鐵軍想到這裡，再望了望左冰，不禁在心底裏莞爾一笑。

他們走到一片林子裏，找到一棵大樹，兩人不約而同地倚著樹幹坐了下來。

白鐵軍倚著那樹幹，坐在柔軟的草地上，他的眼前忽然浮現出一張雅氣而俏俊的小臉，也是在這樣的傍晚，也是倚在這樣的樹下，那神秘的小姑娘偷偷地留下警告的字句，悄然而去，他不禁暗中喃喃地道：「菊兒，菊兒，妳現在在何方？」

這時，天旁最後一道彩霞悄悄地隱入黑暗中，夜籠罩了上來。

左冰道：「白大哥，你在想什麼？」

白鐵軍吃了一驚，他囁嚅地道：「沒……沒什麼……」

左冰道：「有一件事，我……我很難相信。」

白鐵軍道：「什麼事？」

左冰道：「白大哥你說你獨臂殺出魏定國和那瘋和尚的圍攻，大哥的功力我是知道的，但……」

白鐵軍打斷他的話道：「不要說你不信，便是我自己也不相信，北魏和那瘋和尚任何一人的武功都在我之上，但我在他們狠毒的逼攻下，卻忽然悟出一種與武學道理完全相反的武功，威力之大，卻是駭人至極。」

左冰喜道：「如此說來，大哥，你雖然斷了一條手臂，我倒該向你道賀了！」

白鐵軍道：「魏定國從始至今，總想取了我的性命，好幾次憑良心說，都是僥天之幸沒有讓他如願，但是如今，兄弟，不瞞你說……」

他說到這裏，臉上那動人的神采又飛揚起來，他一字一字地道：「如今若是再碰上他，他想取我性命，怕是難之又難的了！」

左冰聽著這豪壯的話，怔怔然望著白鐵軍，心中暗暗地想道：「從古至今，如此年輕便攀上武林之巔峰者，恐怕寥寥數不出幾人來吧！」

白鐵軍道：「兄弟，你想想……」

他說到這裡，忽然猛可一停，壓低了聲音道：「小心，有人聲！」

左冰也聽到一陣異樣的聲音，兩人悄悄地伏下身去，只聽得一種奇異之極的尖嘯聲響了一下，便再也聽不到什麼聲音。

左冰低聲道：「是什麼聲音？」

白鐵軍搖了搖頭，只是側耳凝神傾聽，過了一會，那尖嘯之聲又隱隱傳來，似是隨著風吹而至，然後一個輕微而沉悶無比的震聲傳了過來。

白鐵軍和左冰幾乎是同時低聲喝道：「有高手在過招！」

白鐵軍判斷了一下方向，指著東邊的山坡道：「怕是在山坡那一邊。」

左冰道：「不錯，咱們要不要過去看看？」

白鐵軍點了點頭，兩人縱身前去。

六七　一臂擎天

左冰抬頭看時，天空一輪明月高照，清輝遍灑之下，四周景物歷歷，他們矮著身形從林子裏躍出，飛快地奔向那山坡。

白鐵軍斜側著身軀，一個翻身如同貼著地面一般飛出了五丈有奇，他身如四兩棉花落地，沒有發出絲毫聲息，側首看時，左冰正悄然伏在他的身旁，他心中一陣讚嘆，忍不住低聲道：「兄弟，你們家的輕身功夫我白某是口服心服了。」

左冰輕輕拍了他一下，兩人不發絲毫聲息地滾上山坡。

愈接近那山的頂點，那尖嘯異響漸漸清晰起來，只聽得那異響一揚一沉，四周空氣都似爲之一凝。

白鐵軍忽然止住了身形，臉上滿是駭然的驚色。

左冰道：「怎麼了？」

白鐵軍低聲道：「你猜這是什麼聲音？」

左冰望著他滿臉的駭然之色，不解地搖了搖頭。

白鐵軍道：「那是劍上發出的聲音！」

左冰也是駭然，兩人如飛奔上山坡，只見月光照耀下，遠處兩個人影成了模糊的一片影子，一道匹練如遊龍騰空一般，那尖銳的怪嘯聲就是從那光之中隱隱飄出。

左冰和白鐵軍幾乎是同時呼出：「天下第一劍！」

那劍光翻飛中，持劍的人正是卓大江，細看那另一人，白鐵軍觸目心驚，喃喃道：「魏定國！又碰見你了！」

這時兩人距那邊戰場尚有數十丈之遠，但在月光下卻能看得一清二楚，只見那卓大江忽然由慢而快，劍光如白練齊下，彷彿周圍十丈之內已成了水銀瀉地，無孔不入的境地。

白鐵軍忍不住嘆道：「論劍，除點蒼卓氏外，天下再無能及此者！」

魏定國卻也在這一霎時之間展開以快打快的功夫，只見他飄飄然在那密集劍光之中穿出穿入，每一舉手投足，無不是絕妙佳作，那掌式之佳，已到爐火純青的地步。

左冰道：「我們要不要走近些去看看？」

白鐵軍謹慎地道：「咱們沿著山坡潛過去。」

兩人沿著坡邊移了過去，只聽得那邊劍氣之聲愈來愈急，白鐵軍低聲道：「十招之外，咱們就要大開眼界了！」

左冰凝目望去，堪堪數到十招，只聽得卓大江一聲長嘯，聲如虎嘯龍吟，震得整個山上林木簌然，卓大江忽然騰空躍了起來。

只見他身如蝴蝶翻飛，劍如蜻蜓點水，每一招都彷彿化成了十招，卻招招可虛可實，取位全是敵人致命要害，絲毫也不差錯，尤其奇的是他那劍光跳動如此之快，卻如挾著萬斤巨力一般，每一移動，立刻發出尖銳嘯聲。

左冰忍不住嘆道：「天下竟有如此劍法！」

那邊魏定國忽然仰天長笑，大喝道：「卓大江，這大概就叫做『神風劍』了？」

卓大江驀地又是一聲大喝：「還我女兒來！」

他聲如雷霆，劍出如山，魏定國走偏鋒搶了五招，腳下卻倒退了五步。

左冰一聽他叫道「還我女兒來」，不由全身一震，喃喃道：「莫非卓姑娘被北魏害了？」

白鐵軍道：「你說什麼？」

左冰道：「沒……沒什麼。」

兩人沿著山道走去，眼前形勢又已大變，天下第一劍的卓大江忽然如山崩般雷霆似的一劍劈向北魏，北魏也被迫退了幾步。

白鐵軍道：「你注意到沒有？」

左冰道：「什麼事？」

白鐵軍道：「北魏未敗而退，卻是每一步暗藏玄機，只怕就有殺著，奇的是卓大江他……」

左冰此時功力雖然已臻一流，但是對於真正殊死血鬥的經驗卻仍是不夠，白鐵軍卻是自出道以來，大小血戰何止數百，經驗之豐較任何武林老前輩絕不稍讓，他指著那邊道：

「奇的是卓大江是身經百戰的劍上高手，怎會絲毫不覺地依然搶進？」

左冰仔細一看，果然也發現到這一點，他忽然道：「不好，我看卓老前輩似乎有點不對勁，他似乎理智已失的樣子。」

白鐵軍被他一提醒，果然發現情形不妙，他連忙叫道：「咱們趕快過去，只怕北魏殺著出手就在頃刻之間！」

他一拉左冰，兩人如流星般趕了過去。

那邊卓大江又是一聲怒喝：「魏定國，你還我女兒來！」

緊接著一聲驚天動地的長嘯，卓大江施出了天下第一劍的獨門絕學七傷神劍！

當年鬼影子左白秋奔落英塔，闖到第三關時，點蒼雙劍合力施出七傷神劍，左白秋雖然奮力過關，卻被那七傷神劍一擊之威震得真力全消，到天玄道長出現時，已是強弩之末，終於被一擊而倒。

這時卓大江面對著大名鼎鼎的北魏，終於又施出了這獨門絕學，只見他整個人忽然躍起，接著劍上尖銳嘯聲陡斂，霎時之間四周有如死一般的寂靜——

緊接著，一種令人難以忍受的破空異聲陡然爆出，卓大江已在這一聲巨響之中身劍合一，以雷霆萬鈞之勢猛然攻向魏定國！

魏定國的臉上卻在這一剎那間飄過一種陰鷙無比的表情，不慌不忙地斜跨半步，忽然門戶大開……

白鐵軍見他門戶大開，胸中忽然掠過一個念頭，他想起來自己識得這一招，在那狹道絕壁間自己浴血死戰時，就曾大大吃過這一招的苦頭，他大叫道：「不好，咱們快！」

他猛一躍身，整個身形有如脫弦之箭，直向那邊猛撲過去，左冰也同時發動，飛快地起身躍了過去。

說時遲，那時快，卓大江的七傷神劍堪堪以雷霆萬鈞之勢發出，魏定國忽然雙掌一合，大喝一聲：「撒手！」

只見他雙掌陡然像是化成了千百隻，一連兩聲悶雷般的巨震發自他的掌勢中，看不清是怎麼一回事。

卓大江的長劍忽然被北魏一指彈中，「叮」然一響，卓大江手中只剩下了半截長劍！

卓大江手中長劍忽然短了一半，立刻招式成空，魏定國卻在這一霎時之間大施殺手。

只見他一掌拍來有如無形，卻是疾如閃電，重如泰山，卓大江一著失而全盤陷入險境，他猛伸左掌，一掌迎了上去，只聽得轟然一震，卓大江退了三步。

卓大江任憑仗劍縱橫武林，成了當今天下公認的第一劍，但他掌上功夫較之北魏這等蓋代高手卻是遠遠不及，他一掌接下，已覺不妙，然而魏定國如何會放過這千載難逢之機，他閃電般接連又出兩掌——

這兩掌真乃魏定國畢生功力所聚，卓大江奮力接了一掌，胸中血氣翻騰，他沒有信心再接第二掌，然而在這情形下，他手中的劍卻是無法遞出半招，他心中狂呼道：「只要能歇過半招，我右手一遞出，雖是半截劍，天下有誰能傷我？」

但北魏怎會給他霎時之機，卓大江只覺排山倒海般的掌力又至，他鬚髮俱張，雙目如炬，猛然一收左掌，力道盡撤，右手半截劍卻是如電點出。

他是拚著硬挨一掌也要在北魏身上留下一點記號，魏定國冷笑一聲，右臂一探，掌勢忽然快了一倍有餘。

眼看卓大江要在劍勢未足以前就得倒下，卓大江驀地大吼一聲，手中半截劍如一道銀光飛出，「嗚」然一聲射向魏定國小腹。

「乾坤一擲」乃是點蒼神劍中最後一記殺著，施出這招的時候，施的人多半是不想活著回去了，魏定國駭然而退，整個身軀在陡然之間平拔了起來，那半截劍擦過他的小腹，堪堪差了半分落空而去。

魏定國落了下來，冷笑著道：「卓大江，咱們再幹吧！」

卓大江手無長劍，一連退了三步，魏定國一揚掌，正要劈出……

他的背後卻傳來一個低沉的聲音：「魏定國，咱們又碰頭了！」

魏定國聽到這個聲音，他的臉色一分一分地變了，他長吸了一口氣，冷峻地道：「白鐵軍，你又活得不耐煩了麼？」

他緩緩地轉過身來，只見白鐵軍和左冰並肩立著，白鐵軍那一條斷臂孤零零地垂著空袖，但是在魏定國的心目中，那卻是異樣的觸目心驚，他暗中喃喃地對自己道：「這個人是打不死的……」

白鐵軍冷冷地道：「姓魏的……嘿嘿，也許你今天是該惡貫滿盈了！」

魏定國冷笑道：「姓白的，你是天堂有路不走，自尋死途！」

白鐵軍自顧自地繼續道：「金刀駱老爺子的血仇，今天該算清了。」

魏定國道：「駱金刀麼？姓白的你什麼身分替他作主？」

白鐵軍冷冷地道：「他有臨終遺言交在白某身上。」

魏定國的雙目中忽然露出殺氣，呵呵乾笑了一聲，然後道：「不提那駱金刀的遺物也就罷了，提起來，姓白的，你今天走不了啦！」

白鐵軍滿不在乎地道：「死谷狹道裏圍堵白某，白某高興走就走，還有人攔得住白某麼？」

他和北魏苦鬥過數次，從完全居於劣勢一次次鬥到可以持平相拚，他深知這武功深不可測的高手的脾氣，他知道現下雖然正說得好好的，魏定國卻隨時就要發難了，於是他暗暗地把全身功力集聚在獨臂之上。

然而就在這時，天空忽然一縷紅色的火焰箭自西邊升起。升到數丈高時，忽地一爆而碎，滿天都是紅色火星，冉冉而降。

魏定國的臉色微微一變，他望著那滿天紅色星星之火，驀地仰天大笑道：「好，好，今天算是便宜你了！」

他忽然一拔而起，如一縷流星般向西而去。

白鐵軍望著他的背影，喃喃道：「莫非又有什麼詭計？」

左冰道：「咱們要不要追過去看看？」

白鐵軍猛一回頭，只見那天下第一劍的卓大江仍然呆立在那裡，臉上一片茫然之色。

左冰走近去，施禮道：「卓老前輩……」

卓大江忽然長嘆一聲，他走上前去拾起地上的半截長劍，呆望著那支斷劍，又是一聲長嘆。

白鐵軍和左冰對望了一眼，他們都瞭解卓大江此時的心情，天下第一名劍竟然被人逼得斷劍出手，他心中的難過可想而知了。

左冰走上前去，望著卓大江道：「卓姑娘……令嬡怎麼了？」

卓大江道：「被北魏擄去了！」

卓大江茫然地望著手中的半截劍，臉上神色陰晴不定。

白鐵軍忽然冷笑一聲道：「折了一支劍又算得了什麼？我白鐵軍折了一條胳膊，也不曾像這樣難過。」

卓大江揚目注視著白鐵軍僅有的獨臂。

白鐵軍道：「我白某在絕谷裏中伏，狹道裏兩頭被堵，打得天昏地暗，白某九死一生在地上爬，那便不丟臉麼？嘿嘿，丟臉是一回事，性命得保又是一回事，保了性命就能下次再幹呀！」

卓大江嘴角泛起一個淡淡的微笑，他一揚手，那支半截的斷劍嗤然一聲飛去，不知落向何方，卓大江大踏步向前走去。

左冰道：「前輩到那裏去？」

卓大江道：「到洛陽城去。」

白鐵軍和左冰目送著這天下第一劍手大步而去，心中都是一陣感慨。

左冰道：「那卓姑娘被擄了，咱們要不要去幫卓老前輩一臂之力？」

白鐵軍望了他一眼道：「咱們只能暗地裡幫。」

左冰點了點頭，道：「咱們現在也進洛陽城去？」

白鐵軍點了點頭，兩人便向洛陽城走去，這時，正是子夜時分。

天亮的時候，白鐵軍和左冰在洛陽城東街上一家面舖裏吃著早點，剛出籠的大包子熱氣騰騰地，白鐵軍要了兩盤昨夜沒賣完的滷肉，一罈老白乾，便和左冰對喝起來。

兩人已有好久不曾在一起暢飲，左冰仰頭乾杯，回憶起初逢白鐵軍的情形來，那時兩人並肩而馳，白鐵軍帶著一皮囊的美酒，左冰懷著一包大餅，兩人就一口氣吃完了餅喝乾了酒，最後白鐵軍索性把皮囊也扔了……

往事一幕幕地出現在左冰的眼前，左冰是個最重感情的人，想著想著，不覺眼圈都紅了。

白鐵軍喝了一大口酒，又吃了一大塊肉，忽地停止了吃喝，雙目凝視著門口，只見店門口走進一個魁梧的大漢來。

左冰也向門口望去，只見門口進來的那漢子，正是北魏的門人虯髯漢子，白鐵軍輕踢了左冰一下，兩人都低下頭來，裝著喝酒的樣子。

店內人原本又多又雜，那漢子也沒注意到左冰和白鐵軍，只是尋一個空位坐下，叫了兩大盤烙餅，便大嚼起來。

白鐵軍低聲道：「咱們先付了賬，趁他不注意走出去。」

左冰點了點頭，他背對著那漢子向酒保付了酒帳，一搖一晃地先走了出去。

白鐵軍趁那虬髯漢子低頭猛啃的時候，也悄悄混了出來，兩人在酒店外碰上了頭，立刻轉到旁邊一條靜僻的巷子中。

白鐵軍道：「北魏多半還在此城中。」

左冰道：「咱們要不要去找找卓老前輩？」

白鐵軍道：「不必。咱們只要密切注意，卓老前輩反正也在此城中，晚上大約就有好戲看了。」

他們剛剛走到巷口，白鐵軍忽然一拉左冰，左冰和他同時躲到巷口角上，只聽見大街上傳來得得馬蹄之聲，一匹雪白的駿馬從城外衝了進來，馬上坐著一個青袍老和尚。

左冰幾乎驚叫起來，他拚命忍住，然後低聲道：「那瘋和尚？」

白鐵軍臉色凝重地點了點頭。

左冰見那瘋和尚已走了過去，便和白鐵軍一同走過大街，再從人叢中向城中心走去。

白鐵軍忽然向前一招，左冰循著他手指方向看過去，只見前面三丈處街邊一塊大牌，上面寫著：「吳氏老店」，邊上寫著：「代客打造十八般兵器價廉物美」，店門口一個人正在和掌櫃的說話，那人正是卓大江。

這時，一輛馬車得得而過，車上坐著一個頭戴斗笠的人，背對著這邊，看不見他的面孔，他駕著車到了吳氏老店旁，猛一抖韁，馬車停了下來。

那人把斗笠一掀，低聲對卓大江道：「大哥，我來遲了！」

左冰卻在他一掀帽之間看清楚了他的側面，他心中一跳，緊緊握住白鐵軍的手，低聲道：「白大哥，是點蒼何子方到了！」

白鐵軍道：「好啊，點蒼雙劍到齊了。咱們等著看熱鬧吧。」

這時那邊兵器鋪前卓大江走了出來，他腰間掛著一柄新打造的長劍，跨上那馬車，轆轆向前走去。

左冰道：「點蒼雙劍怕是準備要大幹了。」

白鐵軍道：「就在今晚？」

左冰道：「那瘋和尚一來，只怕形勢不妙。」

白鐵軍道：「咱們兩人真是只看熱鬧麼？」

左冰只聽得心中熱血激動，他緊握著拳頭道：「對，咱們好好幹一場！」

兩人混在人叢中走到城隍廟前，白鐵軍道：「咱們找個地方歇一歇，今夜怕是又沒法睡覺了。」

左冰點了點頭，兩人走到一家又小又髒的客店，要了一間房子，走進去倒頭便睡，醒來時，正是日正當中。

白鐵軍道：「出去吃午飯吧。」

他摸了摸口袋，只剩幾個銅板，他苦笑道：「自從丐幫散了，我這幫主一點收入也沒有了，你還有沒有錢？」

左冰摸了摸口袋，凌姑娘送他的銀子還頗有一點，他笑了笑道：「小弟這裏還有一點，請你老哥大吃一頓不成問題。」

兩人走出客棧，當街便是一家頗有氣派的酒樓，兩人上了酒樓，在角落靠窗的位置坐下，左冰著實叫了幾樣好菜，又要了一罈好酒，白鐵軍開懷痛飲，連呼痛快。

左冰暗道：「我這白大哥雖然斷了一條手膀，那干雲豪氣卻是絲毫未減，這才是真正的頂天立地的好漢子了。」

這時酒樓走進一個人來，左冰低聲道：「北魏！」

白鐵軍用酒罈擋住自己的面孔，低聲道：「咱們低頭吃菜。」

北魏大模大樣地就坐在樓梯口旁，酒保方才遞上酒菜，樓梯登登而響，卓大江走了上來。

左冰陡然緊張起來，只見卓大江走到魏定國面前，在魏定國的桌上丟了一張素箇，然後施施然而去。

白鐵軍低聲道：「下戰書了！」

那北魏看了看桌上的素箇，冷笑一聲塞入懷中，就大吃大喝起來，過了一會叫酒保算帳離去，白鐵軍和左冰也付了帳走出酒樓。

左冰道：「現在咱們到那裏去？」

白鐵軍道：「回客棧去。」

左冰道：「結帳麼？」

白鐵軍道：「睡覺。」

明月上升，夜又籠罩了洛陽城。

白鐵軍和左冰悄悄飄上了洛陽城的城垣上，守城的兵士來往巡視，卻沒有發現這兩人已上了城牆。

他們居高臨下地監視著整個洛陽城，白鐵軍道：「等一下的情形，咱們先計劃一下。」

左冰道：「一切聽你的。」

白鐵軍道：「點蒼雙劍多半還不知道那瘋和尚已到了洛陽城，是以咱們需要密切注意的就是那瘋和尚。」

左冰點了點頭，道：「咱們先隱著身形靜觀局勢？」

白鐵軍道：「不錯。」

左冰笑道：「我反正聽你的指揮，今夜我便做個職業打手，你叫我打誰，我就打誰。」

白鐵軍道：「最重要的便是跟著他們的一程，今夜全是一等一的高手，咱們千萬要小心爲上。」

說到這裏，他笑了一笑道：「這一點我大可放心，論輕功，有誰比得上你？」

左冰還想謙虛一兩句，這時，下面城東邊竄起兩條人影，疾如流星，一直向城外奔來。

左冰和白鐵軍悄悄伏下，只見那兩條人影如兩縷輕煙一般已到了城外。

左冰低聲道：「是點蒼雙劍！」

白鐵軍點了點頭。

過了約有一盞茶時間，從城西城北同時出現了一條人影，分別向城外奔來。

左冰道：「西邊的是那瘋和尚！」

白鐵軍道：「不錯，咱們盯住他。」

不一會，那兩人都翻過了城垣落到城外，那兩人略一商量，然後一左一右向前奔去。

白鐵軍道：「瘋和尚在左邊，咱們緊跟著他。」

兩人有如四兩棉花般飄落城牆，然後同時向左邊跟了過去。

左冰和白鐵軍堪堪奔到一個林子裏隱下身形，忽然城裏又飄起兩條人影，白鐵軍輕叫一聲，忙拉住左冰，伏在林裏觀看動靜。

那兩人果然向著這邊奔來，不一會已超越這林子向前而去。

白鐵軍鬆了一口氣，暗道：「還好，尚沒有被這兩人發現咱們的行蹤。」

那兩人身法如電，卻是異常眼生，左冰道：「是敵是友？」

白鐵軍臉色凝重之極，他搖了搖頭道：「不敢確定，但八成是敵！」

左冰道：「難道北魏還有埋伏？」

白鐵軍搖頭不語，兩人等了一會兒，見不再有人出現，便悄然繼續前行。

漸漸，他們又走近昨夜那山坡。這時，那黃土路的盡頭又現了兩條人影，奇快無比。

白鐵軍伏下身來，低聲道：「莫非北魏還有幫手？那就麻煩了……」

左冰凝目望著黃土路盡頭奔來的兩條人影，他的臉上漸漸露出激動的神色，終於他喘息著低叫道：「是他們！是他們到了！」

白鐵軍道：「誰是他們？」

左冰興奮的聲音發抖，他緊抓住白鐵軍的肩頭，顫聲道：「爹爹和錢伯伯！」

白鐵軍也興奮起來，他緊握住左冰的手道：「好極了，好極了！」

這時，那黃土路的盡頭，兩點人影愈來愈大，終於到了眼前。

左冰在路旁的林中輕叫道：「爹爹！」

左白秋猛一停身，低聲道：「是冰兒麼？」

左冰和白鐵軍走了出來，左白秋道：「啊，白幫主也在這裡！」

白鐵軍恭聲道：「左老前輩，錢老前輩！」

錢百鋒道：「白幫主別來無恙乎。」

左白秋道：「冰兒，你怎麼沒有到約定的地方去？咱們等了你好幾天。」

左冰張口欲答，忽然想起這段日子裡自己歷盡了多少變故，從搶得駱金刀遺書開始，到中了楊群的埋伏，性命險些送掉，而自己卻在這九死一生中匆匆與凌姑娘成了夫妻……

這一切一切，從何說起呢？只是欲言還休罷了。

左白秋見愛子面色有異，正要開口追問，白鐵軍已道：「北魏與那瘋和尚在那邊與點蒼雙劍決鬥，咱們要快些過去才好！」

錢百鋒吃了一驚道：「瘋和尚？在哪裡？」

白鐵軍指了指山坡的那裡，錢百鋒和左白秋同時發現了白鐵軍的手臂——

他們兩人凝視著白鐵軍的斷臂，沒有說話。

白鐵軍低聲道：「晚輩中了北魏和那瘋和尚之埋伏，手臂中毒，是我自己切斷的。」

錢百鋒和左白秋互望了一眼，都沒有說話，過了一會兒，白鐵軍道：「咱們快過去吧！」

他們向著山坡那邊縱去，鋒百錢伸手輕輕拍了拍白鐵軍的肩膀，白鐵軍回頭一看，錢百鋒低聲道：「白老弟，你是條漢子！」

白鐵軍忽然覺得一股熱流從心底直冒上來，不知為什麼，自從斷臂之後，自己從來沒有自憐自傷的感覺，這時竟然有一些熱淚盈眶，他連忙一轉頭，低聲道：「咱們快！」

他四人快如閃電地奔上山坡頭上，這時，坡下，就在卓大江昨日苦戰魏定國的地方，兩道劍光如同長空電擊一般繞擊著北魏，當真是龍騰虎躍，兔起鳶落。

錢百鋒道：「點蒼雙劍看家的本領施出來了。」

左白秋道：「那瘋和尚呢？」

左冰道：「大概尚未現身，但他必然埋伏在附近。」

白鐵軍道：「還有兩個人也在附近，不知是敵是友，但是……」

左白秋道：「但是什麼？」

白鐵軍道：「但是多半是楊群和那虯髯漢子。」

左冰道：「不管怎樣，咱們這邊力量是足夠了。」

錢百鋒道：「等會咱們最主要的是把那瘋和尚牽制住，我看，由我來對付北魏……」

他話未完，白鐵軍一字一字地道：「北魏交給晚輩吧！」

錢百鋒怔了怔，他望著白鐵軍堅毅的臉，左肩下空蕩蕩的衣袖，點了點頭道：「不錯，白老弟會對付北魏是再好也沒有了。」

他停了一停繼續道：「我和冰兒負責牽制那老和尚，咱們務必把他生擒，左老弟你對付那楊群和虯髯漢子，並負責支援各處。」

他說著望了左白秋一眼，左白秋明白他的意思，是要他多多注意白鐵軍那一邊。

左冰道：「咱們何時動手？」

錢百鋒道：「瘋和尚何時出手，咱們就何時動手。」

他雙目凝視著下面的激戰，暗暗感慨地道：「想我錢百鋒關在落英塔中之時，一心一意只想出得塔來，先尋卓大江兄弟大戰幾百合再說，卻不料現在躲在這裡準備援救點蒼雙劍，世事可真難以逆料呵！」

這時，點蒼雙劍兩支劍已織成了一片密不透水的劍幕，魏定國掌出如斧，發出嗚嗚怪響，左白秋是嘗過點蒼雙劍合璧之下的威力的，他回憶當年獨闖落英塔的往事，不禁在心底裡長嘆一聲！

左冰低聲對白鐵軍道：「你瞧北魏能從點蒼雙劍的威力下扳回攻勢麼？」

白鐵軍凝神看了看場中戰況，皺了皺眉，然後緩緩地道：「魏定國就要反擊了！」

他話聲未了，忽然一個霹靂般的暴震從下面傳來，魏定國的大喝聲震得四周林木簌然：「看掌！」

左冰連忙向下看去，只見魏定國忽然之間搶攻起來，每一掌都像是排山倒海一般，掌勢之快，真叫人看了仍不敢相信。

錢百鋒喃喃嘆息道：「南北兩魏……」

那邊卓大江大喝道：「好掌法，咱們兄弟一生練武，能親手與這等蓋世掌法拚過一次，雖死何憾！二弟，銀河倒捲！」

只見雙劍合璧，一片渾厚的銀光從霍霍劍氣中飛了出來。

然而就在這時，魏定國驟然發出霹靂神拳，一連五聲暴震，竟然徒手把點蒼雙劍逼退了五步，退到了一大堆巨石邊。

忽然之間，魏定國大喝一聲道：「是時候了！」

只見那一片巨石的左邊飛出一條人影，快如閃電的一掌蓋下，從身形上看，正是那瘋和尚！

錢百鋒低喝一聲：「不好，咱們快！」

在這同時間裡，那片巨石的右邊又飛跑出兩條人影，飛快地撲向點蒼雙劍。這回左冰看清楚了，正是楊群和那虯髯漢子。

左白秋、錢百鋒、白鐵軍和左冰四人如四顆流星飛奔下去，速度之快，令人不敢置信。

那邊，點蒼雙劍被這突然出現的左右夾攻所逼，又退了三步，他們兩人堪堪退出三步，魏定國驀地大喝：「退！」

只見瘋和尚和楊群等三人如蜻蜓點水，一觸即起，疾如閃電地倒竄而退，同時間裡，魏定國鬚髮俱張，雙目盡赤，舉起雙掌猛向對面巨石擊去。

只聽得轟天一聲暴震，一股火花從地底下直爆出來，漫天都是碎石碎土，錢百鋒大喝道：「炸藥！」

他們四人飛快地伏地一滾，再站起來時，只見滿天煙塵瀰漫，硝磺衝鼻，點蒼雙劍血肉模糊地倒在地上，一動也不動了。

錢百鋒大怒喝道：「魏定國，你要不要臉？」

魏定國定睛一看，只見來的是這四個人，心中不由一寒，他冷冷地笑道：「兵不厭詐，這又有什麼不要臉？」

錢百鋒怒吼道：「你除了詭計，還會別的麼？」

魏定國道：「卓大江把你逼進了落英塔，你不找他晦氣，魏某替你出了一口氣，你倒怪到魏某頭上來了。」

這時左冰已奔到那瘋和尚身邊，瘋和尚對準左冰就是一掌，錢百鋒怕左冰有失，連忙照預定計劃，飛身過去接應，硬接了瘋和尚一拳。

魏定國仰天狂笑，他笑聲方了，白鐵軍已站在他的面前，冷冷地道：「魏定國，咱們又碰上了！」

魏定國道：「怎麼？你要管卓大江何子方的事？」

白鐵軍強忍胸中萬丈怒火，冷冷地道：「你謀殺卓老前輩的事不提，便是咱們間的帳也該清算一下了！」

魏定國厲聲道：「卓大江何子方是你的榜樣！」

白鐵軍一字一字地道：「魏定國，你想再謀我性命麼，怕是難如登天了！」

北魏指著白鐵軍道：「白鐵軍，你不過是僥天之倖，藉著混賴的低級手段逃出老夫的手掌，老實說，哼！」

白鐵軍道：「怎麼？」

魏定國道：「老實說，以你的年紀，能有這般武學造詣，委實是不錯的了，不過若是老夫要取你的性命，那還是易如反掌。」

白鐵軍仰天大笑道：「白某一隻獨臂在你和那瘋和尚圍攻之下尚且不在乎，何況今日？」

魏定國望著白鐵軍，怔怔然地顯然被白鐵軍那豪氣干雲的神采震撼了。

過了一會，他沉聲道：「白鐵軍，爲什麼天堂有路你不走？」

白鐵軍默然不語。

魏定國道：「實在說來，老夫名震天下之際，白鐵軍你尚未出世，老夫何必尋你的晦氣？」

以魏定國的身分，竟然說出這句話來，那已是天大的怪事了，白鐵軍怔了一怔，然後一字一字地道：「魏老前輩，從表面看來，不錯，白某與你河水井水不相犯，可是……」

他停了一停，繼續道：「可是你要記住，楊陸是白某的義父！」

魏定國尖聲笑道：「楊陸死得骨頭都成灰了，跟我有什麼關係？」

白鐵軍冷冷地道：「魏定國，十年前的事，就快水落石出了！」

魏定國聽了這句話，悚然動容，忽然猛一伸手，呼的一掌對準白鐵軍當胸拍來。

魏定國何等功力，這時敵對的又是白鐵軍，他這一掌委實深厚之極，四周空氣隨著他這一掌之力帶動，發出嗚的一聲！

白鐵軍絲毫不退不讓，他略一沉肩，獨臂猛探，呼的一掌硬迎而上，只聽得轟然一震，兩人竟是功力悉敵，不分上下！

魏定國向左略一跨步，兩掌齊向白鐵軍兩脅切到，掌風雷鳴，威風凜凜。

白鐵軍獨臂劈出，連擋兩記，依然不分勝負。

魏定國大喝道：「你再接我一掌試試！」

白鐵軍道：「放心，白某今天不會退的！」

魏定國猛然施出大力金剛掌來，只見一股掌風如巨浪一般撲向白鐵軍，白鐵軍面色凜然，獨臂一揚，施出的正是驚世駭俗的大擒龍手！

大力金剛掌原是少林寺的鎮山絕學，魏定國此時施出，雖是少林神掌的路子，然而用勁之道卻又不盡相同，魏定國乃是武林一代宗師，他潛心改革之下的大力金剛掌比之少林絕學威猛並不稍讓，卻多了幾分毒辣之處。

白鐵軍自弱冠成名以來，雖然短短只有數載，然而他身為丐幫幫主，在武林中從南到北，身經何止數百大戰，他一觸拳風，已察覺到北魏這一掌的異處，於是他毫不考慮地發出大擒龍手來，同時身形暴退！

鐵百鋒大喝一聲：「大擒龍手！白老弟，好掌法！」

兩股至剛至強的掌力一碰之下，四周空氣為之一旋，白鐵軍在身退之中仍感到一股莫名其妙的陰柔之勁直傳過來，他急忙再次一掌封出，化去餘勁，然而他心中卻是駭然已極。暗忖道：「大力金剛掌可算是世上最剛強的掌力之一了，然而他的掌力中居然夾有純陰之勁，這真是不可思議的了！」

情。

他揚起頭來望了望北魏，魏定國也正凝目望著他，兩人的目光中都有一種難以解釋的神情。

過了一會兒，白鐵軍道：「魏老前輩，你這一招從大力金剛掌中發出陰柔之勁，扭轉武學常理，白某是服了！」

頃刻之前，他還用狂傲的話喝罵北魏，此刻他說服了，卻是任何人也可聽得出誠懇無比，魏定國聽了這話，先是默然凝注，然後忽然仰天大笑起來。

魏定國笑完了之後大聲道：「魏若歸與老夫合稱南北雙魏，齊名天下數十載，到今天，魏某才算服了他。」

錢百鋒在那邊答腔道：「魏定國，你不必假謙虛，魏若歸雖然功力蓋世，但是我瞧你也是愈來愈厲害了，你也不必就要服了魏若歸！」

魏定國搖頭道：「我服了他！我服了他！」

他一面說著，一面搖著頭，臉上看不出一點不正經模樣。

錢百鋒道：「你服了他什麼？」

魏定國嘆了一口氣道：「我魏定國承認這一生絕對調教不出這麼一個弟子來！」

白鐵軍暗暗對自己道：「魏定國呵，你怎會知道，我還有東海二仙傳我的功夫呢！」

魏定國再度凝望著白鐵軍，低聲地道：「白鐵軍，你已是一流了。」

白鐵軍道：「不敢！」

他「敢」才出口，魏定國已大喝道：「再接拳！」

就在這霎時之間，魏定國忽然向白鐵軍發出了獨門快掌，只見他身形掌形揉合成了一片模糊的光影，劈拍掌震之聲不絕於耳，頃刻之間，圍著白鐵軍發出了十多招。

白鐵軍曾見楊群施出過這一路快掌，那威力委實大得難以形容，這時魏定國親自施出，那更是出神入化，他只覺得北魏一掌快似一掌，也一掌重似一掌，到了二十招後，簡直疾如雨點，重如泰山。

白鐵軍獨臂連揮，心神全進入了武學中忘我的微妙境界，此刻他什麼都想不到，只自己不斷地提醒自己一件事：「我千萬不能撤退，我千萬不能撤退半步！」

於是，只見獨臂的白鐵軍大發神威，在那狂風暴雨般的攻擊中，見招拆招，見式拆式，八十一掌閃電而過，白鐵軍依舊傲立。

錢百鋒呵呵大笑，怪聲叫道：「左老弟，看來白鐵軍可真不用你費心照顧啦！」

左白秋發出一聲驚讚的嘆息道：「武林中從此又將出現蓋世高手了！」

魏定國心中一股寒意從丹田直升上來，他很清楚地知道，從今以後，要想毀了白鐵軍，已是不可能的事了！

他昂首望了望白鐵軍，繼續道：「姓白的，魏某承認你可與天下任何高手並駕齊驅了！」

白鐵軍依然沉著地道：「不敢。」

魏定國忽然對那瘋和尚及楊群等人叫道：「咱們走！」

錢百鋒大叫道：「魏定國，你暗箭傷人，就想一走了之麼？」

左冰也叫道：「還有卓姑娘……」

魏定國反身道：「卓姑娘麼？嘿嘿，她現在已經沒有什麼作用啦，明天你們到城隍廟後去找她，保證不損毫毛，至於……」

他停了一停，轉身向錢百鋒道：「至於說想什麼一走了之？用得著嗎？咱們要走，要攔的儘管動手吧！」

他說完冷笑一聲，轉身就走！

錢百鋒大喝道：「你試試看！」

他身如巨鷹，飛快地落到魏定國的身前，人未落地，已是連環三掌拍了過去，魏定國一面連接三掌，一面依然騰身而起，避開錢百鋒的鋒頭，向左飛縱過去。

左面的白鐵軍橫裡一掌轉來，大喝道：「那麼急著走幹麼？」

魏定國一掌按下，騰空又轉向右，右邊的左白秋大喝一聲：「慢走！」

他身形快得令人難以相信，一插身正攔在魏定國的前面，魏定國驀地大喝一聲，一連發出三掌，轟然三聲暴震，他忽地轉向從白鐵軍的頭上飛了出去！

魏定國這一手掌力威猛，變化神速，委實漂亮已極，錢百鋒、左白秋、白鐵軍各持一方相攔，依然被他從容而去，三人心中都是一陣讚嘆。

魏定國三人到了外面，那瘋和尚忽然哈哈大笑，叫道：「哈哈，現在輪到我了吧。」

他話聲未了，人已一步跨出，直向左冰的身邊閃電般搶出，左冰身形如電，一個移形換位，搶到了主位，雖則美妙之極，卻不料瘋和尚略一側身，整個人向左邊飄了出去。

錢百鋒呼的一掌平擋，老和尚左斜右倒，施著一路不成章法的怪拳硬闖了出去，錢百鋒只覺他的拳路中隱隱透出無比深厚的奇異力道，他正咦了一聲，瘋和尚已如天馬行空般飛跨出去。

錢百鋒怔了怔，隨即哈哈大笑道：「這一路拳有意思，有意思，值得研究研究。」

瘋和尚嘻嘻笑道：「研究個屁！」他回頭對楊群和那虬鬚客道：「小伙子們，人家要攔著不讓走哩，瞧你們的啦！」

楊群和虬鬚客對準左冰和左白秋中間衝了過來，左白秋一擺手，並不阻攔，待楊群和虬鬚客全都衝了出去，然後冷冷地道：「魏兄，今日一別，何日再見？」

魏定國哈哈大笑道：「放心，咱們是有緣人，誰也躲不了誰。」

左白秋道：「什麼時候？」

魏定國道：「到時候咱們走著瞧就是了。」

左白秋道：「不錯，到十年的老案水落石出的時候，誰也躲不了誰！」

北魏冷冷哼了一聲，沒有答話，一揮手，便大跨步走了，瘋和尚和楊群等也跟了上去。

左白秋望著他們的背影，喃喃道：「魏定國日暮途窮的日子不會太遠了！」

左冰走到左白秋的身旁，低聲叫道：「爹爹！」

左白秋見他欲言又止，問道：「冰兒，什麼事？」

左冰道：「駱金刀……他已不在人間了！」

左白秋和錢百鋒同時尖叫起來，他們齊聲問道：「駱金刀怎麼死的？快說！」

左冰道：「被北魏害了——」

左白秋道：「此話當真？」

白鐵軍道：「晚輩目睹駱金刀中伏身亡！」

左白秋和錢百鋒對望了一眼，錢百鋒低首望了望地上躺著的點蒼雙劍，他想起當年沿血苦戰被逼入落英塔中，那時的死仇敵人，等他出了落英塔，忽然覺得他們和自己一樣，不過全都是被人愚弄了罷了，如今唉……

白鐵軍一聲不響，掘了一個洞，把卓大江和何子方葬了，號稱天下第一神劍的點蒼高手，就長眠於此。

他緩緩走到左白秋身邊，左冰道：「我搶到一封駱金刀給爹爹的信。」

左白秋忙道：「什麼？在那裡？」

左冰從懷中掏出那封信來，道：「信封我丟了，但信封裡卻是一張白紙。」

他掏出那封信來遞給左白秋，左白秋打開信來一看，上面一個字也沒有。

錢百鋒道：「駱金刀多半用的是他們鏢局裡秘密傳信的老辦法，咱們只要能找到一個他鏢局的老鏢師，一定能使這張紙上現出字來。」

左白秋點了點頭。

白鐵軍道：「駱金刀老爺子臨終前曾交給晚輩一樣東西，晚輩至今尚未拆閱，如今駱老爺子已死，有兩位老前輩作主，晚輩想當著兩位老前輩拆開來看個究竟。」

錢百鋒問道：「什麼東西？」

白鐵軍緩緩從懷中掏出那封駱金刀拚死交給他的皮紙包來，他交到錢百鋒的手上道：「駱老爺子拚了老命把這東西交給我，若是不拆開來看個仔細，只怕要誤了大事。」
錢百鋒拿著那皮紙包，問左白秋道：「左老弟，你的意思如何？」
左白秋沉吟了一會道：「拆吧。」
錢百鋒把那紙包拆開來，只見裡面是一大卷像字帖一樣拓墨的碑書，捲得緊緊的，上面貼著一張字條，字條子寫著：「敬託駱兄面交瓦剌太子阿骨顏親啓」。下面寫著：「周公明叩首」。
錢百鋒一面念著，一面驚叫了起來：「周公明！」
左白秋道：「這就是周公明交給駱金刀的東西了？」
錢百鋒道：「必然是了！」
左白秋道：「好像是一篇碑文？」
左冰和白鐵軍同時叫道：「羅漢碑？」
眾人心中都是一陣狂跳。
錢百鋒望了左白秋一眼，用詢問的語氣道：「怎樣？要不要拆了？」
左白秋心中猶疑不定，白鐵軍和左冰心中也是怦然而跳，他們知道，這卷東西周公明送交駱老爺子手上，魏定國就為了這東西先殺了周公明，又殺了駱金刀，很可能只要把這卷東西拆開，立刻就能使當年土木之變的秘密水落石出，但是……
但是字條上分明寫著：「敬託駱兄面交瓦剌太子親啓」。
錢百鋒皺著眉道：「左老弟，我的意思是……」

左白秋知道這個放蕩不拘小節的錢老哥的性子，就想立刻拆來看個究竟。

左白秋考慮了一會，然後道：「這卷東西非同小可，周公明託駱金刀轉交，駱金刀始終不曾拆開來看……」

錢百鋒道：「左老弟，你的意思是咱們不拆開來看？」

左白秋點頭道：「駱金刀到死也不曾拆開了看，他把這卷東西拚死交給了白賢弟，那就是託白賢弟繼他遺志把這卷東西送到那瓦剌太子手上，並不是叫咱們拆開來看的意思。」

錢百鋒道：「那麼咱們怎麼辦？」

左白秋道：「咱們先設法把這東西送去。」

白鐵軍道：「然後呢？」

左白秋道：「咱們送到了那瓦剌太子的手上，便算完成了任務，那時再看何妨？」

錢百鋒點了點頭。

左冰道：「咱們誰去送這卷東西？」

左白秋想了想道：「魏定國那傢伙雖然殺了駱金刀，但沒有得到這卷東西他是絕不甘心的，咱們要格外小心。」

白鐵軍道：「駱老爺既是交給了白某，還是由白某去吧。」

左白秋搖了搖頭道：「只要你一動身向北，魏定國必然就會傾全力阻攔，必置你於死地而後已。」

錢百鋒道：「我看這樣好了，由我陪白老弟跑一趟吧。」

左白秋望了望錢百鋒，又望了望白鐵軍，心想：「有這兩人，天下最強的敵人也應付得了啦。」

他點了點頭道：「就這麼辦。」

白鐵軍道：「現在咱們就動身？」

左白秋道：「過了明天再說吧，咱們先找到卓大江的女兒再說。」

左冰道：「爹爹，您看北魏說明日在城隍廟前接卓姑娘的事會不會有詐？」

左白秋道：「北魏雖然陰險詭詐，說這種話還是會算話的。」

左冰暗暗道：「縱使明天找到了卓姑娘，她爹爹已遭毒手了，咱們由誰去告訴她？怎樣去告訴她……唉！」

六八　神算鐵口

咸陽城。

早上淡淡的日頭曬在城頭上，街上的行人漸漸多了，城門大開，進出的人迎著朝陽，容光煥發，一天又開始了。

這中原名城，自從楚霸王一把火燒過後，一直未曾恢復過昔日舊觀，千餘年來，靜靜地座落在渭河的平原上，爲長安名都默默地作個衛護著。

太陽漸漸高升了，西城門邊一個蒼老的漢子，推了一輛小車停下，從車上拿下一片桌面和四隻木腳架，手足顫抖地架起一個相命攤來。

這時正是鄉下人進城賣物趕集的時候，人人都是匆匆忙忙，或是趕著驢拉的大車，或是挑著滿擔滿籃的新鮮菜蔬雞蛋，往鬧市趕去交易，哪有人還會有暇來光顧這糟老頭兒的測字攤了？

那老者半瞇著眼，安詳地坐在椅子上，似乎在欣賞芸芸眾人，對於生意清淡，彷若並未放在心上。

過了一會，城外傳來一陣得得蹄聲，緩緩走來三騎，那老者驀然一睜眼，口中念道：「富貴本有相，生死一念間，禍福生旦夕，迷津兩茫茫。」

那為首一個漢子收韁打量那老者，半晌對夥伴道：「老五老六，城裏你們熟，先去西城大客棧定下獨院，我在此等等孟家幾位老哥兒們。」

那另外兩個漢子應了聲好，正待催騎進城，那相攤老者冷冷地道：「兩位爺台慢走。」

那兩個漢子一怔道：「算命的，你說是咱們麼？」

那相攤老者哼聲道：「早走早死，遲走遲死，死相已至，條條路皆是一死，老夫有心指點你等一條明路，卻是無能為力。」

那兩個漢子聞言大怒，怒氣洶洶地道：「糟老頭，你再胡說八道，爺們把你攤子給砸了。」

說著衝上前去，便欲掀翻老者攤子。

那老者不住冷笑，臉上神色不動，那為首的漢子向兩個夥伴施了一個眼色，緩緩走到老者攤前。

那老者雙眼仔細打量那為首漢子，搖頭晃腦，便似市場選購豬肉，揀肥挑瘦一般。

那為首的漢子被老者瞧得胸頭火起，但他乃是頗有身分的人，當下沉聲道：「請老先生替在下相相氣色如何？」

老者沉吟良久，搖頭道：「閣下氣清不濁，精神充足，相君之面，事業家庭兩旺，出人頭地，身居領袖人物。」

他說話語氣一改，竟變得客氣起來，那爲首的漢子反倒不好發作，伸手囊中揀兩塊碎銀抛在攤桌上，淡淡地道：「多承指教。」

那老者嘆息道：「可惜呀，可惜！」

那爲首漢子正欲離開，聞言駐足道：「老先生尚有何指教？」

那老者又道：「可惜呀！可惜。」

那爲首漢子不再理會，對另外兩個漢子道：「快去啦，待會西城客棧大獨院被姓張的訂去了，咱們請的客人都是面上無光，這個台可塌不起。」

他說罷引馬踱到城門口，另外兩人騎馬走了。

那老者一拂袖道：「這位爺台請回，這銀子老夫不能收。」

那爲首漢子雙目一睜，射出兩道精光，瞪著那老者，不言不語。

那老者喃喃道：「老夫豈能收死人銀子，這筆債日後怎麼算？」

爲首漢子爲人極是精細，他起先聽那老者胡言亂語，心中極是氣怒，但見老者只是糾纏不清，心中大是起疑，仔細打量那老者，一臉老態龍鍾，分明是個糟老頭子，何曾有一絲異樣？

他沉吟一會兒，倒是不敢怠慢，雙眉一揚道：「老先生一再以死相脅在下三人，不知是何用意？尚請示下。」

那老者嘆息道：「罷！罷！罷！迷津該當有，不點無心人！」

他說完雙目一閉，坐在太師椅上養起神來。

那爲首漢子右掌一伸，直點那老者臂間穴道，那老者雙目緊閉，手臂抬起撫了一把長鬚，卻是有意無意間避過一招，那爲首漢子更是心驚，化掌爲拳，正要再試他一招，忽然一陣宏亮的笑聲道：「田老弟，數年不見，老弟怎的迷信無稽，求卜相命起來？」

那爲首漢子收掌狠狠瞪了老者一眼，回身一瞧，只見一個滿頭白髮、精神奕奕的老年人，正在自己身後不遠，含笑而立。

他連忙一揖，正要開口寒暄，那相攤老者閉目低低地道：「今夜有事，速往東方逃命，老夫洩露天機，罪遭天譴，信不信也由得爺台。」

那姓田的漢子無暇和他多說，恭謹地對那白髮老人道：「姚老，晚輩再也想不到您老人家會親自蒞臨，您老一來，咱們兄弟光彩十足，看那姓張的還橫不橫？」

白髮老人生性吃捧受激，當下只樂得呵呵笑道：「老弟真是名符其實的『賽蘇秦』，就憑你這張嘴，天下還有不能解決的事麼？要老夫又有何用？」

姓田的漢子奉承道：「姚老近年來不出廬中，但名號反是日隆，江湖上各門有爭執不能解決的事，人人都想如果姚老在場，一言九鼎，許多流血干戈之事都可杯酒化解。」

他一味討好，分明有重求於那白髮老人，那白髮老人果然愈來愈是高興，哈哈一聲大笑，用力一拍那姓田的漢子肩膀道：

「好說！好說，江湖上朋友給老夫一個面子，老夫哪裏敢當，老夫與那張青鋒過世的師父原是好友，此事衝著你老弟面子，老夫一力承擔。」

姓田的漢子千謝萬謝，陪著那老者步行進城，那匹駿馬也不管了，他原來是等山西孟家寨幾個好漢，此時卻迎到意想不到的大靠山，再也顧不了這許多。

兩人走了不久，又過了數批騎士，那擺相攤的老者愈看愈是心驚，心中尋思道：「這些人怎的個個都是凶煞之氣直透華蓋？分明是趕去送死，活不了啦！」

轉念心中一想，更是吃驚，暗忖：「這些人裏面頗不乏西北武林高手，如說同時遭害，那真是大不可能之事，難道……難道這咸陽城會出大亂子？」

他默運神機，閉目推算了一會，卻是茫然，雖然有些蛛絲馬跡，但並不能連結起來，他暗暗嘆口氣道：「天道難窺，天道難窺！」

當下城門穿流不息又經過了許多武林中人，卻仍是「死相的」多，那十個中能有一個逢險化夷的便不錯了。

那老者對於自己相命之術極是自信，但此刻竟是動搖信心，忽然一個蒼老的聲音道：「寧兒，咱們可到了咸陽城？」

另一個小女孩的聲音道：「是啦，爺爺。」

那蒼老的聲音道：「寧兒，咱們總算走到了，爺爺瞧不見，咸陽城還和從前一般熱鬧麼？妳說給爺聽。」

他似乎離鄉久遠，這時老來重返故里，說不盡熱情洋溢，那小女孩卻毫不感興趣，懶洋洋地道：「還沒進城哪！這才到城門口哩。」

城牆邊擺相攤的老者只覺那蒼老的聲音分明很久以前便熟悉，放目看去，只見一老一少都是風塵僕僕，那老的比起自己更是蒼老潦倒，邊幅不修，髮鬍雜亂叢生，一時之間，也想不起那老人身分。

那蒼老的「爺爺」又說道：「乖孫女，告訴爺爺，那城門口還是兩座大石獅子把守兩邊麼？」

小女孩不耐地道：「咱們一道走來，差不多每過城門，都是兩頭石獅子，爺爺，這有什麼稀奇？」

那「爺爺」央求道：「乖孩子，妳去摸摸左邊大石獅子右耳內，是不是有個雞蛋大的洞？好孫女，妳聽話，爺爺進城便替妳買一串糖葫蘆去。」

那女孩搖頭道：「兩串！」

那「爺爺」道：「好，兩串便兩串！」

這祖孫兩人低聲談話，城門口雖是人聲喧嘩，但相攤老者卻聽得清清楚楚，只覺那「爺爺」神氣聲音實在聽過，但時間也實在隔得太久遠，想破腦子也記憶不起。

他記憶極強，相人一面，可說是終身難忘，法眼所及，真是鉅細不遺，但此刻留心之下，並未尋到破綻，心中不由嘖嘖稱奇，當下更是留意。

那小女孩倒極乖巧，上前笑嘻嘻對守城門的兵士道：「我可不可以摸摸這獅子？」

那士兵見她生得清秀，先生了幾分好感，拍拍小女孩的頭逗她道：「好啦，只准摸一下。」

那小女孩眼珠一轉放刁道：「不行，要兩下。」

那士兵笑意滿臉嚇小女孩道：「小姑娘便依妳，如果妳多摸一下，小心我這麼一下。」

他作了一個砍頭的姿勢，那小女孩一吐舌，早就跑向左邊石獅子，但她長得矮小，哪裏搆得到那巨大石獅耳部？那士兵又走開去盤問進城的人，她想了想，忽然靈機一動，對一個長得甚是英俊的青年打招呼道：「大叔，我跟你說個秘密。」

那青年微微一笑道：「什麼秘密？」

那小女孩滿臉故作神秘的道：「我怕別人聽見了，你彎下身來，好跟你說悄悄話。」

那青年洋洋一笑，果真彎下身子來，那小女孩飛快一跳一攀，摟著那青年脖子道：「咦，你看那城上是什麼東西？」

那青年緩緩站起身來笑道：「小姑娘，城上哪有什麼東西，妳想摸摸獅子頭是不是？偏偏妳長得這等矮小，那又怪誰？」

那小女孩謊言被人拆穿，訕訕不好意思，那青年口中雖是如此說，到底馱著那小女孩走到石獅跟前，那小女孩依照她爺爺所說，果然右耳內有個孔道，直通那龐大獅頭。

那「爺爺」咳了一聲嗽道：「乖孫女回來，乖孫女快來跟爺爺說。」

那小女孩向那青年投以一個抱歉的目光，奔到他爺爺身邊道：「爺爺，您說得一點也不錯，那石獅耳朵之內真有一個小洞。」

那「爺爺」喟然嘆息，心中默默地道：「唉，一別寒暑數十載，楊老哥啊！楊老哥啊，如今人事滄桑，咱們人鬼殊途，石獅仍是依然。」

他心中大感索然，扶著孫女兒進了城去，走了幾步，腳步忽然變得沉重起來，心中怒火暴起，暗道：「今日之事，是我替楊老哥報仇的時候了！」

走著走著，漸漸消失在人叢之中。

那青年四下瀏覽一會，這一刻之間，從城外又進來幾批江湖中人，那青年忖道：「田百敏、張子佐關中兩大豪客今夜在咸陽城擺酒評理，各自遍請西北武林中人壯威，我這前去弄個手腳，讓雙方鬥他個你死我活，再收攬一些人以爲己用，豈非一舉兩得？」

他想著想著，也朝城中走去。

才走了兩步，那擺相攤的老者忽然叫道：「公子留步，公子留步！」

那青年一回首，他起先倒並未注意這糟老頭，只見那擺相攤老者雙目精光閃射，便似兩柄寶劍，又利又寒，直透人心。

那青年走近相攤，凜然不語。

那相命老者又看了他半天，忽然臉色一變，顫聲道：「公子可是姓楊？」

那青年雙眉一揚道：「在下楊群，先生有何指教？」

相命老者飛快逼問道：「公子胸前可是有一連串三枚紅痣？」

那青年正是楊群，上次設計害左冰，反倒被白鐵軍打了一掌，養了好幾天才告痊癒，後來又到洛陽圍擊點蒼雙劍，之後接北魏通知，著他到咸陽城分化收買西北武林。

楊群一聽那老者之言，臉色也是一變，半晌說不出話來。

那老者接著又道：「公子耳垂原來可有穿孔？」

楊群聽得更是震驚，他城府雖深，但此時臉都變白了，只因這是他私人秘密，只怕連師父也未必知道，他從小雙耳耳垂下便有一對極小針孔，他昔日爲了不願被師兄弟發覺恥笑，也不知吃了多少苦頭，將耳垂下端活生生凍爛切去，他對此事印象極深，此刻被這老者一提，當下瞋目沉聲喝道：「你是什麼人？尋在下開心麼？」
那相命老者見楊群神色，分明自己所言無誤，當下喜心翻倒，再也不能沉凜不動聲色，他站起身來，雙手伸出欲握楊群手腕，兩人相隔不及一尺，楊群一側身，也不見他動作，身子已在那老者左後方。
那老者回身輕輕讚了一句：「好漂亮的『脫袍換位』身法。」雙掌一伸又往楊群抓去。
楊群待他雙掌十指近身，又是依樣葫蘆，平移數尺閃過，那姿態便若行雲流水，當真瀟脫已極，但他腳一及地，突然一股極大的柔和力道推來，楊群停身不住，退後兩步。
楊群瞋目低聲道：「好厲害的『鷹爪功』！請教閣下萬兒。」
那老者臉上神色和悅已極，心中大是安慰，他昂首凝視一會，口中喃喃反覆地道：「楊家有後矣！楊家有後矣！」
楊群心中卻吃驚忖道：「這老者看來弱不經風，但我剛才分明已閃過他的招式，想不到他那力道竟會凝留空間如此之久，『鷹爪功』能練到這個地步，江湖上倒還不曾見過。」
那老者吸了一口氣，漸漸恢復平靜，他凝視楊群，好半天才說道：「老夫與令尊昔日是過命的交情，賢侄英挺如斯，令尊九泉之下也必定歡喜。」
楊群瞋目再問道：「閣下是誰？」
那老者嘆息道：「令尊仙逝匆匆十餘年，辰光似水，一去不返，故人子弟又已成長，老夫安得不老？老人昔日在江湖上有個名號，人稱神……」
他說到此，那楊群忽然轉身便走，口中道：「在下待會兒再來請教。」

當下楊群大步邁進城門，匆匆的走了。

那老者心中一怔，他尋找多年，終於獲得故人子弟，如何能當面放過？一個起身也不再管那個相命攤子，大步追上前去。

追走了兩步，忽然背後一個冷冰冰的聲音道：「閣下少管閒事！」

那老者眼看楊群已消失在街道轉角處，哪還顧得了背後那發話之人，當下發足狂追，但那背後的人似乎有心找碴，腳步也加快，緊緊跟在後面。

那老者追到街彎角處，抬眼一看，哪裏還有楊群的影子，當下又急又惱，卻是無可奈何，後面那人又是緊緊相逼，索性將這口氣出在那人身上。

那老者驀然身子一轉，只見背後那人離自己不過四五尺，長得又高又大，但年紀甚輕，眉目間秀雅中猶有稚氣。

那老者沉聲地道：「瞧你年紀輕輕，怎的如此膽大妄爲，小子你要找死，也不必如此急啊！」

那高大年輕人道：「閣下一大把年齡，如能潔身自愛，少管閒事，還可頤養天年，多活些日子，如果硬要惹是生非，只怕明年今日便是閣下忌辰。」

那老者見高大青年口齒伶俐，而且刻毒已極，心中雖是氣惱，但他生性最愛相人定品，當下又打量那青年一眼，搖頭道：「相是生得不錯了，只是乖戾之氣太重，如果不除此氣，終是不得善終。」

高大青年不理會老者所說，一揮手道：「再奉勸閣下一句，快快收拾那勞什子破攤兒，速離此地，如再敢多洩天機，在下只有替天行道，留你不得。」

那老者聞言心中吃了一驚，暗自忖道：「適才那來往的江湖中人，每人都是黑煞之氣直透華蓋，死多生少，難道這劫數應在這主兒身上？」

那老者冷冷地道：「你走你的陽關大道，老夫自有獨木小橋，你勸老夫少管閒事。老夫倒要奉勸你一句，讀書養性，化乖戾爲祥和，異日成就至高，不然……嘿嘿，可別說老夫斷言太毒，不出五年，你必死於非命。」

他終究脫不了相命本行，這當兒猶自苦口婆心指點，那高大青年一臉不屑之色，鼻子一聳，鄙夷地道：「你既至死不悟，殺你這老狗有何意思？徒辱在下寶劍而已，你瞧著辦！」

他出言愈來愈是不遜，那老者瞧著他那不屑天下眾人的表情，忽然心中一凜，那氣憤之情立刻消失，驀然想起一個人，當下長吸一口真氣，緩緩地道：「閣下來自隴南？」

那高大青年冷嗤一聲道：「想不到你這老頭還有幾分眼力，既知在下來自隴南，那以後的事你自會知道。」

老者悠悠望天，良久不言不語，那高大青年只道他曉得自己底細，一定嚇得呆癡了。

那青年又道：「快收拾攤子，到別處混飯去，在下再三警告，只因瞧你年老可憐。」

老者忽然臉色一沉，一個一個字吐出：「想不到隴南來的，也會心發慈悲，告訴你家大人，有老夫在，如果在此屠殺生靈，那是在作春秋大夢。」

那高大青年適才見這老者和楊群試了兩招，心知這老者功力絕高，並不好惹，又怕他指點那些西北道上赴會的武林人生路，壞了爹爹大事，是以現身警告恫嚇，想把這老兒打發走路，不然怎會憐惜這一個老頭子了？

高大青年聞言大怒，他雖知這老者不是易與之輩，但他年輕氣盛，想到這糟老頭兒語氣咄咄逼人，竟以自己長輩自居，這口氣如何能忍得下？他一言不發，暗自運氣，反手便是一掌。

那老者嘴角露出一絲冷笑，右手探空一抓，五縷指風嘯聲大起，口中冷冷地道：「一上來便是『七毒掌』，別人怕你的毒掌，老夫卻是不怕。」

他開口說話，指風絲毫不滯，直襲過去，那高大青年只覺五股力道一般尖銳強盛，竟將自己欲發之「七毒掌」逼得遞不出去。心中一驚，立刻撤掌，倒退了好幾步，這才避過指風。

那高大青年臉色大變，瞋目道：「原來閣下便是神算子郭老……」

他話未說完，那老者喝道：「老夫懶得和你一個後輩動手，好好地跟你家大人說，昔年他對楊……楊大哥立下的誓言，難道食言不顧了麼？」

那高大青年如鬥敗公雞，知道逗留在此，一定得不到半點好處，這老人竟是爹爹許爲生平對手姓郭的高手，自己再也沒有什麼好說的了。

高大青年轉身便走，那老者又踱出城門，將相攤收起，想起方才那爺爺和孫女暗道：「顧老三又出來了！江湖上還有寧日麼，難怪那些西北武林人人都無生機，我昔年答應過楊大哥，要阻止顧老三濫殺無辜，此時豈能不管？」

他推起小車，緩緩往城外鄉間寄居的小屋走去，心中不停地忖道：

「可笑那些西北武林中人，猶自蒙在鼓中，興沖沖地來替田、張兩豪助陣，唉，『死亡谷主』顧老三的名號豈是白混來的？只要他有意屠殺，那千奇百怪的花樣兒可多得緊，能夠逃過他手中的機會極是渺茫。我適才如非瞧著那小子那仇視天下的神色，再怎樣也不會想起他老子這魔君來，唉，一個翩翩如玉的人，怎會毒得如此可怕？他孫女兒已長得如此大了，難道他……他竟殺心重起？想再次蹂躪天下？」

他一路走著，只見道上川流不息來往的都是江湖豪邁漢子，他心中又想：「聽說那姓張的和姓田的師父，昔年曾參與那事，看來顧老三定是爲楊大哥報仇來著，楊大哥死後奇慘，孤兒寡婦都免不了遭受賊人欺凌，這仇原該是要報的，我其實該助顧老三一臂之力才對。」

想到「孤兒寡婦」，心中驀然又想起一事，忖道：「那人多半是去參加這次聚會的，如果此人也遭殃被害了，我又有何面目見楊大哥於地下？」

他盤算已定，步子加快，身形消失在郊外樹叢之中。

夕陽西墜，天邊一抹紅霞。

咸陽城內一夕之間頓時熱鬧起來，稍爲像樣一點的酒樓都被田、張兩大豪包下來，招待各方來的朋友，入夜以來，酒樓上笑語喧嘩，美酒一罈罈打開，酒香四溢，燈火輝煌。一些做小生意的也從老遠運來土產，從晨間便擺著地攤，此時仍未收攤。

整個城市都顯得生機勃勃，這古城多年來未見這等鬧熱場面，城中居民也紛紛遊著逛著，瞧瞧這關中兩豪請客的豪華場面。

楊群漫步街中，他心中思潮起伏不定，日間那老者似乎有滿腹的話語要說，自己從小便是孤兒，師父收養自己，卻從未將自己身世說出，那老者正要說出之際，未想到師弟傳來急命，事關緊要，一刻耽誤不得，只有匆匆離去了。

他心想此時還有個多時辰，不知能否在街上碰著那老者，那老者一身功夫極強，看來並不像尋常行走江湖、賣卜相命之人。

他正在想著，忽然背後一個尖嫩的嗓子叫道：「大叔，你也瞧熱鬧來啦！」

楊群回身一瞧，只見那說話的正是早上碰到的那個小女孩，她一手拿著一個糖葫蘆，小臉上兩隻大眼又黑又亮，溜轉地令人有說不出的喜歡。

楊群笑笑道：「是啦，街上人這樣多，妳一個人出來，妳爺爺也不怕妳被拐走，賣給耍把戲的？」

那小女孩哼聲道：「誰敢打我主意，那是活得不耐煩了。」

楊群道：「妳長得乖巧，我便想打主意。」

那小女孩氣呼呼裝得十分嚇人的樣子道：「大叔，莫非你不是好人？」

楊群道：「妳糖葫蘆也買了，趕快回去吧！」

小女孩道：「喂，這個糖葫蘆給你，算是你今早馱我的報酬。」

楊群心中無聊，左右是等，暗忖和這聰明的小女孩聊聊天也是有趣，便接過來，正要放到口邊，忽又拿開不吃，對小女孩道：「妳辛辛苦苦騙了妳爺爺錢買零食，我怎忍心吃妳的？」

那小女孩不悅道：「你儘管放心吃，這糖葫蘆可沒有毒。」

楊群聽得一怔，他原來根本未想到別的，說的是真心話，但這小女孩說話行事都透著一股詭異之氣，當下心中不由暗生戒意，真的不敢吃那糖葫蘆了。

那小女孩道：「你不識抬舉，糖葫蘆還我。」

她劈手奪過楊群手中那串糖葫蘆，張口便咬了一個吃，楊群見她手法不凡，心中更是詫異，心想向她試探，說不定會探出些意想不到的事來。

他爲人城府頗深，當下笑哈哈地道：「我怎麼不敢吃了，我是怕妳一時高興給了我，待會又會後悔的。」

小女孩遞過那已吃過的糖葫蘆來，楊群大口一咬，津津有味的吃著。

小女孩道：「咱們可不是小氣的人。」

楊群點頭道：「小姑娘真會買東西，這串糖李子真是又甜又脆，我吃了不知多少次糖葫蘆，可就沒一次比這個好。」

小女孩聽得眼睛更是發亮，她到底年幼，心中得意之事再也忍不住道了出來：「這是我守著那舖子做的、做了四五次我才滿意，這還會錯了？」

楊群暗暗好笑，忖道：「這一個銅板的生意，也虧妳好意思要別人重做了好幾次，妳也太厲害了些。」臉上卻是不露半點神色，不住稱讚那小女孩能幹。

那小女孩自幼父母雙亡，那親叔叔雖然和眼前這人年紀差不多，但一向便將她看做小鬼頭，從未和她開心玩過談過，那楊群人極聰明，只片刻功夫便把這機靈絕倫的小女孩哄得心花怒放。

小女孩道：「爺爺叫我在城門口等他，他三更才會來，大叔，你說故事給我聽好麼？」

楊群道：「妳爺爺不是眼睛瞎了麼？他一個人怎麼能認得路，走到城門口來？」

那小女孩一時口快，自知說漏了嘴，連忙掩飾道：「爺爺對這城中一土一石都是熟悉無比，要你操什麼閒心？」

楊群道：「原來如此，算我好心沒好報。」心中卻想道：「好機靈的女娃子，明明說漏了嘴，還會倒打一耙，將來長大還得了？」

楊群當下便胡亂編了一個故事，他自幼從未聽親人說過什麼童話故事，此時說起來自是漏洞百出，那小女孩專心聽著，時時發些問題，好在楊群磨練極多，口才又是極好，每次都能圓謊。

兩人又閒聊了好半天，楊群見天空中明月愈升愈高，那約定的時候到了，自己和這小女孩窮磨菇，一點也未探出什麼消息，當下正想逼問那小女孩一句要緊之話，小女孩卻道：「我早上答應告訴你一個秘密是不是？」

楊群裝得十分認真地道：「妳的秘密還是存在妳心中的好，我怎能分享妳心中隱藏之事？」

他這個花招耍得極是高明，隱約間將那小女孩看得和自己一樣大，再無輕視她年幼之意，那小女孩果真極是感動，從來便沒有人以這樣的口氣跟她說過話。

小女孩道：「你是不是想參加那姓田姓張的英雄會？」

楊群道：「我是想去瞧瞧！」

小女孩道：「千萬不要去。」

楊群問道：「爲什麼？」

小女孩道：「你記住我話便是，千千萬萬請你別去便是。」

楊群點點頭鄭重地道：「既是小姑娘吩咐，在下不去便是，此刻已是不早，在下與一朋友還有約會，這便告辭。」

小女孩聽他說要走，神色忽然變得冷漠起來，聲音冰冷地道：「你如一定要去，別怪我事先沒警告過你。」

楊群連聲否認，大步而去。

那小女孩子在背後叫道：「如果你會的那人是你好朋友，叫他也不必去了。」

楊群回頭一招手道：「多謝小姑娘指教。」身子一起，飛快幾個縱躍，一路上只見城中酒樓客人都散了，零零落落只有幾個夥計在收拾殘局。

他知那些人都趕去赴會，當下加緊腳步，施展輕功出了西城城門，往「謝家花園」走去。

六九　故人之子

走了一盞茶時間，只見前面一亮，燈火極是輝煌，那西城郊外「謝家花園」原本就是咸陽附近最出名的豪華大院落，這次請客的雙方，又都是富可敵國之輩，裝飾得富麗堂皇，那燈火密密麻麻，遠遠望去，便若漫天星辰一般。

那「謝家花園」主人也是咸陽城內一霸，他此次借出花園讓田、張二豪開會評理，原有促和雙方之意，這時他周旋雙方客人，他經驗老到，盡說些別人得意愛聽之話，場面倒弄得十分融洽。

楊群走近花園，拱手的對守漢門子道：「在下木易，奉謝老當家召來，請管家引見。」那爲首守門的漢子見楊群眼生，年紀輕輕，這名字又未聽過，知非西北道上出名人物，不必替他引見主人，當下也拱拱手道：「久仰，久仰，多謝閣下不遠千里而來，家主人便在院內，請閣下自便。」

楊群道了聲有勞，混了進去，走了一會，穿過一道圓門，那路徑兩旁真是奇花盛開如錦，燈光下更是嫵媚之態，楊群心道：「這主人定是用炭火催花，剛好控制在今夜百花齊開，不然花兒哪有夜晚齊放芳蕊之理。」

他一路行走，鼻間芳郁之氣愈濃，又穿過幾道拱橋圓門，前面人聲喧叫，陣陣傳入耳中。

楊群邁步走到大廳場之中，只見場中高高矮矮至少坐了好幾百人，四周爐火燒得極旺，一大群僕人正在忙活計，那抬酒的人一罈罈美酒倒入大缸之中，楊群輕輕一嗅，知是三十年以上汾酒，心中暗忖道：

「這些客人都是酒醉飯飽，姓謝的主人還是如此殷勤，多半是誇耀本身富有，不讓那正點兒田、張二豪比了下去，但哪還有人吃得下？」

他隨便找了一個靠外邊地方坐下來，他來時心中已具戒備之意，放目四周並未發覺異樣，忽聞背後一個粗邁的聲音叫道：「他奶奶的老李、老王，你們都是死人不成，抬百把缸酒好像永遠抬不完似的。」

另一個聲音道：「來了，來了，五爺別急。」

楊群回頭看了看，只見那管大酒缸的人正青筋暴起，正在發脾氣，楊群正要回頭往場中望去，忽然發覺一事，偷偷地注意著。

只見那管酒缸的大漢，每倒一罈酒入缸，都將酒倒得滿手都是，那缸極大，照理說舉起酒罈便可倒得半滴不流於外。

楊群愈瞧愈是起疑，他心中警惕道：「難道姓謝的主人要在酒中作手腳？」

他正沉思之間，忽然眾人紛紛站起，從內院中走出一高一矮兩個漢子來，兩人一走出便自分開，各人均向請來的朋友打招呼。

那謝等家花園主人忽然一拍手，四周走出數十個女婢托盤奉酒，眾人都取了一杯。

那謝家花園主人朗聲道：「各位好朋友來到敝地，小地方沒有什麼好招待的，怠慢之處，請眾位包涵。」

「謝當家太客氣了，真不敢當。」

「謝老師說的哪兒話？能到這人間仙境走了一遭，真是此生不虛了。」

「老謝如果說招待不周，天下就沒有人敢請客了！哈哈！」

眾人遜謝，楊群捧著一杯美酒，嗅了一下，並無異味。

姓謝的主人舉杯又道：「咱們先乾一杯酒，其他的事都好談。」

眾人紛紛舉杯而乾，楊群緩緩放到唇邊作勢，正在此時，一物破空而來，又疾又快，砰的一聲將楊群酒杯打碎，美酒傾在地上，一個蒼勁的聲道遠遠地道：「這酒喝不得！」

聲音才到，一條灰影如飛而來，快速得便若疾箭一般，楊群也自暗嘆不已。

那灰影一落地，放目而看，只見眾人那杯酒都已喝下，不由頓足連道：「天意如此，天意如此！」

他這一打擾，眾人都是惶然不解，但都被他適才那份快捷身形給鎮住了，人人目光都向他投來。

那姓謝的主人這個台可塌不起，他呼吸兩下，只覺並無異樣，當下沉聲喝道：「閣下是誰？你妖言惑眾，成心給老夫過不去麼？」

那灰衣人正是神算子郭從雲，他四下找尋那「死亡谷主」顧老三，也沒聽清姓謝的說的話，姓謝的主人心中氣惱，語氣更加重了幾分道：「閣下如不交代清楚，今日休想離開此間。」

那灰衣人雙眼一翻道：「你要在下交代清楚，在下倒請你趕快交代幾句話，在下好替你傳個言，快！快！快！遲了便來不及了。」

眾人聽他語中之意，很清楚的是要謝樂川交代後事，但那杯酒是差不多人人都喝下去的，大家心中又是緊張，又是犯疑。

有些年輕氣躁的卻忍不住罵了起來：「老頭兒，你弄什麼鬼？他奶奶的，咱們什麼場面沒有見過？還能被你嚇倒麼？」

謝家花園主人謝樂川一言不發，雙手一合走向前來，灰衣人只是冷笑。

正在此時，突然一陣淒厲嘯聲，一個微弱斷斷續續的聲音叫道：「勾……魂……令……到！勾……魂……令……到……」

那聲音雖是微弱，卻一個字一個字清清楚楚傳入各人耳朵之中，動人心弦。

謝樂川一怔，只聞那聲音愈來愈近，驀然燈火一陣昏暗，眾人眼前一花，一個全身白衣面戴慘綠色面具的人走了過來，眾人來不及看清他身法，他已然走到場中，那腳步之輕盈，便似乎全身毫無重量一般。

眾人瞧了一會兒，一陣寒意直襲上來，那白衣人走到謝樂川面前，一言不發站定。

謝樂川怒聲道：「你是……」忽然瞧到那白衣人面孔上泛著磷磷綠光，當下真是心驚膽顫，顫聲道：「原來，閣下是……隴南顧三……」

他話未完說，驀然仰天一跤直摔地下，一動也不動了。

眾人一聽，個個都是臉若死灰，七魂去了六魄，再也想不到這人竟是失蹤多年的「死亡谷主」顧三。

此人一到，眾人再無人逗留此地，紛紛想要藉題溜走，有些機伶的人才一想好主意，忽然腦門一昏，便似被人重重一擊，一個接著一個倒地氣息斷絕而死。

只片刻功夫，場中人已倒得只剩寥寥數人。

那白衣人一脫面具，雙目泛著寒光，對灰衣人道：「郭兄別來無恙，大快為弟之懷。」

那灰人人冷冷地道：「你這老不死的魔君，難道昔年之約你全不顧麼？」

那白衣人「死亡谷主」陪笑道：「郭兄休要誤會，小弟這是替楊大哥報仇來著，下不為例，下不為例。」

灰衣人神算子道：「這幾百個人，當年趁火打劫，欺凌楊大哥孤兒寡婦的不過數十人而已，那其他的人白白送了性命，你如此做，豈是楊大哥喜歡的？」

死亡谷主不住搓手道：「這個，這個，小弟也弄不清楚到底昔年誰是兇手，這一網打盡豈不乾淨。」

神算子知和他說道理，實是徒費唇舌，當下冷冷地道：「顧三嫂同意你如此妄為？」

死亡谷主忽然神色一慘，淒然道：「她……她已先小弟一步到黃泉路上了。」

神算子微微吃了一驚，心中倒並不太感奇怪，他知如果賢慧明理的顧三嫂在，這魔君一定不會如此。

神算子道：「三嫂花一生心血渡化你這煞星，想不到卻是枉費心機，你對得起她麼？」

死亡谷主默然，忽然眼淚掉了下來，淒聲哭道：「郭老哥罵得對，郭老哥罵得對，我對不起她。」

神算子見他忽然哭了起來，倒是意想不到之事，一時之間也無言勸慰，放目一瞧，場中除了自己兩人相對而立，還有楊姓少年、姓田的咸陽大豪和一個管酒的僕人，自己晨間斷言這姓田的還有一線生機，如今果然應驗，心中不禁微微自得。

但略一點場中倒下的人，至少超過三百，這一場大劫，西北武林廿年內再也無法恢復舊觀了。

死亡谷主哭了一陣，忽然收淚不哭，眼光愈來愈是狠戾，他緩緩走到那姓田的身邊道：「你要如何死法？」

那姓田的大豪剛才被這場巨變老早便嚇得呆了，所以忘記逃跑，也虧他這一陣發呆未曾開溜，不然如何能夠逃過死亡谷主之魔掌。

他適才忙著和朋友說話，舉杯稍稍遲了些，剛好趕上神算子發言警告，毒酒未曾入口。

姓田的漢子被「死亡谷主」一喝，神智回復過來，他爲人倒是精明，知道生機渺茫，事到此處，求饒也是無用，昂首道：「死亡谷主難道還怕什麼不能下手麼？你只管上來，在下接著你便是。」

「死亡谷主」不住冷笑，神算子知他笑聲一止便要立下毒手，當下連忙道：「顧老三，這人算我保下了，你放他一馬如何？」

「死亡谷主」昔年規矩，下手絕不留下活口，但此時多年未見面老友提出要求，自己無論如何不好拒絕，當下無奈，一擺手道：「誰教我碰到你老哥，罷了，小子你還不快滾？」

那姓田的如獲大赦，他驚魂甫定，這才想起那灰衣服替自己求情的人，正是晨間所遇相命老者，當下心中又是信服又是感激，深深作了一揖道：「多謝先生活命之恩，小子此生沒齒難忘，請教先生大名？」

神算子不耐道：「快往東走，才有生機，你還在此囉嗦作甚？」

那姓田的漢子知道他又在指點自己，當下不敢多說，低聲道：「前輩珍重！」雙腳如飛，一口氣趕了十多里路，這才稍稍放心歇息一刻。

神算子叫道：「那管酒的漢子替我滾過來。」

「死亡谷主」臉色一沉，那漢子應聲而來。

神算子又道：「顧老三，此人定是奸詐之輩，不然這多人都中了毒，他調酒時豈能不嘗幾口？偏他能夠無害，一定是窺破你老兒毒計，此人不除，老兒面上無光也。」

「死亡谷主」冷冷地道：「那也不見得。」

神算子道：「老夫生平最恨這等不忠不義之人，他明知酒中有毒，竟然不通知主人，真是死有餘辜，老夫替你這煞君下手。」說完飛快一掌，掌到半空化掌為指，直抓那漢子面門。

「死亡谷主」一聲暴吼，直竄上來，畢竟慢了半步，神算子一抓之下，那漢子閃避不及，一張人皮面具被他拉了下來。

神算子哈哈大笑道：「你這小子，見了老夫還不來行禮麼？」

「死亡谷主」一掌本已發出，但見神算子是在開玩笑，硬生生將那掌收回，身子打了一個轉。

「死亡谷主」對那漢子道：「謙兒，快來拜見郭伯伯！」

「免了，免了。你這寶貝兒子，嗜殺之性也不在你老弟之下，老夫擔當不起。」

原來那管酒的漢子正是和神算交過手之高大少年，也便是「死亡谷主」的小兒子，死亡谷主精通化妝易容之術，他老早便安排好今日下毒手，午間將謝家花園管酒的擒來弄死，活生生將他面皮剝下做成一副面具，那管酒的身材高大，「死亡谷主」正好要他兒子戴上人皮面具冒充，倒酒之時將掌內七毒逼至酒中，終於下了毒手。

那大漢向神算子一揖不拜，他心中對神算子早已懷恨，「死亡谷主」也不理會，對神算子道：「小弟已賣老哥一個人情，這人可不能再放他跑了。」

他指指楊群，又一步步走近楊群。

楊群適才變生不測，自己一番計劃落空，他雖久聞「死亡谷主」昔日狠名，但心中卻並不害怕，只想找機會和神算子談談自己身世，所以一直未曾離開。

神算子冷冷地道：「顧老三，這主兒可不能惹，我勸你不要自取其辱。」

「死亡谷主」哈哈大笑，一臉不屑之色，一步步走近楊群，神算子想到他全身每一處皆毒，下毒功夫神出鬼沒，心中到底關心故人之子，眼見兩人相距不到三尺，立刻便見生死，當下再也忍不住大聲斷喝道：

「顧老三，這是楊陸大哥的嫡子，你敢下手麼？」

只聽那話中字字有若巨錘擊鐘，整個大廳之中震起一陣陣嗡然迴響，顧老三呆了一呆，只覺頭腦之中一片迷糊，足步不由自主停了下來。

楊群聽了此話，先是怔了怔，繼之而起的卻是一連串的笑聲，冷冷說道：「先生在說笑話了！」

神算子面上一片肅然，他雙目平視，一字一字說道：「顧老三，你再不濟，敢對這哥兒動手麼？」

顧老三的面色陡然凝重起來，他一步一步後退而回，一連退了五步，沉聲說道：「郭老哥，你憑什麼證明？」

楊群這時倒是平靜無所謂的模樣，只因他心中將聽進的話，認為完全是一派胡言，連考慮都不考慮一下。

神算子哼了一聲道：「就憑老夫這一雙眼睛！」

顧老三抬起頭來，正想說幾句挖苦的話，忽然他的目光遇見了神算子的雙目，只覺那雙目之中，射出堅定沉著的目光，而似又挾帶著幾分歡喜、感慨、憐憫的神情，霎時間，顧老三只覺這份複雜的感情，自己竟能完全領略在心，那幾句話再也說不出口來。

楊群抬起頭來，瞥見那兩人四目相對，面上的神情複雜而嚴肅，這時候，他忽然感覺那句話似乎在他心中產生了力量，一時之間思潮紛雜，滿腦盡是疑問，但又夾滿了各種顧忌，自己也不知為何變成如此。

他一連吸了兩口氣，想平靜頭腦之中的紛雜，卻是毫無效果，忍不住哼了一聲道：「郭先生不覺這句話說得太驚人了麼?」

神算子似乎也正陷入沉思的境界，那楊群說了一句，他陡然醒覺，微微一笑道：「你不相信老夫之言?」

楊群哼了一聲道：「此事對我太過重大，在下斗膽要求老先生給在下一個滿意的交代。」

神算子嗯了一聲，略略沉吟道：「這也難怪，是老夫說得太過急促了。只因老夫突見故人之子，這份心情……」

他話尚未說完，那「故人之子」四字聽在楊群耳中，只覺心中一跳，他大吼道：「什麼『故人之子』，老先生說話請說明白些!」

神算子頓了片刻才繼續說道：「請問小哥，你姓什麼?」

楊群呆了一呆，吶吶道：「在下……在下姓楊……」

他對自己姓楊一事，自幼迄今從來沒有過疑問，雖然他此生身世不明，但對自己的姓氏卻不曾生有任何思想，這一霎時，他只覺心頭一陣猛跳，那個「楊」字，費了好大功夫才說得出口，卻見那神算子面上神色一怔，似乎有些吃驚的模樣!

楊群生性原本陰沉，這時卻覺心胸之內一團混亂，竟是不知所措。

只聽那神算子喃喃自語道：「我原本想從他的姓氏之中，可以探測收養他的人到底是誰，怎知他仍是姓楊，難道那收養他的人知道他與楊陸的關係，而故意仍採用原來姓氏?」

他思念不定，忍不住又開口問道：「方才老夫曾以功夫相試，小哥兒你的功力已有相當高深的造詣，可否告訴老夫，你師承何人?」

楊群陡然一驚，頭腦倒清醒了一些，冷冷一哼說道：「這個恕在下諱言。」

神算子嗯了一聲，陷入一片沉思之中。

那顧老三左思右想，這時忍不住開口說道：「昔年丐幫楊幫主身負天下重任，隻身闖入塞北，家中遺下兩子，這個老夫曾聽說過，但後來丐幫大寨在一夜之間被人挑毀，這兩子均失蹤毫無下落，以老夫之見，八成爲敵人趕盡殺絕，怎會有此事發生？」

神算子說道：「你只知楊陸有兩子，卻不知那兩子的詳細情形！」

顧老三道：「你說如何？」

神算子沉聲說道：「楊陸有兩子，一長一幼，長者爲楊陸昔年收養之義子，幼者則爲楊幫主所親生，楊幫主北出星星峽時，那長子約有七八歲年紀，幼者則不過兩三個月大，歲月悠悠，迄今廿年有餘，那幼子如果在人世，今年也當有廿歲出頭了！」

楊群面上神色茫然，心中不斷地道：「楊群，你今日是如何了？這老頭兒信口出言，分明是故意達到驚駭人視聽之目的，你爲何一再思之不決，難道平白便相信他麼？真是滑天下大稽了。但是……但是瞧他那雙目，那口氣、神情以及……以及今日午後說出我身上的暗記……不，不，他不過可能自幼見過我而已，若硬將我與楊陸拉上關係，則又萬萬難以想像了……」

他一人胡思亂想，不知所措。

這時只聽顧老三嘆了一口氣道：「楊大哥的事，郭老哥自然知之甚詳，可憐我顧老三自那一年拜別了楊大哥，從此人鬼殊途……」

他說到這時，心中甚爲難受，聲調都變了。

神算子長嘆一聲道：「我還記得最後去見楊大哥，乃是他新生幼子之後不過一月。

我走到楊大哥家中，楊大哥熱忱相待，他隨便對我說些什麼，我都覺得字字出自肺腑，毫無裝模作樣，與楊大哥談話，真是生平一大快事！

我和楊大哥對酌長談，天南地北，軍事大局，武林小事。真是無所不談，談到後來，談到楊大哥的家事，他一時興起，將兩子均帶出與我相見，要求我為他兩子相面！

他原本興之所至，我也是興趣甚高，他一手牽著一個長子，另一手則抱著幼兒，滿面得意之色。

我只看了一眼，登時驚得呆住了！

楊大哥見我滿臉驚色，他素知我相面之能，連忙問我道：『郭老弟，有什麼不對麼？』

我嘆了一口氣，低聲說道：『楊大哥有此二子，楊家盛名至少還有百年不會衰落！』

楊大哥啊了一聲道：『此話怎講？』

我看了一眼那個長子道：『此子骨幹奇厚，不但是練武之奇才，而且天性純正，誠而不愚，厚而心慎，真是天才，那一股英氣幾乎要衝出眉心，太好了，太好了！』

楊大哥笑得嘴巴都合不攏來，指指幼子道：『看看這小兒如何？』

我湊攏去瞧瞧那小臉，那時他不過才一個月大小，雙目緊閉，嘴角下彎，我一眼便瞧見他右耳垂有一個天生的小孔，以及右乳下一顆紅色肉痣，登時我怔了一怔，對這兩個特徵有極深的印象！」

神算子嘆了一口氣，繼續說道：「當時我對那小孩一看再看，心中驚念更甚，只因我閱人極多，但卻未見過這小孩的面相，只覺似是而非，竟然說不出個所以然來。

楊大哥見我一直沒有出聲，不由微微吃驚問道：『郭老弟看出什麼端倪了麼？』

我搖了搖頭道：『就是因爲看不出端倪，正感奇異萬分！』

楊大哥哈哈一笑，輕鬆地說道：『我曾聽人說過，越是看不出的相貌，越是高深難測。』

我點了點頭：『大概是年齡太小，我一時瞧不清切，但小弟可以斷言一句，這孩子天資絕頂，但一生遭遇極爲曲折……』

楊大哥哈哈大笑，以後咱們便將話岔開了，看來楊大哥對此事倒並不太注意，我卻對那兩個孩子印象相當地深。」

他說到這裡，微微一頓，回頭向著楊群繼續說道：

「今日午後老夫與小哥在市中邂逅，老夫便覺依稀之間有些面善，後追問小哥有否耳垂小孔及紅色肉斑的表記，是才敢斷定小哥乃是二十年前老夫所見的小孩。」

顧老三啊了一聲，他這才曉得原來經過如此，這時他完全相信楊群乃是楊陸之後了。

顧老三嘆了一口氣道：「原來如此，這麼說來，這位小哥，咱們倒是有交情可談了。」

楊群這時呆呆地站在當地，他只覺得一生之間，從未有現下這種情況，他自幼爲北魏魏定國所教，一切感情深深壓抑，一切思想訓練爲算計之用，是以他自幼陰沉，心計細密之極，但這一剎時，只覺方寸大亂，滿腦之中想的盡是自己的身世，思潮反覆紛雜，不一會兒只覺汗水自腦門間不斷流出，好比花了大力與人交戰一般！

顧老三見楊群面上神色變化不定，頭上汗水淋淋，不由暗暗吃了一驚，他不明白這個秘密對楊群有如何的重要，忍不住咦了一聲道：「楊小哥，你……你怎麼了？」
楊群面色不善，卻是一言不發。
神算子嘆了一口氣道：「顧老三，他仍不敢相信！」
顧老三點了點頭，沉吟一下才道：「老夫想不出是何原因！」
神算子雙目一閃，沉聲說道：「以我之見，乃是與他後天收養者有密切關係！」
他一邊說話，雙目卻盯視著楊群，果見那楊群面上神色微微一動。
那顧老三仍不明白，想了一想又問道：「願聞其詳！」
神算子說道：「唉！那年我別過楊大哥，第三個月裡，皇上御駕親征，被圍土木堡，楊幫主以天下爲己任，率眾人相助，卻在山東大寨被人一夜之中挑毀，家破人亡，兩個兒子均在黑夜之中失蹤，若是兩子迄今仍在人間，這二十年內必定有奇遇，遇高人搭救傳授，不知顧兄以爲然否？」
顧老三點了點頭道：「郭老哥之見不錯，只是那收養之人不知是何人。」
神算子不待他說完，插口說道：「倒不是何人的關係，只是那收養之人是否與楊大哥有交情，知曉楊大哥的家世及這孩子的身分。若是知曉，則他可能仍令那小孩冠以父姓，如果這個推測有理，則線索範圍便縮小得多了！」
他說得一字一語清清楚楚，楊群只覺心中好似被人撞了一下，有一種昏昏的感覺，心中想到師父與楊陸的關係，不由得打了一個寒噤！
神算子又嘆了一口氣道：「據傳那挑翻丐幫大寨的乃是一個黑衣大漢，有人又說是昔年武林第一號魔頭錢百鋒所爲，又有傳說其中另有隱情，乃是嫁禍之計，那黑衣漢子當時抱定了趕盡殺絕之心，若說楊氏孤兒虎口餘生，則這黑衣人也是一個大大的線索！」

楊群只覺雙耳之中一陣嗡嗡作響！

「黑衣人……錢百鋒……嫁禍……楊陸楊幫主……」

他只覺得熱血向上直衝，腦門暗暗發脹，眼界之中微微發花，他掙扎似地把自己從這些思潮之中拉了出來，嘶聲大吼道：「你……你只是說說而已……你能拿出什麼具體的證據麼？」

神算子知他此時信心有八分搖動了，只是有一種原因，他也不知道究竟是什麼原因，深深地種在楊群心中，使他的一切思想爲之拘束，每有聯想，在內心之中會自然而然產生相反的思想自我抑制，這時候已到決定的階段，自己一言一語關係極大，只因這時那楊群的感覺已到極端敏感的地步！

他微微沉思片刻，沉聲說道：「你要證據，可去請問一人！」

楊群大吼道：「什麼人？」

神算子吁了一口氣道：「那一年我與楊大哥分手後，曾定了後會之期，當時我要到江南一行，便與他約在二月之後在揚州城外相會。只因那處有一所寺廟，廟中有一個僧人與楊大哥爲方外之交，楊大哥準備去看看他，與他談談，正好我也在江南一帶，故有此相約。

結果一月之後，我正準備動身去江南時，楊大哥卻差人給我送了一個訊息。他那信上說，突有極爲重要之事不能赴約，我當時便問那丐幫的信差，他說那幾日以來，有僧人在楊大哥家中盤桓，楊大哥面上極爲沉重，與那僧人一再閉門長談！

本來這種話，那丐幫弟子不該向我說出，但我與那楊大哥交情甚好，那丐幫弟子與我也是認識甚深，當下我便問他那僧人是來自何方。

那個弟子想了一想，說是那僧人似乎身分很是隱秘，當時幫中的湯二哥曾問及楊幫主究竟何事，楊幫主似乎欲言又止，只說出那僧人來自少林寺！

我當時大吃了一驚，那少林寺中規戒甚嚴，雖然有僧人行腳天下，但絕不會與武林中人有所交往，以楊大哥的身分，那少林僧人居然登門相訪，那事情是大大值得研究的了。

那丐幫弟子走了以後，我便閉門起了一卦，專問那楊大哥之事，但那卦象迷離難明，竟爲我畢生所僅見，我參詳一日，卻仍看不出結果，心中十分慌亂。

第二日清晨，楊大哥又派了一人送來一信，這信是密封起來的，我當時隱隱感到事情異乎尋常，便打發了那送信的人，在密室之中詳細拆開閱讀，忍不住大驚失色。

只因那封信上說，有一個僧人登門拜訪，那僧人竟是少林一門之掌的方丈大師。

楊大哥雖未說出那方丈找他究竟是爲了什麼事，但信上卻提到一段話，這一段話我可以背誦出來：

『郭老弟月前觀犬子之相，曾言及雖未觀清，但斷言其一生遭遇必定極其曲折迷離，人稱郭老弟算法通神，爲兄不得不信！』

當時我看得有些迷糊，只推想那少林方丈的來到，可能與楊大哥的幼子有關，至於細節便一概不知了。

日後楊大哥北出星星峽，力戰而死，兩子在一夜之間下落不明，這一件事卻深深印在我的腦海之中，總覺得其中必有關連，所以……」

他一口氣說到這裡，轉頭對楊群看了一眼，緩緩接口說道：「所以，若是這位小哥有所懷疑，要求具體的證據，那少林方丈是一個很大的線索！」

那「少林方丈」四字好比一記巨錘打在楊群的心弦之上，他只覺腦中現出一幕一幕的情景！

「師父無端要咱們跟他一起上少林寺找方丈，在大殿之中，那方丈閉目沉默，師父一再用言語相試，那方丈最後說出師父以『小人之心度君子之腹』，難道便是他們之間有一項共同的秘密，師父怕少林方丈洩密，而方丈卻不願意提舊事？難道這個秘密就是與我的身世有關？這樣說來，我便真是那楊……楊陸之後？但是，師父自幼……」

他簡直不敢繼續想下去，滿腦之中，好似有人在向他狂吼道：「少林方丈！少林方丈！」

他面上神色痛苦無比，忍不住在仰天大吼一聲，足下一點，反身好比脫弦之箭，急向廳門外射出，一點一掠之下已消失在門外。

那死亡谷主驟然一驚，伸手相攔，卻是不及。

神算子伸手一搖，嘆了一口氣道：「顧老三，讓他去吧。」

「死亡谷主」顧老三啊了一聲道：「他此去多半是到少林寺中問清楚。」

神算子面上神色甚爲沉重，嘆氣道：「這孩子好苦。」

顧老三道：「郭老哥言之確鑿，而且情感形之於色，再會裝騙之人也絕對做不出，那孩子卻仍不相信，他的主觀倒也堅強。」

神算子卻是搖了搖頭道：「只怕那收養這孩兒的人，與楊大哥有極深的淵源。」
顧老三吃了一驚，大聲道：「你說……你說是楊大哥的仇家？」
神算子沉重地點了點道：「正是這個意思！」
顧老三吁了一口氣道：「難怪那孩子面上神色極端複雜，以我之見，郭老哥你多半猜中了。」
神算子面色深沉無比，又沉聲說道：「今日午後我曾與這孩兒對了一掌相試，發覺他內力深厚如山，收發自如，一吞一吐之際，真氣運轉已臻上乘地步，我以爲他的功力不會在我之下。」
顧老三吃了一驚道：「大哥的鷹爪功力之深，兄弟是知之甚詳，那孩兒竟然不在你之下……」
神算子點了點頭道：「只有在我之上的可能。所以那個收養調教他的人可真了不得……」
顧老三陡然又吃了一驚，他以半信半疑的目光望著神算子，面上卻掩不住緊張之色，沉聲問道：「你是說……你是說……」
神算子道：「那年劍挑大寨的黑衣人來去如風，在丐幫諸俠之中如入無人之境，功力之高令人駭然難以置信，我猜八成便是此人收養了楊大哥的幼子，也只有他的功夫。才可能教出這般高強的內功。」
顧老三默然不語，心中驚疑難定。
神算子吁了一口氣道：「這二十年來，到底是誰下手挑毀丐幫大寨，一直成爲武林中神秘公案，而且與昔年楊大哥的事業一定有密切不可分離的關連。天可憐今日在此巧逢楊大哥之後，他若肯相信自己的身分，則立刻明白到底是誰下手挑釁，以及許許多多的秘密俱將大白天下。」

顧老三點點頭道：「郭老哥，千巧萬巧，讓咱們抓著了最重要的線索啦。」

神算子點了點道：「以我之見，咱們必須跟隨那孩兒，去看看事情發展的究竟結果，一方面也可從旁有所接應！」

顧老三嗯了一聲道：「如此說來，咱們也須往少林寺一行？」

神算子說道：「不知顧兄可否走得開？」

顧老三哈哈一笑道：「莫說這幾年來，兄弟是閒居無事，就是萬事在身，爲了楊大哥，這還有什麼話說，就是赴湯蹈火，兩肋插刀，兄弟也不會多作一分考慮的。」

神算子雙目微閉，感慨地道：「楊大哥在天之靈，若是知道顧兄如此殺人不眨眼的性格，竟能對他心服至此，那天下第一義人之名，是當之無愧的了。」

他說到這裡，只覺心中情感激動，竟然忍不住熱淚滿眶，眼前似乎又現出楊陸那義薄雲天的模樣，真是不知自己了！

顧老三長長嘆了一口氣，將兒子叫了過來，吩咐了幾句話，然後緩緩對神算子道：「咱們動身吧。」

神算子默然不語，和他並肩緩步而出，走出大廳向少林寺的方向而行。

但是他們怎料到少林寺已遭百年大劫，佛門淨地一片血腥，掌門方丈下落不明呢？

七十　五步追魂

淡淡的月光，斜投在地上，透過林蔭之間的空隙，在道路上留下一孔一孔的亮點，夾織在蔭影中，遠遠望去，好像在路面上鋪蓋了一張網。

黃土的道路由於來往行人車馬絡驛不絕，似乎被壓得成了一塊石板，輕風拂過，很少有黃塵飛揚，令人感到格外清爽。

這時正是早晨，距離趕程的時刻還有一段，所以道路上行人並不太擁擠。

時節已是秋風起時，樹幹枝枒似乎失去了夏日挺秀的活力，搖搖擺擺隨著清風搖動，天空中淡淡一層薄雲，正是秋高氣爽的好天氣！

這裡是黃河流域一帶，地段接近北方，秋風才起，天候已有些涼爽，清晨時分更帶有冷峭寒意，官道盡頭緩緩走來兩個人影，一老一少，那年紀大的一襲灰衣，面如重棗，氣度威猛，身旁的一個少年，年約二十七八，生得濃眉方臉，英武豪邁之氣形之於面，奇怪的是他左邊衣袖空空蕩蕩，斜別在腰帶之中。

兩人一路而行，雖是在清晨時間，已可覺得兩人風塵僕僕，分明是趕了不少路程。

那居左首的少年吁了一口氣，側過頭來問那老者道：「錢老前輩，看來咱們今日上午是非得找尋一個地方休息一會兒了。」

那「錢老前輩」吁了一聲，點頭說道：「不遠之前便有一處鎮集，咱們過去找一家客棧好好休息休息吧！」

這一老一少兩人，正是名震天下的錢百鋒以及當今丐幫幫主白鐵軍。他們兩人懷了周公明致瓦剌太子的密函，一路向北行來，準備到瓦剌國當面拆開以知秘密。

他們兩人一路行來，都是心急如焚，總想若能早一日趕到瓦剌，便能早一日得到這巨大的秘密，是以兩人不到萬不得已，真可說是日餐夜露，不停趕行。

這一日來到此處，兩人卻感到疲憊不堪，加之衣衫等物均骯髒必須洗換，是以白鐵軍提議休息一程，錢百鋒也立刻答應下來。

且說兩人沿著黃土官道而行，這時因爲官道上行人漸漸多了起來，兩人的足步不願放得太快，只是保持不疾不徐。

走了約有大半個時辰。這時日已高昇，路上行人如織，車馬喧囂不絕，好不熱鬧，只因這官道爲南北交通之孔，到了這種趕路起程的時刻，行行色色的人自然都上路而走。

白鐵軍對錢百鋒笑了一笑說道：「這樣反倒不錯，到咱們找到鎮集時，客棧中恐怕大多數都是空的了。」

錢百鋒點了點頭道：「若是老夫記得不錯，大約還有一頓飯的功夫，便有一個小鎮集，然後官道便兩分，向西便是走向少林寺的道路。」

白鐵軍點了點頭道：「這條路晚輩似也曾走過，咱們今日上午歇息一會，下午便可趕到省界！」

果然走了一陣，那鎮集已然在望，兩人連袂步入鎮中，找了一家規模較大的酒樓，先叫了幾樣菜準備飽餐一頓，那店夥一見兩人模樣，便知是趕了夜路而來，忙去張羅一切去了。

兩人佔了一個席位，對面而坐，各人心中均是心事重重，相視有如無睹，都是陷入沉思之狀，錢百鋒忍不住又叫了二斤酒，一大清早空著肚子便喝起悶酒來。

白鐵軍生性豪邁，一見烈酒到了，登時精神奕奕，一口氣連乾三大杯，然後長長嘆了一口氣！

這時廳內只有他們兩人，是以兩人形態也不必拘束，錢百鋒微微低喟一聲，然後說道：「白老弟，你有何打算麼？」

他這句話問得好似不著邊際，但白鐵軍卻完全瞭解他的意思，吁了一口氣道：「晚輩時時不忘在心的，一共有幾件事！」

錢百鋒道：「是哪幾件？」

白鐵軍又喝了一口酒，緩緩說道：「第一件，是有關那羅漢石之事。」

錢百鋒嗯了一聲。

白鐵軍繼續道：「那羅漢石一共發現了三塊，一塊在少林寺中，卻被一僧人抱石自沉，另一塊在武當山發現，還有一塊也被晚輩與左冰所親見，那三塊石，分別刻著『關』、『周公明立』以及『大明正統十三年』，不知究竟是何意義，不過既然與那周公明牽上關連……」

他說到這時，心中忽然一陣跳動，只覺一個古怪的感覺浮上心頭，無端端打了一個寒噤，一時連話都說不下去了。

那錢百鋒似乎也正想念什麼，並未發現白鐵軍的異狀。

白鐵軍平定了一下心情，繼續說道：「第二件乃是關於義父之死與周公明的出現有何關連？」

錢百鋒只是不住地點頭。

白鐵軍又道：「第三件是關於兩個和尚的事。」

錢百鋒緩緩抬起頭來道：「兩個和尚？你是說那個瘋和尚以及……」

白鐵軍接口說道：「以及那個白髯和尚，自認打賭輸了到星星峽攔住義父，又說明義父受傷在薛大皇的掌下的那個和尚。」

錢百鋒嘆了一口氣道：「昔年的線索，似乎一條一條要揭露出來了，但卻是紛雜不堪，毫無頭緒，要如何才能整出一個條理來呢？」

白鐵軍堅定地道：「無論如何，範圍是越來越小了，而且其中心，已可斷定是在那魏定國手中，其餘的事，不過只是他一人所擺出來，爲了佈置這個大陰謀的工具罷了。」

錢百鋒嘆了一口氣道：「老夫時時掛念於心的，倒是其餘幾點。」

白鐵軍問道：「前輩所記掛於心的，是否是那昔年眾人誤會前輩，被困於落英塔之事？」

錢百鋒道：「這自然是其中之一。」

白鐵軍微微想了一想，說道：「晚輩對於此事前後之經過，始終未聽人說過，所知僅爲道聽塗說……」

他話未說完，錢百鋒搖了搖手道：「這件事現在談之過早，老夫在心中悶藏整整二十年有餘，非得到明確之結果，不願重談。」

白鐵軍啊了一聲，轉移話題說道：「那麼其餘的幾點如何？」

錢百鋒沉吟了一會，緩緩說道：「則是關於左白秋老弟闖落英塔之事！」

白鐵軍吃了一驚說道：「左老前輩有什麼秘密麼？」

錢百鋒沉重地點頭說道：「那一年我與左老弟分手後，老夫在丐幫寨中等了二日未見左老弟趕來，二十年後，左老弟卻冒生死之危，名譽之險，夜闖駱金刀、簡神拳、點蒼雙劍以及武當掌門連環關口，到落英塔中見老夫，被迫發出七傷神拳，內力耗費太多，結果倒在塔前，老夫將之救回，左老弟昏迷不醒，口中卻不住喃喃自語道：『紫銅令牌……打遍天下無敵手……』老夫卻是毫無頭緒，後來左老弟痊癒之後，老夫也曾相問，但他卻始終含糊不應，老夫與他交情甚深，知他必有難言之隱，不好再追問下去，但卻始終覺得這事可能有很重大關係。」

白鐵軍聽到這裡，點點頭道：「我記得左老前輩曾說過一句話：『昔年若非我中了那巨大詭計，咱們怎會陷入如此之困境？』恐怕便是針對此事而言！」

錢百鋒嘆了一口氣道：「總之還是那句話，到了時機成熟之時，咱們昔年凡是有關的人同聚一場，面面相對，老夫不信那魏定國還能耍些什麼詭計！」

白鐵軍道：「那魏定國委實是蓋代奇才，那昔年的陰謀雖尚未澄清，但由如此多關係人來瞧，當初佈此計謀，魏定國心機真是匪夷所思，再說目前，北魏先設伏對付晚輩，再謠傳晚輩死於薛大皇手中，他算定師父不會輕而易動，竟主動化裝成師父，去滅薛大皇的口，又一再運計滅武當少林，真是所謂一身是計，不得不令人嘆爲觀止……」

錢百鋒哼了一聲道：「這一點老夫完全有同感，提到薛大皇，這人真真假假，卻對昔年公案的重要性越來越大了，尤其從北魏一再要對他下手，其中一定有巨大牽連。」

白鐵軍道：「正是，尤其那日邂逅的和尚曾一口咬定義父受了薛大皇背後偷襲一掌，薛大皇雖極力反駁，但後來竟一走了之，咱們這件事辦完了之後，若依晚輩之見，第一個便是去找尋他。」

錢百鋒點了點頭，這時那店夥已端來酒菜，兩人不再相談，一起舉筷用菜。

兩人都是邊吃菜邊喝悶酒，白鐵軍爲丐幫幫主，平日大碗喝酒喝慣了，酒量甚大，而那錢百鋒可謂是幾十年的大酒棍了，兩人飲酒有若喝水，兩斤酒不到一刻便飲得壺底朝天，錢百鋒一揮手，又叫了兩斤。

驀然之間，門外響起一陣馬蹄之聲來得不疾不徐，一聽而知是兩騎並騎而行。

錢百鋒這時面向店門，不由抬起頭來向外一看，正好看見那右方一騎的側臉，錢百鋒只覺心中大大一震，這時那兩騎已來到店門正中，兩人一起收轉韁繩，停下馬來。

錢百鋒忽然一偏頭，用手頂了一頂白鐵軍，迅速一個轉身，以背向店門，低沉沙啞地道：「店夥，咱們要一間房間休息！」

他說完身形不停，一直便走入內進去了。

白鐵軍江湖經驗甚爲豐富，他知錢百鋒必然發現那兩個騎馬而來的人有什麼不對，他乃是背對店門，看不見那兩人究竟是什麼模樣，但他連頭也不回，穩穩地跟著錢百鋒，幾步便走入內門。

店夥帶領他們兩人走入一間客房，錢百鋒將房門關了，吁了一口氣道：「奇怪，奇怪！」

白鐵軍道：「前輩認得那兩個騎馬的人麼？」

錢百鋒點了點頭，面上卻是一片沉思。

白鐵軍也不知他究竟在想些什麼？但他卻並不插口，只聽錢百鋒微微低聲自語道：「這兩個人怎會搭上一路？難道是有因而來麼？」

白鐵軍心想，原來這兩人錢百鋒均認識清楚，自己沒有看見面貌，不知到底是什麼人？

錢百鋒又想了想，緩緩說道：「他們兩人看來也趕了一段很長的路子……」

白鐵軍忍不住插口道：「請問前輩，來的兩個是什麼人？」

錢百鋒面色沉重，說道：「這兩人說起來都是老夫故人，但均歸隱已多年，一個是昔年令人談之色變的『死亡谷主』。」

白鐵軍道：「死亡谷主顧老三？」

錢百鋒微微一驚道：「你也知道？」

白鐵軍點點頭道：「師父曾對晚輩提過，此人用毒相當厲害，殺人每於無形之間，令人防不勝防。」

錢百鋒點了點頭道：「還有一個人稱神算子。」

白鐵軍微微一怔，只覺這個名號相當熟悉，一時卻思不之出到底何時聽過。
錢百鋒頓了一頓說道：「神算子與你義父交情不淺！」
白鐵軍仍覺茫然，但那印象若隱若現，他費心想了一陣，卻是不得結果，便放棄苦思說道：「這兩人是一路的麼？」
錢百鋒哼了一聲道：「奇就奇在這兒，這兩人可是大對頭，如何會走在一路的？」
白鐵軍自然想不出爲了什麼，錢百鋒也是想之不透，白鐵軍頓了頓說道：「方才前輩爲何要避入內室？」
錢百鋒道：「老夫不願貿然與之相見，只因聽說這兩人已退隱二十年，老夫尚未知其來路用意之前，不願現身與之相見。」
白鐵軍點了點頭道：「那麼現在咱們打算如何？」
錢百鋒思索了一下道：「若依老夫之見，今日上午橫豎是不準備趕路了，咱們不如在這客棧這中和他們兩人耗上。」
白鐵軍尚不太懂得他的用意，開口問道：「那……咱們總得想法與之接觸。」
錢百鋒道：「老夫正是此意。白兄弟，你與他們兩人素昧平生，不如你先出去裝作是一個食客，儘量設法聽取一些線索。」
白鐵軍點了點頭道：「如此甚好，倘若有什麼急切的變化，晚輩會故意打破碗盞，則前輩立刻來接應。」
錢百鋒點了點頭，微微頓了頓又道：「那死亡谷主顧老三的行動你得隨時留神，只因他往往在無形之中陡然發難。」

白鐵軍點了點道：「晚輩知道。」

他微微將衣衫上的灰土拍拍乾淨，然後緩緩自屋內向大廳走去。

走到內進通飯廳的門邊，忽然耳邊聽見：「郭老哥，咱們不如將馬匹棄在這裡，或者安排一下，反正到嵩山少林只有幾個時辰的路程，咱們步行而去反倒不會惹人注意。」

白鐵軍心中暗暗一驚，忖道：「怎麼？這兩人要趕到少林寺中？看來這兩人果然是爲那昔年公案而來的了。」

他心中一轉，緩緩推開木門，走入大廳之中。

那死亡谷主及神算子正在相談之間，忽然發覺有人進入大廳，立刻停止談話。

那顧老三坐下的位置，正好面向白鐵軍，神算子則是背門而坐，白鐵軍走進廳門，顧老三自然而然抬起頭來，不經意看了白鐵軍一眼，然後又低下頭去。

但隨即想到白鐵軍左方衣袖空空蕩蕩，竟然是一個殘廢者，登時心中一怔，忍不住又再度抬起頭來猛瞧白鐵軍，白鐵軍裝著雙目向天，不看右方，快步找了一個席位坐下。

那顧老三輕輕觸了一觸那神算子，低聲說道：「這個漢子到底是何來路？」

神算子這時反過身來，向側旁的白鐵軍望去，首先望見的是左方空蕩蕩的袖子，目光再向上移，移到白鐵軍的臉上。

這一看之下，陡然只覺心中一震，感到那一張面孔好似依稀在什麼地方見過一般，那濃眉虎目，英華直衝，神算子只覺腦海之中影像越來越清，心中卻越來越不安，忍不住竟然虎地站起身來，雙目緊緊地看著白鐵軍，仰天大呼道：「我想起來了，我想起來了。」

白鐵軍陡然吃了一驚，但也經驗極豐，面上神色居然不變，緩緩站起身來道：「老先生，你怎麼啦？」

神算子只覺心中感情激亢，一時竟然語不成聲。

身邊的顧老三大大奇異地道：「郭老哥，你想起什麼來？」

神算子雙目緊緊盯在白鐵軍面孔之上，口中喃喃低聲說道：「強而不暴，英華外溢神表，剛而不虛，氣魄蓋天下地，老夫再是老目昏花，也不會忘記……」

那顧老三駭然望著神算子，神算子仍然是目不轉睛地注視著白鐵軍。

白鐵軍心念速轉，卻始終不知如何出言相應爲妥，這時再也忍耐不住了，微微吁了一口氣說道：「老先生是否看著在下有些眼熟？」

神算子嘆了一口氣道：「豈止眼熟，二十年前老夫曾親自爲你相面。」

白鐵軍怔了怔，陡然一個念頭衝上心頭，他看著神算子，但腦中印象卻是不夠清晰。

神算子緩緩平靜自己的語調，開口說道：「二十年前，老夫在楊陸家中爲你相面，那時你還是七八歲之齡。」

白鐵軍只覺腦中一清。

顧老三大吃一驚，忍不住高聲道：「你……你是說他便是楊大哥的義子？」

神算子點了點頭，他的目光這時注視著白鐵軍左臂的空袖，驀然之間右手一伸，五指齊張如爪，平平擊向白鐵軍心口部位。

他這一式快如閃電，而且部位拿捏準確之極，顧老三在一旁吃了一驚，大叫道：「咦，你幹什麼？」

這一霎時，那一掌已接近白鐵軍身旁不及半尺，只見白鐵軍身形從容不迫，微微向後一側，右臂輕輕一抬，橫在腰際，五指張伸也如爪形，卻是靜止而不攻出。

他這輕輕一動，神算子只覺自己如此快捷威猛一式，竟然在對方輕描淡寫下的一式，自己整條右臂上的穴道竟好像完全罩在對方五指之下，一分也遞不出招，嘿然吐了一口氣，硬生生將攻勢收回，一臉駭然之色一連後退三步，然後面色逐漸平靜，雙目之中卻是又驚又喜的樣子，哈哈大笑道：「好！好！老夫的目力到底沒錯！」

顧老三也是武學的大行家了，在一旁親目所見，只覺那白鐵軍的武學，已臻以拙制巧、返璞歸元的境界，就憑這一式，已令他心服無比，萬難想像居然有如此高手。

白鐵軍這時微微一笑道：「這位神算子郭老先生的話，提醒在下，依稀記憶在二十年前郭老先生常在楊幫主家中走動。」

神算子搶著說道：「楊大哥曾請老夫為他兩子看相，老夫曾斷言長子日後必成一代大器，今日一見，那武學之深，已然似海而不可測，氣度之蘊藏已有隱隱一代宗主之質，老夫之言果然不虛！」

白鐵軍一時倒不好意思說些什麼。

神算子仰天大笑道：「巧！巧！巧！這如非是天意，我豈能在十天之內，巧遇楊大哥在傳說中失蹤已久的兩個後代，而得為我自己斷言作一準確之評定？」

白鐵軍幾乎不敢相信自己的耳朵，他吸了一口氣，沉聲問道：「郭老先生說什麼？在下未聽清楚。」

神算子嘆了口氣道：「十天以前，在咸陽城中，老夫親見楊老幫主之嫡子，當時顧老三也在場。」

白鐵軍只覺心中一熱，右手忍不住顫抖不已，手中持著的瓷碗再也把持不住，砰地落地打得粉碎。

只聽那內進通大廳的木門呼地打開，錢百鋒大踏步走了出來，冷冷說道：「郭先生，顧老三，咱們好久不見了！」

神算子與死亡谷主一起轉過面來，瞧見錢百鋒面色陰沉，白鬚微飄，但是那一股天生的霸氣猶自存在，雙目之內神光閃動。

兩人大吃一驚，萬萬預料不到在這裡竟然會遇見這個故人。

顧老三驚道：「錢……錢先生……你……」

神算子卻接口說道：「二十年不見，錢先生風采依舊，今日得見故人，真是僥天之倖，郭某這廂有禮了。」

錢百鋒微微一嘆道：「罷了罷了，這二十年內，白雲蒼天，滄海桑田，郭兄聽說歸隱多日，今日如何與顧老三連袂而行？」

神算子微微吁了一口氣道：「咱們此行是爲了楊大哥之事！」

錢百鋒微微一驚，回過頭來看那白鐵軍，只見白鐵軍面上神情又驚又喜，並且帶有幾分緊張，他雙目看著神算子，顫聲問道：「郭老先生，那楊幫主的嫡子現在何處？」

神算子道：「咱們此行便是爲了追隨他的行蹤。」

白鐵軍道：「他現在的情形如何？」

神算子沉吟了一會才道：「老實說，老夫也弄不清楚！」

白鐵軍吃了一驚道：「郭老先生請將詳情相告。」

神算子道：「老夫與他在咸陽城中邂逅後，老夫認出他耳垂及前胸的特殊表記，奇怪的是，他始終不相信，雖然老夫言之鑿鑿，他面上神色也表明他內心的確已接受這個事實，但口中卻痛苦地反作否認，老夫摸不清他到底爲了什麼？」

白鐵軍喃喃地道：「小弟比我小七歲，我今年二十七，算來他也已二十歲了。」

神算子點點頭道：「一點不錯，他生得俊逸無比，一襲青衫，身材也適中，老夫曾與他試對一掌，他的功力相當深厚，一掌翻手擊敗老夫指上內力，少年之中有些功力，老夫敢說普天之下寥寥無幾，的確已臻一等一的階段了。」

白鐵軍忽然插口問道：「他姓什麼？我是說，小弟被人扶養之後……」

神算子苦笑一聲道：「老夫原也打算從此猜測他的來歷，結果他的回答出人意料之外，他仍是以『楊』爲姓。」

白鐵軍喃喃自語：「姓楊的年輕高手……一時想之不出……」

神算子默然不語。

錢百鋒說道：「郭某尙未說出那楊幫主嫡子，現在何處？」

神算子默然點了點頭道：「郭某一路趕來，是想向嵩山一行。」

錢百鋒與白鐵軍一齊吃了一驚，大聲道：「少林寺？」

神算子點點頭，沉聲說道：「他一再追問郭某對這事實有否明確證明，郭某提及少林方丈昔年曾與此有所牽連，是以告之找尋少林方丈或許可問，他突然面色一變，猛吼一聲便拔步而去，照理推斷，八成是趕到少林寺去，是以咱們立刻隨後……」

白鐵軍忍不住插口說道：「可是……可是那少林寺已是寺破僧亡，被人在一個月前便毀去了！」

神算子驚得呆了一呆道：「什麼？那少林寺爲人所毀？」

白鐵軍點點頭道：「掌門方丈至今下落不明。」

神算子呆了半晌，搖了搖頭道：「但那孩子未必知道少林寺已毀之事。」

白鐵軍及錢百鋒均是默然不語。

顧老三在一旁說道：「咱們趕上少林一趟便可知道了。」

神算子嗯了一聲。

白鐵軍這時心中決定不下，這個消息對於他的確重要萬分，但那北上瓦剌也是揭開秘密的捷徑，尤其與他同行的尚有錢百鋒，他自覺不好意思開口改變計劃先上嵩山一行。

他心中思念不定，轉目望著錢百鋒，卻見錢百鋒滿面沉思的神態，微微罩了一層嚴肅的神色。白鐵軍微微一怔。

神算子又道：「咱們還是上嵩山一行，不知錢先生和你的意見如何？」

白鐵軍一時難以回答，忽然那錢百鋒猛一抬頭，肯定的聲調說道：「走！咱們去少林。」

白鐵軍心中暗暗感激錢百鋒的決定，只聽錢百鋒哼了一聲道：「去少林一趟，便可知道那人究竟是誰了！」

神算子問道：「錢先生此言何意？」

錢百鋒道：「如果那孩子是我想像中的人，他已知少林被毀，便不會上少林一行了，反之則會到少林，咱們上山一問便可揭曉了。」

白鐵軍忍不住問道：「前輩已想出那小弟的身分了麼？」

錢百鋒面色凝然，緩緩說道：「百分之百的把握不敢說有，但若被我猜中，許許多多的疑問都可解釋得通。」

白鐵軍微微一想道：「姓楊的年輕高手……」突然之間，一道靈光自他腦際之中閃過，他大吼道：「你是說楊群？」

錢百鋒點了點頭道：「正是他！」

白鐵軍頭腦飛轉，大聲道：「對了，昔年魏定國蒙面夜挑丐幫大寨，擄走小弟，收爲徒弟，二十年後用其爲助……」

神算子不待他說完，額手嘆道：「一點不錯，一點不錯！無怪那孩子滿面痛苦之色，一再勉強壓抑自己的情感。」

這一下真是奇峰忽轉，錢百鋒道：「少林寺還是要去的。」

白鐵軍點了點頭道：「那楊群或許不知方丈之下落，也或許已知，想來他心情一定十分焦急，若是不知，仍會上少林想一碰運氣，若是已知，則會直接去尋找……」
神算子接口道：「說得正是，咱們閒話少說，立刻上路如何？」
四人會了帳，離開酒樓，立刻向嵩山的方向趕路而行。
四人走了一陣，神算子望著白鐵軍，邊行邊問道：「老弟貴姓？」
白鐵軍道：「在下姓白草字鐵軍！」
神算子點點頭道：「好名字，鐵之軍，真是名副其實。」
白鐵軍微微一笑道：「郭老先生言重了，白某不敢當。」
神算子又道：「老朽退隱多年，絕跡江湖，不知白老弟之名，不過以白老弟的功夫及氣態，想必在武林之中名聲赫赫。」
白鐵軍正不知如何相答，那錢百鋒仰天哈哈大笑道：「他乃當今丐幫第十二代幫主，那天下第一的布袋所至，真是所向無敵，豈止名聲赫赫！」
顧老三和神算子一起大驚失色。
顧老三哈哈一笑道：「郭老哥，你這相面之術兄弟是心服口服了。」說著便將那楊陸請神算子爲兩子看相的經過講了出來。
錢百鋒聽了一會兒，又轉問顧老三道：「老夫二十年未在江湖上走動，卻也不曾聽說江湖上這幾年有你顧老三的蹤跡，想來你這二十年也在家中過的了？」
顧老三哈哈笑道：「正是，小弟回鄉潛居。」
錢百鋒道：「想那昔年死亡谷之名是何等威風可怕，是什麼風將你老兄吹得思鄉病重？」

顧老三微微一嘆道：「還不是為了楊大哥的一句話！」

錢百鋒微微吃驚道：「楊幫主與此事又有關麼？」

顧老三長嘆一口氣道：「二十二年前，楊幫主在西北道上，正巧遇著顧某與五六個陝甘的漢子擺下約會，顧某當時的確是站在無理地位，但生性偏激，硬要那五六人的性命，結果楊幫主仗義出手，對我說了幾句話，登時改變了我一生的觀念……」

他說到這裡，目光卻變得清澄，錢百鋒心知又是楊陸好義的脾氣發了，可以想像得到當年那幾句話是如何誠懇，如何仁義，連顧老三這種殺人不眨眼的魔頭均為之深受感動！

顧老三頓了頓又道：「結果顧某當著楊大哥之面，發誓絕不用毒妄殺一個無辜，二十年來，顧某每有不順之境，大發肝火，楊大哥那幾句話卻好似仍在耳際，使我再也不敢出手傷人。」

他說到這裡，語調誠懇之極，想來這二十二年中有好多次他的怪脾氣發了，又生生為自己所克抑，錢百鋒不由暗暗嘆了一口氣道：

「那楊陸真是天下第一好漢，一生行徑，足為後世之規範，留名百世而不朽，我能與他相交，真是生平一大樂事，尤其在這二十年來，他的事與我的遭遇幾乎形成一事而不可分，但我心中時時刻刻所想，倒有絕大部份是為了雪清他的血仇，對於自己的名聲倒是看得太淡了，有時我自己覺得在落英塔內居然一坐十幾年，正如那顧老三說得不錯，完全是受了楊陸的一句話。」

他只覺心中思念起伏不已，深深體會得到那顧老三的感慨。

那顧老三好似陷入了沉思的狀態，他緩緩接下去又說道：「我還記得清清楚楚，歸隱後的第二年，銀嶺神仙薛大皇曾來找我，我與他的交情匪淺……」

他說到這裡，白鐵軍與錢百鋒都是大吃一驚，只覺心中一跳，那薛大皇去找顧老三，時間是他歸隱的第二年。

白鐵軍想到這裡再也忍不住，大聲問道：「歸隱的第二年可就是本朝土木驚變的那年？」

顧老三點了點頭道：「不錯！」

錢、白兩人只覺心弦驟然拉緊起來，錢百鋒沉著一口氣問道：「薛大皇找你幹什麼？」

顧老三嗯了一聲道：「他找到我歸隱之處，說要請我去施展一次下毒身手。」

我便告訴他已洗手不幹，但他說這事非我不成，那薛大皇的身分甚高，他有求於我，老實說，我真有些受寵若驚的感覺，當下心念動搖。

我便問他到底是怎麼一回事，他卻堅不吐露，當時我心中有些奇怪，但見他面色甚為沉重，便表示若不明底細，不便出手，尤其是我又有誓言在身。結果薛大皇始終不肯死心，左右相求，那時顧某內人尚在世間，在一旁插口教他另找他人，說顧某是決不會破誓的。

顧某被他說得的確有些發火了，便也教他另找別人，薛大皇仰天大笑，說天下用毒除顧某之外，哪裡還有第二人可找？顧某當下冷笑說，他薛大皇真是孤陋寡聞，那五步追魂唐弘可真是天下最毒的人！

薛大皇立刻追問顧某那五步追魂在什麼地方，正好顧某知曉，立刻告訴他，但顧某深知那唐弘的性格，薛大皇若是去硬求，那是八成碰壁而回。

當下薛大皇交代了幾句話便匆匆走了，一直到他離開爲止，始終沒有說出究竟是爲了什麼，這件事顧某也未多花心神，事後顧某內人爲此事還和顧某吵了一架，唉，那時若是沒有她，顧某老早舊惡重犯了。」

他說到這裡，不勝唏噓之狀，白鐵軍和錢百鋒卻是面面相覷，再也說不出話來。

錢百鋒只覺心中有一種難以名狀的緊張感覺，他想了好一會，低聲問道：「那唐弘到底出手沒有？顧老三你可知道？」

顧老三搖了搖頭道：「這個顧某不得而知。」

錢百鋒又開口問道：「五步追魂之毒究竟如何，較之……」

他話尚未說完，顧老三已哈哈一笑道：「那唐弘用毒之技，顧某算是服了他。他這人天生喜歡此門，於是盡施各法不遺餘力去鑽研，說他好毒如命，實是一點也不爲過。」

錢百鋒面上陰晴不定，他心中已有了好幾分把握，但一時尚說不出所以然。

那顧老三想了一想又說道：「唐弘有一套毒技，顧某曾聽人說過，再高強的功夫的人，雖提神貫注，仍會不知不覺中毒，然後你愈是運用內力相逼，那毒性卻越是散發得快，你若閉氣不費力，反倒可拖延良久。」

錢百鋒呆了一呆，腦中浮起楊陸當年與群豪環坐中毒時的情景，他緩緩說道：「老夫尚有一個重要的問題請顧老弟解答。」

顧老三點點頭道：「還是有關唐弘麼？」

錢百鋒道：「那唐弘有否一種毒技，能夠施之於無形，而後維持很久並不發作，這一段時間之內，雖動用真力，完全有如常人，但突一發作立刻真力全散？」

白鐵軍想到他曾說過烏九原、烏九飛兄弟的死狀，心知鐵百鋒正在追問那兇手，他心中也甚為緊張，只因這事牽連甚大，真可說一言決之，全局皆變。

白鐵軍與錢百鋒四道眼神猛然地視著顧老三，等候他的回話，顧老三聽了錢百鋒的問話，半晌不答，面上卻露出沉思的神色。

這時四人一邊趕路，好一會那顧老三吁了一口氣道：「若說下毒傷人於無形，以唐弘之能那是定能做到，只是以顧某對下毒之認識，概凡用無形無影之術下毒，那中毒之人必會立刻發作，萬難作到慢性散發侵入內腑，唐弘毒技再高，我想未必能夠辦到。」

錢百鋒啊了一聲。

顧老三接著又道：「但從錢先生方才所說的毒狀，顧某倒是聯想到一種毒素。」

錢百鋒心中一緊，大聲問道：「如何？」

顧老三道：「就是方才顧某提過的，唐弘有種毒能蘊在人體，久不發作，任你內力再高，在它未發作之前萬萬難以察覺得到，但當其發作之時，立刻真力四渙，再也不能支持。」

錢百鋒緊張地追問道：「什麼時刻會驟然發作？」

顧老三微微沉吟道：「那要決之於中毒人的功力深淺，功力愈深的人，那毒性侵至內腑時間愈久，方才發作，但一經發作則不可救藥，尤其在大力運功之時，內腑血液加速循環，那會驟然暴發，功力全消，不過……」

他說到這裡微微一頓，錢百鋒只覺他所說之言一直到此為止，有九成與那年烏氏兄弟暴發之狀相吻合，這時聽他話鋒一轉，心中不由得跟著一沉。
錢百鋒沉聲問道：「那中毒之狀如何？顧老弟可是知道？」
顧老三點了點頭，緩緩說道：「中毒之後，七竅流血，全身泛出紫青之色！」
錢百鋒仰天長嘆一聲，喃喃地道：「原來是他！原來是他！」
白鐵軍想到那日錢百鋒說出烏氏兄弟中毒之狀，以及數十位天下英雄在與楊陸相聚時陡然中毒，其狀況與顧老三所言真是完全相同，尤其那年薛大皇又曾找求顧老三不成，轉而找那唐弘，由此可見，即下毒的兇手是非唐弘莫屬了。
白鐵軍吸了一口氣，冷靜地說道：「現在咱們可以斷定的事實，第一是那銀嶺神仙的確在昔年公案之中扮了一個歹人角色，連帶的那和尚所說楊幫主最後被他擊了一掌之事必然屬實；第二是那下毒的兇手爲五步追魂唐弘。」
神算子在一旁一直未曾開口，這時再也忍不住，開口說道：「那昔年土木堡之變，楊大哥慘遭不幸，錢先生被認爲兇手，這件事至今猶未澄清，兩位言中之意，難道已有了頭緒？」
錢百鋒長嘆了一口氣道：「不瞞兩位，老夫在落英塔內一坐十餘年之冤情，爲顧老弟一言所洗雪！」
神算子道：「那昔年落英塔中錢先生困坐不出，究竟是爲了什麼事故？」
錢百鋒苦笑道：「這個說來話長，而且其中尚有好幾部分迄今連我自己都未弄清楚，非得到時機成熟了，找尋所有關係人當面對質，方才能一清二楚。」
白鐵軍心中思念不停，總想將許多事情合而爲一，但仍覺知道的事情有所不夠，他問道：

「那五步追魂的下落，不知顧先生可知道麼？」
顧老三思索了一刻道：「若是我記憶不錯，那唐弘的下場很古怪。」
白鐵軍奇道：「古怪？你說……」
顧老三點點頭道：「我好似聽說唐弘在十多年以前出家爲僧了！」
白鐵軍吃了一驚道：「他去作和尙，不知在什麼寺廟修行？」
顧老三微微一笑道：「想那五步追魂唐弘一生殺人真是興之所至，當年我聽說他當和尙，真是要哈哈大笑了，但日久以後才能領略得到這種事情是非常可能的。」
白鐵軍啊了一聲道：「這唐弘爲重要的關係人，昔年天下英雄群指錢前輩下毒謀害眾路好漢，用計困死楊老幫主，若能找著這唐弘，可真是水落石出，真相大白了。是以此人咱們非得找尋不可。」
顧老三微微一笑道：「要找尋他麼，那真是湊巧了。」
白鐵軍和錢百鋒一齊吃了一驚道：「什麼湊巧？」
顧老三道：「據顧某所知，那唐弘修行，乃是受一少林僧人所渡！」
白鐵軍大聲叫道：「你是說，那唐弘在少林落髮爲僧？」
顧老三點了點頭道：「是以我說湊巧極了。」
錢百鋒沉聲說道：「那麼咱們還不快跑麼？」
四人對望了一眼，足下的腳步登時便加快了，只見黃塵微微飛揚，不一會便消失在官道轉角之處！

七一　毒手雙雄

少林寺的古剎在群山之中，微微露出屋宇，由山麓望去，那直通大雄寶殿的道路，好比一條龍一般，蜿蜒著依山勢盤旋而上，多少年來，有多少善男信女，懷著虔誠的心意，踏著大道向大廟而行，其中不乏許多得道高僧，都是上山後一去不再下山，長年伴青燈，依古佛，參悟禪機！

錢、白、郭、顧四人站在山麓道旁，仰臉向山上望去，只覺大道上一片靜悄悄的，視界之內毫無人蹤。

錢百鋒不由嘆了一口氣道：「想那少林一派自達摩祖師傳至中土，為武林正宗領導，歷今多少年代，竟然遭受此等空前大劫數，不知現在廟中情勢如何了？」

神算子道：「郭某作夢也未想到少林寺會遇此劫數，由種種跡象看來，必然又是與那土木之變有關。」

錢百鋒點首道：「換句話說，便是與那北魏有密切的關連了。」

白鐵軍道：「晚輩有一個感覺，這少林寺與那土木之變有密切的關連。」

錢百鋒點點頭道：「不錯，當時少林方丈曾一再在塞北現身，試想以他佛門一代高僧，在此兵亂之際竟然涉身重地，一定是有隱情的了。」

他們四人一路向山上行去，走了足足有一頓飯的工夫，仍未見著一個人影，便決定分兩路上山。

錢、白二人一路走去，這時山路向後急轉，轉過這個彎，前面便是石階道路一直通上大雄寶殿了。

那個急彎轉得角度十分陡急，對面看不見山石之後的形勢，二人緩緩放慢了足步，繞過山石，才一轉彎，只見迎面一個人影駐立不動。

錢百鋒走在最前，呼地立刻停下足來，定目望去，只見那人原來是一個和尚，雙手合十當胸而立。

錢百鋒微微一怔，朗聲說道：「大師請了。」

那和尚年紀約莫五旬左右，頷上稀稀有幾根白髯隨風而動，他雙目微閉，還了一個禮道：「二位施主，貧僧何德，不敢擔當大師兩字。」

錢百鋒道：「大師何必過謙，老朽姓錢，咱們二人想上少林寶寺一觀。」

那和尚雙目陡然一翻，眼中射出一道精光，但那精光立刻便隱沒了，他雙目又自微閉，緩緩道：「二位施主到寺中有何貴幹？」

錢百鋒略一沉吟道：「想打聽一件事情。」

那和尚似乎怔了怔，過了片刻才道：「敢問是什麼事情，可否見告？」

錢百鋒說道：「不知大師可是少林僧人？」

那和尚嘴角微微露出一絲笑意，道：「錢施主此言也未免奇怪了。」

錢百鋒見他不肯正面作答，不由雙眉微微一蹙，開口說道：「大師若是少林僧人，咱們尚望大師引接上山，參拜大佛勝地。」

那和尚雙目一閃，目光越過錢百鋒，射向身後的白鐵軍，緩緩說道：「這位施主姓白吧？」

白鐵軍心中暗暗吃了一驚道：「大師如何曉得？」

那和尚道：「白施主在大雄殿內曾兩度迎戰薛大皇及魏定國，神威有如天人，貧僧親目所見，豈會忘了？」

白鐵軍心中暗道：「這僧人多半是少林中人，只是不知他在此處究竟是何用意？我且用話相套。」

他故意微微一笑道：「請問大師，近兩天之內，有否一位青年到山上一行？」

那和尚怔了怔道：「這個……貧僧未曾留意。」

白鐵軍道：「那年輕人大師也應當見過，乃是北魏之徒，也曾在少林大殿之中動過手。」

那和尚面上神色一變。

白鐵軍暗暗用傳音之術對錢百鋒道：「看來那楊群似乎來過一趟。」

只聽耳畔傳來錢百鋒的傳音說道：「若是如此，那少林僧人仍在山上。」

白鐵軍心念轉了一轉，改口說道：「不知大師一人在此有何貴幹？」

那和尚面上登時流露出一種淒然的神色，半晌也說不出話來。

白鐵軍心中大奇，問道：「大師！你……」

那和尚忽然長長嘆了一口氣道：「貧僧在此憑弔我一生的一個知己朋友！」

白鐵軍啊了一聲。

那和尚道：「貧僧每日在此站兩個時辰，只覺往事歷歷如繪，一幕一幕在眼前現將出徠，心情每每激動難以平抑，須得坐禪半夜方可平息。」

白鐵軍等人聽得面面相覷，真不知究竟如何說才好。

那和尚又是一聲長嘆：「十三年了，整整十三年了，貧僧在此遇上那老友，貧僧甘心冒性命之危與之相交，這十三年，在貧僧生命之中，真是充滿了色彩……」

他越說越是悲切，語調都開始發顫了，兩人真是摸不著頭際，白鐵軍忍不住問道：「那朋友後來如何？」

那和尚抬起頭來，望著蒼天，喃喃地道：「他放下屠刀，立地成佛了。」

白鐵軍啊了一聲。

那和尚忽然變得十分激動，大聲地喊道：「你們相不相信，貧僧的至友，當年乃是一個無惡不作、殺人不眨眼、一身是毒的人？」

白鐵軍和錢百鋒相對一驚。

那和尚吁了一口氣，又開口道：「結果他臨死之時，竟仍能克制那幾十年的暴虐之性，安然成仁。」

白鐵軍心中一震，低聲問道：「那人是誰？」

那和尚雙目一睜，陡然哈哈大笑起來，好一會才說道：「說出來你不會相信的！白施主，那昔年五步追魂唐弘之名你聽說過麼？」

白鐵軍和錢百鋒再也忍不住一起大呼起來！

那和尚吃了一驚，說道：「兩位施主覺得有什麼不對勁麼？」

白鐵軍和錢百鋒互相對望了一眼，錢百鋒道：「大師此話太過驚人，是以咱們忍不住要呼喊出聲了。」

那和尚面上又現出淒然的神色，嘆道：「這個秘密貧僧一直未向外傳過，就是傳之出去，也無人會相信。」

錢百鋒不待說完，插口說道：「那五步追魂唐弘竟然已死，那真是大大出乎意料之外，而且也使咱們這千里迢迢趕路之勞，頓成泡影。」

那和尚微微一怔，說道：「原來各位施主是來找那唐弘的？」

錢百鋒見他面上神色一變，仍故意說道：「咱們以見唐弘一面爲目的，如今……」

那和尚不待他說完，一步跨上前來，微微冷笑道：「施主是找那唐弘的晦氣麼？」

錢百鋒默然不語，白鐵軍等不知錢百鋒用意究竟何在，但轉念想想，找那唐弘追問昔年之事，也的確是在找他的晦氣了，所以一齊都默不出聲。

那和尚面色陡然一冷說道：「兩位施主要找尋那唐弘還是要找尋五步追魂？」

錢百鋒和白鐵軍一齊吃了一驚，他們聽不懂和尚這一句話究竟是什麼用意。

錢百鋒微微咳了一聲道：「大師此言何解？」

那和尚怔然不作聲，錢百鋒接口又道：「那五步追魂與唐弘不是一人麼？」

那和尚面上怔色一去，緩緩說道：「那五步追魂之名，世上有兩個人用它。」

白鐵軍只覺腦中靈光一閃，想到那一日齊青天在少林僧人之中，誤抓一個名叫花不邪的，以爲他是什麼四川唐門叟，那花不邪似乎也叫作五步追魂，霎時他已經明白那齊青天乃是受北魏之命，找尋唐門叟的目的，多半與那昔年大案有關了。

他急吸一口氣，按下怦然而跳的心情，大聲問道：「那……那唐弘，可是來自四川麼？」

那和尚咦了一聲：「四川唐門毒器天下獨步數十年，那唐弘號稱四川唐門叟，乃是武林之中眾所周知之事，兩位施主竟然不知？」

白鐵軍只覺心中巨震，接口又問道：「那五步追魂之名，可是姓花？」

那和尚點了點頭道：「不錯，花不邪便是其名！」

白鐵軍仰天吁了一口氣道：「不會錯了，那魏定國果是出手滅口。」

那和尚微微一怔道：「白施主此言何意？」

白鐵軍道：「那一日齊青天到少林追尋唐姓僧人，誤傷花不邪，便是受北魏之指使，不想事隔多日，唐先生仍是難逃劫數。」

那和尚聽得似懂非懂，不過面上露出淒切的神色來，半晌說不出一句話來。

白鐵軍和錢百鋒相互對望了一眼。

白鐵軍微微沉吟又開口說道：「大師，在下有一個不情之請。」

那和尚緩緩抬起頭來道：「但說不妨。」

白鐵軍道：「咱們此來目的，乃是找尋唐先生，現在唐先生雖已去世，在下想大師或許可以幫在下一事。」

那和尚沉默不語。

白鐵軍頓了一頓，接口又說道：「只因此事關係實在太大，在下不得不一再相問大師。」

那和尚這時雙目一轉插口說道：「白施主口口聲聲說關連甚大，說什麼昔年大案，貧僧可否請問，到底是爲何事？」

白鐵軍見他面上神色似乎有幾分緊張期待的神色，心念一轉，緩緩說道：「大師是否知曉那土木驚變之事……」

那和尚面色先緊後鬆，緩緩吁了一口氣道：「白施主乃丐幫之主，貧僧理當相告，理當相告！」

白鐵軍心中一震，忙接口問道：「大師請說。」

那和尚緩緩閉起雙目，合十當胸，低低宣了一聲佛號道：「貧僧所知道的一部分，乃是以唐先生爲中心……」

白鐵軍和錢百鋒一齊點頭，四道眼神注視著那少林僧人。

那和尚開始說道：「昔年武林之中用毒藥暗器的高手出了一對，除了那四川唐門之外，還有一人名不見經傳，但用毒之狠，技術之高，竟不在唐門之下，那人便是花不邪了，當時，唐門也出了一個奇才，便是日後的唐弘。唐弘承繼祖傳毒學，人稱爲毒魂手，但那花不邪足跡遍及，毒技施展，在短短數年工夫，名頭上竟有超出唐門的趨勢，他明知那唐弘號稱追魂手，居然自命五步追魂，分明是想與唐門毒物一爭長短。

武林之中一下有兩個用毒的高手，一時間真有令人防不勝防的氣氛，尤其那兩人均以『追魂』為名，一般武林中人難免發生混淆。最可怕的是這兩個毒門的高手，竟然均為蛇蠍之心，殺人如草芥，稱之為毒魔，委實不為過分。於是武林中人逐漸由畏懼之心轉變為痛恨之心，人人希望這兩個魔頭能死於非命，但明知此事甚不可能，於是有人動頭腦想出一計。

所謂計策，便是挑撥這兩個『追魂』的名號，捏造花不邪以『五步追魂』為名陷害四川唐門，唐弘徒具追魂之名，實是有失唐門盛名。

那唐弘為人一向自負自傲，他對花不邪早存不滿之意，這時有此傳聞，一怒之下竟公開揚言武林，這『追魂手』名號自此不用，改名為『五步追魂』！

這一來武林之中果然嘩然，唐弘此舉分明是故意找花不邪的碴兒，料定花不邪必然難忍此氣，一般人心中都暗暗感到高興，只要兩毒相爭，必有一傷，不論誰死誰傷均對武林有益無害！

這事發生後四五個月，那花不邪居然毫無動靜，而且在武林之中一時竟不見其蹤跡。

唐弘等了許久，不見動靜，但這幾個月中，唐弘大約也是在四川等候花不邪大駕，是以也未在武林之中出現過，這將近半個月的功夫，武林之中不見兩毒蹤跡，倒顯得格外平靜。

這件事情發生的時候，正是正統十四年，也就是土木驚變的那一年！」

他一口氣說到這裡，微微頓了一頓，白鐵軍和錢百鋒雖明知此事與那土木之變有密切的關連，但聽他說到這裡仍不免精神爲之一振。

那和尚微微停了一停，繼續說道：「然後便是那土木事變，那事情發生完結後，江湖之中仍無唐、花兩人的行蹤。」

錢、白兩人聽他將土木之變那一句話輕而易舉的帶了過去，本待追問一句，但轉念想那和尚重點乃在於唐弘的遭遇，便不再多說。

那和尚面色逐漸嚴肅下來，繼續說道：「那一年貧僧才十八歲，在寺中充當接引進香客之職，江湖經驗可說少之又少。有一天，貧僧在山下接引一個中年漢子，滿面是淒愴的神色！

貧僧當下也不知道究竟是什麼，便照常規接引上寺，他進入大雄殿內，突然不顧貧僧，逕自往內殿快速急行而去。

貧僧當時愣在當地，那漢子走入內殿找尋三院長老，給他尋著金剛院禪師，貧僧當時跟隨而入，卻見金剛院主持呆呆地望著那漢子，似乎萬萬難以置信的模樣，主持見到貧僧，揮揮手示意貧僧離開，貧僧年輕好奇，雖依言離開內院。但卻始終留神那金剛院的門戶，哪知那漢子一入金剛院，竟然有如失蹤一般，再也未見過他的人影，而主持卻也未提及此事。

這事貧僧親目所睹，是以知之甚清，但寺中其他僧人十有八九不知此事，貧僧也不提此事，心中疑惑之心也逐漸隨日子而減淡。

過了三年歲月，貧僧出外雲遊天下歷時一年有餘，回到寺中，已逐漸淡忘此事，有一日忽然與一僧人在廊中相會，貧僧抬頭一看，入眼識得，正是那年相見的漢子。

貧僧看見他身著僧裝，心中不由微微一怔，當下便向他其他僧人打聽，這一打聽，貧僧才知道此僧人竟是昔年毒中聖手五步追魂花不邪。

貧僧當下心中吃驚自是不用提了，但想到為何那花不邪找金剛院主持後，三年之內沒有絲毫訊息，這一年之內削髮為僧，卻又自然公開寺中？

貧僧這個疑念始終沒有得到解答，但這花不邪削髮少林之中的訊息卻並未流傳到寺外，只因寺中僧人都受過嚴囑。

那花不邪向佛之心甚為堅定，在寺中待人誠懇之至，而且絕口不談武學，想他昔年毒功威震天下，不論是毒技，就算是武功，也有極高的造詣，在寺卻是平平淡淡，這一點的確甚難做到。

又過了兩年，也就是說在那土木驚變後六年，那時貧僧仍擔任知客之職，有一日……」

霎時之間，那和尚面色罩了一層濃霜似的，錢、白兩人立刻意識到事情的嚴重性。

只聽那和尚沉吟了好一會兒，開口繼續向下說道：

「有一日，貧僧就站在現在這裡，自山下來了一個漢子，貧僧一見那漢子，忍不住心中突然生出一種古怪的感覺。

那漢子面上神色憔悴、失神、淒涼，那種神色，貧僧可真是畢生難忘，霎時之間，心中便生出一種悲哀憐憫之心。

那漢子走上來，站在貧僧身前不及一丈的地方，站定了足步，雙目怔怔地注視著貧僧，面上的神情卻是呆板如死，貧僧只覺心中一寒，幾乎不敢相信這站在面前的漢子乃是有生命的軀體。

貧僧只覺一時之間竟然說不出話來，也是呆呆地注視著他，那漢子忽然幽然嘆了一口氣道：『大師帶我上山吧。』

貧僧合十道：『施主貴姓大名？』

那漢子頭忽然低了下去，用低微的聲音道：『唐弘！』

貧僧吃了一驚，登時呆在當地，只覺怕是耳朵有所聽誤，合十再問道：『施主來自四川麼？』

那漢子忽然抬起頭來，雙目如電，霎時之間充滿了奕奕神光，一眨也不眨地注視著貧僧，大聲吼叫道：『一點不錯，我就是江湖中殺人魔頭，人稱五步追魂唐弘便是！』

貧僧呆在一旁，心中又驚又疑，也不知道唐弘忽然狂吼大呼究竟爲何。

那唐弘吼了兩聲，突然張口一噴，竟然吐出一口鮮血，貧僧大吃一驚，急忙上前扶著他的身子，沉聲對他說道：『唐施主，你受傷了麼？』

唐弘雙目之中黯然無光，他默默地注視著貧僧，當時只得將他帶入寺中，立刻報告方丈主持。

想那四川唐門在武林之中名聲極大，唐弘之名更是驚人，方丈當時驚得說不出話來，尤其巧的是兩個號稱『五步追魂』的武林煞星竟然先後來到少林寺。

貧僧當時心中有一股說不出的感覺，只覺得那唐弘是極端可憐的人，方丈當時便替他把了脈象，發現他心火交集，煎熬過久，竟然無緣無故間得了病症，這純粹是內功方面的傷勢，相當不輕，當時貧僧便自行請願照顧唐弘。」

方丈當下沉吟良久，然後說道：『這唐弘來意不明，此事斷然不可洩露，汝可先招呼他數日，至其病癒才詳問其情。』

當時貧僧便奉方丈之命，將唐弘帶入密室之內，細心調養。

貧僧對岐黃之術尚有所知，那唐弘心病煎熬，半月工夫已好了大半。

在這半個月時間內，唐弘精神時清時混，當其混沌之時，口中時常喃喃自語，貧僧仔細分辨，那言語之中總是殺伐之語，想來此人一生思慮浸淫在凶險惡殺之中，這種思想在他頭腦之中的確是根深蒂固，當其混昏之時，思想自然流露，是以貧僧並不太覺奇異。

後來貧僧無意之中聽見唐弘話中竟一再提及佛學之語，貧僧又奇又感興趣，便注意他的囈語，並在心中打定主意等他清醒之後，與他在這方面好好談談。

唐弘痊癒後，貧僧便找他說話，他這時一反初來時的心事流露，變爲冷靜機智兼而備之，對貧僧問話均淡然以對，始終問不出所以然來。

貧僧最後問他此來少林究竟爲何，剎時間唐弘似乎被這個問題問得傻了，半晌一句話也說不出來，貧僧心中感到奇怪。

那唐弘想了好久，怔怔地對貧僧道：『是啊，我這種人，到少林來做甚麼？』

貧僧覺得他這一句話說得十分古怪耐人尋味，當下忍不住便對他說了些佛學上的道理。

那唐弘聽貧僧說了幾句，忽然神色一朗，緩緩坐了下來，開口和貧僧對談起來。

貧僧只覺心中驚震無以復加，只因那唐弘說的竟然都是些佛學道理，只聽他侃侃而談，層層推論，引證經典，那造詣絕對不在貧僧之下，單就佛學思想這一方面，貧僧已覺他靈活已極，更在貧僧之上。

貧僧登時一句話也說不出來，只聽他說個不休，越說越是起勁，到後來，他全副心神集中在這個問題之上，貧僧只覺他面目之中透出一種光來，再也不是那陰狠的氣質所能掩蓋的。

貧僧自覺已知他的心事，忍不住長嘆了一口氣。

唐弘聽見貧僧嘆氣，愕然住口不語。

貧僧說道：『唐施主，原來你對佛學浸淫非淺。』

唐弘說道：『唐某閉門唸經已經六年有餘了。』

貧僧啊了一聲說道：『六年工夫，唐施主有此成就的確不易。』

唐弘道：『唐某自覺形穢，不敢求助高僧，獨自閉門造車，想那佛法何等高深，何等玄奧，豈是唐某這種人所能輕易領悟，只是六年工夫，適才聽大師說教，竟在多處有共鳴之感，忍不住想到什麼便說什麼，倒教大師見笑了。』

貧僧心中暗暗忖道：『想不到這個大魔頭對佛學竟有這般天資，六年之內，無人誘導其思想，尤其他後天劣性種根已深，居然有如此成就，的確大大不易了。』

當下貧僧沉吟了一會兒說道：『唐施主此來少林，可是要求論談經典？』

唐弘面色又嚴肅起來，他考慮了好一會兒，沉聲開口說道：『大師如此說，唐某並不否認。』

他說著微微頓了一頓，繼續接口又道：『此外，唐某尚有一件重要的事要說。』

貧僧啊了一聲問道：『什麼重要的事，唐施主……』

唐弘面上忽然掠過一絲痛苦之色，他緩緩低下頭來，沉聲說道：『唐某能否一見少林主持方丈？』

貧僧心中料定他所謂的要事一定不簡單，而且關係一定重大，否則以他如此殺人魔頭，怎會弄得心神癲狂，跑上少林寺？

貧僧當下考慮了片刻，說道：『唐施主佛學甚深，足與方丈相論了。』

唐弘吁了一口氣，貧僧又道：『唐施主請在此稍候，容貧僧先去和方丈請示。』

唐弘點點頭，貧僧見了方丈，說明詳情。

方丈當時考慮了良久，說道：『此人不比那花不邪，必須保守嚴格秘密。』

貧僧只覺當時方丈面色甚爲沉重，不知究竟如何，心想難道方丈已知唐弘的來意？心中疑慮不定。

方丈考慮了一會，對貧僧說道：『你去帶那唐弘來。』

貧僧隨同唐弘見到方丈，那唐弘看見方丈，面上神色陡然一黯，仰天長嘯一聲道：『大師救我！大師救我！』

貧僧吃了一驚，不明那唐弘此言何解，卻見那方丈長嘆一聲道：『唐施主，老衲自顧不暇啊！』

貧僧心中更吃一驚，這時唐弘與方丈面面相對，一言不發，兩人四道眼光中充滿了極端複雜的表情，貧僧在一旁見了，真是驚得呆了。

過了好一會兒，方丈緩緩開口說道：『唐施主此來有何貴幹？』

唐弘道：『唐某請問大師兩個問題。』

方丈和尚說道：『但問不妨。』

唐弘想了一想，沉聲說道：『唐某想要知道，天下有何處能渡唐某這種人了結殘生？』

他這一句話說得十分堅決肯定，那方丈聽在耳內，忽然雙目微闔，長眉不住軒動，足足過了半盞茶的功夫，才睜開雙目，說道：『唐施主，老衲明白你的心思，只是老衲不明白有此必要性存在麼？』

唐弘悲嘆一聲道：『難道還有別的方法麼？』

方丈微微一嘆，說道：『那麼，老衲有一處場所可以建議。』

唐弘精神一振，連忙問道：『何處？』

方丈說道：『入我少林來！』

唐弘面上陡然全是放鬆之色，似乎心靈之中千斤重擔得以輕釋。

唐弘想了片刻，低聲說道：『大師真是腹中容船，在此時仍能不吝指示明途，唐某何幸能……能……』

他說得甚爲激動，一時竟然說不完。

方丈雙目微合，長長吁了一口氣道：『老僧沒有權利去辨別你的是非，你可知道老僧的痛苦麼？唉，佛門渡有緣人，唐施主，老僧不知道這緣分是否果是天定前因……』

貧僧當時在一旁聽得似懂非懂，不過心中可以斷定，方丈與唐弘之間早已互相識得！」

那少林和尚一口氣到這裡，錢百鋒和白鐵軍聽得只覺種種蛛絲馬跡，似乎都符合心中的腹案，兩人心中都想到那事情到頭來終有揭露的一天了。

白鐵軍喃喃自語道：「看來少林方丈對那昔年之事知之不少，在昔年他可能也算得上一個主角了。」

那少林和尚想了一想，又繼續說下去：

「當時那唐弘呆呆地望著少林方丈，一句話也說不出來。

過了好一會，倒是方丈開口道：『唐施主還有一事請問不妨。』

唐弘嘆了一口氣道：『從大師方才那一句話中，唐某這一句話說出來也是白說，唐某已經知道了。』

方丈嗯了一聲道：『唐施主知道就好！』

他說完這一句話，再也不曾開口，雙目緊閉，盤膝而坐。

貧僧當時不知如何處理場面，便只有開口請示方丈，方丈雙目不睜，右手微拂，貧僧心知他要我迴避一刻，便躬身合十，正準備退出之時，方丈右手食指蘸茶水在木案上寫下次晨再見之字，貧僧便退出，留下唐弘一人在室中。

貧僧想到方丈曾強調保守秘密，退出之後不動聲色，根本不提及此事，那時節正當少林香火鼎盛之時，香客來往絡繹不絕，眾僧人都忙得不可開交，自然也沒有人注意貧僧的行動。

次日清晨，貧僧直入那間室內，卻見方丈不在，只有唐弘一人。

那唐弘身上披著一件灰布袈裟，頭頂髮落，一夜之間已入我佛門。

貧僧心中倒並不十分驚異，只因早已料定他要削髮為僧，唐弘見貧僧入門而來，卻是一言不發，雙膝對盤而坐，貧僧只覺他面目之上一片和善之色，倒也有幾分佛相端然。

自此以後，唐弘便在少林寺中成爲和尚，我與他有引渡之緣，是以自然而然之間他與我最爲接近，少林寺中規模甚大，唐弘落髮爲僧，眾僧視爲平常，是以他的身分一直保留下來。

唐弘與貧僧越談越是投機，貧僧十分佩服他向佛之心竟然如此堅定，不到三年工夫，唐弘的氣質似乎整個改變了一個人，由外表觀之，哪裡像是一個昔年江湖上用毒的惡魔？

貧僧與他同食共寢三年，唐弘並未放棄他的武學。每日清晨必練氣試招，貧僧作晨課時，自然也不斷鍛煉少林內功拳術等等，每每注視唐弘的練功，只覺他招式自走偏鋒，只要使出來，那路數之奇，發攻之狠，實非貧僧所能想像，想那四川唐門一脈武學以毒辣爲主，唐弘是唐門大高手，自是免不了的，而且他還儘量隱藏了不少呢！

至於他的內功造詣，那是莫測高深，從不示出，一直到第五個年頭上，有一日清晨，貧僧發現他一個人站在一條小小的山澗之前，吸氣吐氣對準那急流的溪水，每吐一次氣，總是憑空吹起水柱好幾尺高，當時貧僧心中大驚，雖預料唐弘功力必高，但卻不料竟然已達此境界。

那唐弘也極奇怪，只要貧僧一提起武學，他總是笑而不答，對於咱們少林拳術連正眼都未瞧過。

貧僧與他相處久了，真可稱爲莫逆於心，無所不言，有一日他忽然笑著對貧僧道：『你看過這玩意兒麼？』

說著伸出手來，手上放著五粒圓圓的黑珠。

貧僧不識，便反問於他。

唐弘微微嘆了一口氣說道：『我這許多年來，總夢想能忘記一切施毒之技，就因爲這玩意使我不能如願。』

貧僧這才大吃一驚，原來這黑色圓珠竟是昔年唐門威霸武林的奪命珠，耳聞其毒，但從未有所見識。

當下貧僧便道：『你何必心存此念，要知雖身懷毒技，但如能以理性時時先抑自我，所收效果恐較失去此技猶爲大些。』

唐弘似乎不曾有這個念頭，他聽貧僧如此說，呆了一呆，然後滿面都是舒暢之色，仰天一嘯，驀地裡右手掌心一吐，只見那五道黑光上下交錯疾飛，打向一丈之外的一棵大樹。

那五顆黑珠去勢疾勁，飛行路線卻是突高突低，毫無準則，但卻在空中變動無方，貧僧當時一怔，不料世界有這等大異常理的暗器手法，只聽叮噹幾聲，那五粒黑珠一起打在大樹幹上，卻又各自反彈跳開。

那黑珠跳離樹身，霎時又各自繞圓弧形反覆在樹幹周近不及半尺之距不斷交擊，一時之間只聽嗚嗚之聲響成一片，貧僧看得目瞪眼呆，唐弘長吁一聲，右手一沉，那五粒珠兒才嵌入樹中不再跳動！

貧僧嘆了一口氣道：『四川唐門暗器天下一絕，今日才算開了眼界！』

唐弘笑了一聲，剎時滿面都是豪氣，大笑道：『我行江湖廿年來，從未遇過有人能逃過這奪命珠……』

他說到這裡，陡然只覺心頭巨震，剎時面色大變，竟然一跤跌坐在地上，口中不住喘氣。

貧僧吃了一驚，心知是他不覺之間又回復本性，但立即醒覺，直覺間立刻抑壓本性，這種感情上變化更為劇烈，只見他面色灰白，似乎受了劇傷。

貧僧微微嘆了一口氣，也不知應當說些什麼才好，只是緩緩走到那大樹邊，將那五粒黑珠拾了回來。

過了一會兒唐弘恢復過來，他一言不發，貧僧將那五粒黑珠交給他，他點點頭便走回寺中，再也不提此事，貧僧知道好不容易他又回復平靜，自然也不願意再有所提及。

這一件事發生的第二天，突然少林寺長老說出，有失蹤武林十年的四川唐門毒叟唐弘的蹤跡在少林寺附近出現。

當時貧僧吃了一驚，唐弘卻立刻想到原來是那五粒黑珠在大樹幹上留下印痕所至。

貧僧害怕方丈追查此事，但此事已流傳武林，並且聽說以訛傳訛，有人竟傳說唐弘潛居在少林附近。

貧僧和唐弘毫無辦法，貧僧便去請見金剛院長老，長老見到貧僧，第一句話便是嘆道：『名之於人竟有如此大的力量麼？』

貧僧追問之下，原來那五粒珠痕在一般僧人目內雖會生奇異之心，但絕不會說出其來源，只是無巧不巧，那花不邪也落髮為僧在少林寺內，他也是暗器用毒的大行家了，一見那珠痕，登時便斷定唐弘找上少林，是以消息立刻張揚出來。

事情既然發展到這個地步，貧僧與唐弘均是無法可施，便順其自然了。

以後的日子，平淡無奇，但是貧僧與唐弘一天一天覺得互為知己，唐弘在佛學之上真是一日千里，貧僧最欽佩他的乃是那一份毅力及佛心堅忍。

說來這也許是上天的安排，想那昔年武林之中兩大用毒的魔頭，令人談之而色變，卻先後進入佛門，為我少林之僧，這種結果，真非預料之所及，佛法無邊，真是普渡芸芸眾生了。」

那和尚說到這裡，面上神色一片淒愴之色，白鐵軍與錢百鋒知道事情就要接近那唐弘的慘死了，心中不由暗暗緊張起來。

那少林和尚雙目平平遠視，臉上流露出苦痛的表情，他緩緩開口說道：

「那一日清晨，唐弘忽然有點神不守舍的模樣，貧僧不知他為何如此，結果他早課未完，便匆匆一人走出大殿，向後山而去。

貧僧不知他去做什麼，但隱約之間感到他有些不尋常，但那之前數日貧僧與他沒有分離，實在想不透究竟為了什麼。

早課結束，貧僧便下山行腳，目的是要傳遞一封書信，這一去一返已是兩日以後，貧僧回到山上，那少林……那少林寺已慘遭不測……」

他說到這裡，雖然儘量放平聲調，但仍壓抑不住顫抖之聲，一時再也說不下去了。

七二　巨石玄機

白鐵軍和錢百鋒對望了一眼道：「大師，這個咱們早知道了。」

那和尚驀然抬起頭來，大聲道：「什麼人下的手？白施主……」

白鐵軍似乎沒有聽見他的話，喃喃地自語道：「如此看來，魏定國一再追問少林方丈，還不惜數度上嵩山少林，便是爲了怕此秘密的外洩！」

那和尚聽得似懂非懂，一時插不進口來，白鐵軍想著想著，只覺一切事情好像開朗了一大半，心中負擔似乎爲之一輕。

那和尚在一旁沉默了一陣，這時開口說道：「施主們既然看來已知道事情的前後，貧僧想到也許施主可以爲之解說一番。」

白鐵軍已知那和尚乃是性情中人，心存欽佩之心，連忙答道：「大師但說不妨，在下知無不言。」便將當時上少林的情形說了一遍。

那和尚道：「適才貧僧已然說過，唐弘隱居少林以來，此消息絕無外洩，只那次花不邪說明有唐門追魂珠痕在少林附近出現，可能在江湖之中有此傳聞，但唐弘之死，決非等閒之因，雖說唐弘一生仇人甚多，但依貧僧之見，這兇手八成與造成少林大劫者密切關連。」

白鐵軍點點頭道：「此言甚為有理。」

那和尚道：「方才貧僧聽說白施主正巧聽見那唐弘臨終之前所喊叫之語，想來當時白施主距那後山地區必然不遠，貧僧想請問白施主是否看見那下手者的面目？」

白鐵軍微微沉吟了一會，說道：「可以說是看見了。」

那少林僧人雙眉微微一皺，說道：「白施主此言何意？只因此事不單是關及唐弘，且涉及少林基業，是以貧僧不得不堅問到底。」

白鐵軍點了點頭道：「大師之言甚是。在下之所以說此言，乃是因為在下當時並未見著那下手者面容，但迄今綜合各項事實估計，十之八九在下可以說出。」

那僧人噢了一聲，雙目之中露出急切的光芒。

白鐵軍道：「那下手者，依在下判斷，乃是一個瘋僧人！」

那少林僧人怔了一怔道：「一個瘋僧人？」

白鐵軍想到那瘋僧與昔年之事可說關係密切之至，又念及那瘋僧原係少林一派出身，到底是怎麼一回事，一時實在說之不出，非那瘋僧本人才能解答，但此時那少林和尚既又問到，不覺想了一想才答道：

「那瘋僧的姓名在下不知，但在下與他先後遭遇多次，在下可下斷語，他必定出身少林一脈。」

那少林和尚大吃一驚道：「白施主之意，乃是敝寺有內奸？」

白鐵軍搖了搖頭道：「內奸倒是算不上，那瘋僧對少林寺似乎懷有不少仇恨之心，每每提及少林，他總是憤而不屑之色形之於面。」

那少林和尙道：「請施主詳言。」

白鐵軍道：「詳情在下知之不多，不過在下可就各事分析推測，將其結果相告。」

他說到這裡微微一頓，面上神色登時嚴肅下來，那少林和尙心知他馬上要說明事情的核心重點，連忙收攝心神注意傾聽。

白鐵軍想了一想道：：「咱們暫且不談那瘋和尙的出身淵源，若說那下手者爲瘋和尙，則必是魏定國在幕後掌握。」

那少林和尙驚道：「北魏也牽涉在內麼？」

白鐵軍點了點頭道：「魏定國乃是主持昔年土木堡事件幕後之人，當年天下群雄在丐幫楊老幫主所率之下，以天下爲己任護駕塞北之事，大師應當知道吧！」

那少林僧人點了點頭道：「這個貧僧如何不知？當年少林方丈也曾到塞北……」

白鐵軍微微呆了一呆。

錢百鋒哼一聲道：「原來少林寺也有人到塞北，這麼說來，更不會錯了。」

那和尙驚訝地望著錢百鋒，錢百鋒也不作解說。

白鐵軍繼續說道：「在一次聚會之中，群雄突然集體中毒，那中毒的徵象極爲古怪，天下少見，當時大家驚得呆了，立刻生出互相猜忌之心。

後來各撥人馬連續遭遇伏擊，更證明有內奸存在，一直到烏氏兄弟和錢百鋒對掌之時陡然中無形之毒，爲武當掌教天玄道人、點蒼雙劍等人親見目睹，那錢百鋒立刻遭到不可洗刷之冤。

主要也是因爲錢大俠當年名聲不好，加之在丐幫大寨被人挑毀，有人已經對他生有警惕之心，但錢大俠天性強硬，絕不加半句解說，當那種生死關頭，人人心中思慮不能保持嚴密，在這種情況之下，錢大俠蒙巨冤被困入落英塔內十餘年。」

白鐵軍一口說到這裡，那少林和尚已引起濃厚興趣，錢百鋒在一旁聽到這些往事，不由心中感慨不已。

白鐵軍想了一想又道：「綜合起來，錢大俠之所以蒙此巨冤，歸根結底便是那一樁下毒的事，雖然明知不是錢大俠所爲，但那真正下毒的兇手，卻是一直沒有線索。」

那少林和尚陡然醒悟道：「你是說……你是說那唐弘乃是下毒兇手？」

白鐵軍肯定的點了點頭道：「不錯！」

那少林和尚想想事情前因後果，一時也說不出話來。

白鐵軍嘆了一口氣道：「關於此事，咱們原來想親問唐弘，但不想唐弘已然喪生，咱們曾請教當世另一下毒大師，人稱死亡谷主顧老三，他指示那種中毒的徵象八成是出自唐門，而唐弘卻偏偏在這一時候被人所殺，這其中的用意自然是十分明顯的了。」

那少林和尚沉重的點了點頭。

白鐵軍又道：「魏定國不知到何處及用何法請出唐弘，下毒手的用意不外有二種，其一爲消滅群雄的實力，其二便是爲了嫁禍錢大俠，他明知錢大俠的個性，如此群雄之間自相猜疑，更是瓦解組織及鬥志！」

那少林和尚怔怔地道：「這麼說來，那北魏乃是土木之變的關係人了。」

白鐵軍長嘆一口氣道：「魏定國憑他蓋世才智，佈下如此陰謀，先後為他利用的不知有多少人，而且個個均是一方之主的身分，有時我會懷疑，這決非一人之力所能完成……」

錢百鋒聽到這裡，忽然只覺腦中神光一閃，大喊一聲道：「不錯，他一個人辦不到的！」

那和尚及白鐵軍一齊吃了一驚，白鐵軍道：「錢前輩此言何意？」

錢百鋒忍不住大聲說道：「那一件事的成功，乃是由兩個人的策劃，不謀而合所完成的。」

白鐵軍想了一想道：「還有一人？晚輩思之不出。」

錢百鋒大聲說道：「還有一人，便是那周公明！」

白鐵軍呆了一呆，緩緩說道：「周公明？他是奸細？……」

他側過頭來，卻看見錢百鋒雙目帶著奇異的目光，注視著那少林和尚，而不是自己。

白鐵軍順著錢百鋒的目光，只見那和尚雙目圓睜，嘴巴張得大大的，震驚得說不出話來。

錢百鋒頓了頓，開口問道：「大師有什麼事要說麼？」

那少林僧人道：「周公明？錢施主方才是否提及周公明？」

錢百鋒點了點頭。

那僧人搖搖手道：「那麼錢施主說錯了。」

錢百鋒奇道：「大師此言何意？」

那少林僧人道：「昔年周公明身為朝廷之重臣，他親至塞北，護送者便是我少林中人！」

錢百鋒與白鐵軍霎時只覺有如黑夜中突然似有一盞明燈所照，一齊大呼道：「那漢子原來是少林寺的！」

那少林僧人奇道：「此言何說？」

白鐵軍道：「咱們從多人口中斷斷續續得到那昔年的情形，曾提到在事發前二日夜中，周公明為一人所護，到御林軍中與皇上、楊陸密談，那一個漢子的身分，始終是一個謎，而且其關連甚大，今日一言道出，咱們真是驚不勝驚，還望大師指教。」

那少林和尚道：「白施主有疑問請說，貧僧知無不言。」

白鐵軍略沉吟了一會兒，轉過頭來對錢百鋒道：「不過在下仍然想不出那周公明在昔年事中，如何與北魏設計……」

錢百鋒不待他說完，便插口說道：「並非那周公明是奸細，想那周公明以朝廷重臣的身分親臨第一線，和楊陸密談一夜，分明是定好了計策，有任務交付楊幫主，這任務表面上看來明顯得很，便是北出星星峽搬請重兵，但據老夫之見，絕非如此單純！」

白鐵軍仔仔細細的聽他這一番話，只覺得心中思慮極為紛雜，一時之間不易整緒，忍不住說道：「咱們從頭說起——那北魏魏定國安排了密計，勾結瓦剌，在軍事上準備一舉擒著大明皇上——慢著，北魏的目的何在？」

錢百鋒道：「這一點，咱們聽說的人八成不會有錯，魏定國自視極高，只有成為瓦剌一國之主才打得動他的心意。」

白鐵軍道：「就算他打的是這個主意，他眼見楊幫主率領群豪護駕而上，心知這一群人乃是中原武林精英，力量極為雄大，對他計劃的影響很有問題，於是開始陷害分化群雄。

他首先趁楊幫主遠上武當之際，以蒙面人身分挑毀丐幫山東大寨，冒充當年錢百鋒之名，便是利用錢前輩的個性以及當年的名聲。

本來他這一舉立可達到挑撥離間的目的，卻不知當時楊陸與錢百鋒寸步不離，是以立刻否決錢百鋒當背的黑鍋！

對這一點事實，咱們有十足的把握，只因當年雷六俠拚命跟蹤，雖被北魏打得全身殘廢，但卻仍能指出真兇，這一點恐決非北魏所始料而及！」

錢百鋒點了點頭，接著白鐵軍之後說道：「北魏並掠走楊幫主幼子，要脅楊陸不得干涉軍事，但楊陸乃是大英雄，公私分明，義無反顧，竟不顧幼兒的安危，照去不誤。北魏這才轉念，立刻重訂毒計，找出唐弘，嫁禍錢某，這一著由於他時機、地點以及那施毒方法甚為巧妙，老夫竟然逃不過他嫁禍之計！

不過話說回來，最大關鍵乃在於錢某與左白秋在荒村雨夜遭受攔擊，耽誤了一陣，結果一切懷疑均指向錢某而無疑。」

白鐵軍只覺思念輪轉，一步一步導入正軌，他飛快地說道：

「北魏針對楊幫主一方的計謀多半盡於此了。以後的謎與楊幫主的死有密切關連，這一點咱們所得到的消息有好幾種說法，不過經那銀嶺神仙薛大皇最後張皇逃離看來，那打賭敗於北魏的和尚所說，楊幫主被薛大皇暗算一事必有較高之可能性，如果這樣說來，薛大皇與北魏站在一方，但為何如今北魏三番四次不惜麻煩，要借師父之手打死薛大皇？」

錢百鋒搖了搖頭道：「這些是北魏對他那一方面內部的陰謀，咱們先不說它，還是直線發展說下去，那周公明的出現，對此事關鍵甚大，咱們還是請教少林大師。」

那少林和尚只聽他兩人一番言語，雖聽出幾分端倪，但他似乎並不十分留意，直到錢百鋒說出請問他的話，他才合十說道：「施主要想知道哪一方面？」

錢百鋒想了想道：「老夫將昔年的事情經過說出，凡有疑問之處，請大師指點。」

那和尚頷首不已。

錢百鋒便道：「那一年皇上御駕親征，到了前線，這時戰事緊急，我方大軍已陷入重困，對方已明顯喊出生擒的口號，情勢十分危殆，楊幫主等一行人雖已趕到，但面對鐵甲大軍，一時想不出什麼辦法來。

那一夜，後方忽然趕來了兩人，一人便是那周公明，另一人卻是陌生，他不言不語，但點蒼大俠曾暗中試了他一招，卻如石沉大海，那人功力深淺難測。

那人也不與任何人交談，只是露出煩惱的模樣，不知大師可否相告這人是何路數？」

那少林僧人微微思索了一會兒，開口說道：「那位護駕的人，乃是本寺中僧人。」

錢、白兩人一齊問道：「原來他是喬裝俗家之人？」

那少林僧人點點頭道：「正是，只因他未出家之前，行遍天下，經歷閱歷多人一等，所以喬裝起來最為貼切。」

錢、白兩人對望了一眼，說道：「請問大師，那僧人法號如何？」

那少林僧人沉吟了一會，緩緩說道：「只因當年貧僧專司敝寺知客、行腳之職，對那僧人並不太熟悉，只知他隸屬藏經閣內，輩分是『法』字班輩。」

錢、白兩人微感失望地啊了一聲，那少林僧人思索了一下，忽然似乎想起了什麼似的，大聲說道：「對了，那人俗家姓名，貧僧聽人說過。」

白鐵軍與錢百鋒一起啊了一聲問道：「他叫什麼？」

那少林僧人說道：「俗家姓董，名叫董一明。」

白鐵軍陡然間只覺全身血液似乎均凝結了起來，嘴巴張大了，卻是一句話也說不出來。

錢百鋒立刻發現了他的失常，開口問道：「白老弟，你認得此人麼？」

白鐵軍只覺頭腦之中一片模糊混沌，滿心只是疑問，口中不住地喃喃自語道：「是他！是他！原來是他……」

錢百鋒忍不住道：「白老弟，你怎麼啦？」

白鐵軍緩緩平靜了下來，問那少林僧人道：「那人法號可是稱為法雲？」

那僧人只覺被人提醒一下，高興地道：「一點不錯，一點不錯。」

白鐵軍大呼道：「那麼他在昔年的事中也插了很深的一足啦！」

錢百鋒只道他認得那董一明，那少林僧人想了一想然後說道：「白施主為何如此說？」

白鐵軍道：「只因他與那羅漢石也有關連！」

錢百鋒猛吃了一驚。

那少林僧人卻更是大驚失色，失聲呼道：「白施主，你也知道那羅漢石麼？」

白鐵軍道：「那羅漢石出現在少林寺之事，白某親口問及方丈，那法雲抱石自沉之事，在下也自清楚。」

那少林僧人的面色陡然嚴肅了下來，半晌一言不發，然後緩緩說道：「白施主既然知道這麼多，爲什麼還要向貧僧打聽一切？」

白鐵軍面色沉重地道：「那羅漢石有關事項太大，其中詳情白某不能盡知，大師可否有所指教？」

那少林僧人哼了一聲道：「羅漢石之秘就是方丈也必未知曉。」

白鐵軍說道：「白某只要請問一句，那羅漢石是什麼時候在少林山中被人所發現？」

那少林僧人想了一想說道：「這一點有什麼必要之處麼？」

白鐵軍肯定地點了點頭。

那少林僧人道：「乃是在土木事變前半年。」

白鐵軍啊了一聲。

那僧人接著又道：「只是羅漢石的出現，並非由僧人所發現的。」

白鐵軍和錢百鋒的面上都露出迷惑的感覺。

那少林僧人說道：「你們大約不知道，這羅漢石與周公明有密切的關連！」

其實白鐵軍曾親眼目睹過另一塊羅漢石上刻著「周公明立」的字樣，但此時見那僧人說得神秘，便故意裝著不知其秘的表情，仔細注意他繼續說下去。

那少林僧人嘆了一口氣道：「那一塊羅漢石乃是周公明親自送上少林，當他初上少林之時，微服而行，是以根本沒有知道他的身分究竟是誰。

他上山來，立刻要求見少林主持，那時方丈似乎與他已有所默契，立刻引入密室，並在一日之內鳴鐘三次，召集達摩院、金剛院以及藏經閣長老入室。

這的確是一件非同小可之事，貧僧在少林近四十年，如此情形僅此一次，是以印象深刻之極！

結果他們在密室之中談了有一日時光，然後室門大開，方丈以下三位長老一齊合十送客。當時貧僧身為知客僧人，侍立在側，只聞那周公明對四位長老一齊行禮，滿面都是嚴肅的神色。

他行禮既畢，開口說道：『少林及天下佛門正宗，此等事原本不當找上門來，還望四位高僧瞭解周某一番用心！』

掌門方丈合十宣了一聲佛號道：『周施主哪裡的話，此事有關我朝興隆，老衲雖曾考慮再三，但既已出言承擔，周施主萬萬放心便是。』

那周施主吁了一口氣道：『大師既有此言，周某何慮之有？』說罷便緩緩走下山離去了。

掌門方丈與三位長老一齊目送他的身形消失，那金剛院長老沉重地嘆了一口氣，招招手對一直侍立在一側的貧僧說道：『弟子，你過來。』

貧僧仍然不明到底是怎麼一回事，連忙走了過去。

那長老說道：『那塊石頭，你將它放在山後隱蔽小道之處吧！』

貧僧隨著他手指的方向，只見那密室右側放著一塊石頭，但不明白金剛院長老此意為何。

這時那主持方丈長宣了一聲佛號道：『師弟，你決定如此麼？』

金剛院長老道：『掌門師兄，那後山隱密之處，隨意放上一塊山石，被發現的成分委實不大……』

掌門方丈道：『那麼咱們答應周施主的話怎麼辦呢？』

金剛院長老搖搖頭道：『掌門師兄，你不能不顧咱們少林一脈氣數。』

他說此言，面上痛苦沉重之色兼而有之，掌門主持方丈面色也是寒冷如冰，半晌才道：『若是那石為外人所發現又如何？』

金剛院長老嘆了一口氣道：『師兄師兄，那是天劫不可復了！』

掌門方丈沉思良久，仰天長嘆了一口氣道：『既如此，知客，你將這方石塊用布包起來。』

貧僧雖然仍是聽不出所以，但立刻遵命將那石塊用布包妥了，問方丈說道：『不知弟子要將此石塊送往何處？』

那主持方丈想了一想說道：『知客，你將此石送往……』

他說到這裡，頓了一頓語氣，那金剛院長老說道：『師兄，老僧帶他一起去如何？』

主持方丈點點頭道：『如此甚好！』

貧僧心知此事定然非凡，不敢插口，便與他一起動身將那一方石塊包起。

主持方丈目送咱們兩人離去，仰天長嘆了一口氣，對藏經閣長老道：『但願師弟這一舉不違天意。』

那金剛院長老緩緩宣了一聲佛號，再也不言，緩緩向後山行去。

貧僧跟在後面，走了好一會，實在是由於好奇心驅使，忍不住開口問道：『弟子請問這一方石塊到底是怎麼一回事？』

長老默然無語，面上卻是考慮沉思之色，過了一會，他緩緩對我說道：『今日之事，你都瞧在眼內了！』

貧僧點了點頭道：『弟子侍立在側，自那密室啓開之後的情形，弟子均看見了。』

長老吁了一口氣道：『你問這方石塊，老衲告訴你，這一方石塊名叫羅漢石！』

貧僧噢了一聲道：『那送來石塊的人是何身分？』

長老嗯了一聲，然後說道：『索性向你說個清楚。』

貧僧心知此事關係甚大，不料長老居然肯開口說出，這倒大出貧僧意料之外。

於是貧僧仔細地聽，長老卻是半晌不言，好一會兒才說道：『那送石之人姓周，喚叫周公明。』

貧僧當時並未聽過『周公明』之名，於是沒有作答。

長老接口又說道：『他乃是當今朝廷重臣。』

貧僧心中一驚，啊了一聲說道：『原來他是官方的……』

長老點了點頭道：『對於他的到來，老衲原本全無預知，但從他與掌門相談之間，似乎他們兩人之間已有默契。』

貧僧只覺此事奇異非常，忍不住問道：『官方的人怎麼找到佛門聖地？』

長老微微笑了一笑說道：『豈止於佛門聖地？想來那武當山紫觀宮中也必有官府中人盤桓。』

當時貧僧默然不言，只是留神聽長老所言：『那周公明來此的目的，可以說全在於這一塊羅漢石，他如此慎重其事，大約他所說的情形多半是真實的了。』

長老停了一停，轉向貧僧說道：『知客，你時常有機會下山雲遊四方，對民間之事，一定相當瞭解了？』

貧僧不知他問這一句話用意何在，思索了一會，開口回答道：『民生相當富裕，百貨暢通，市集繁華，各行生意增進……』

長老聽了此話，面上露出沉思之色。

貧僧以爲說話不當，登時便停口不言。

過了好一會兒，長老咦了一聲道：『照這樣說來，我朝興隆得很呢！』

貧僧對這一句話仍然不十分明白，只有默不作聲。

長老想了一想，忽然好像想起了什麼似的，大聲問道：『不知我朝當今軍力強弱如何？』

貧僧微微吃了一驚說道：『軍隊詳情弟子不得而知，但從民間談吐之間，似乎民心對於內憂外患憂心忡忡！』

長老點了點頭，面上神色微有釋然之狀，說道：『那外患可是在北方一帶？』

貧僧點點頭道：『北方瓦刺族，近年來興兵練武，據說極有戰鬥能力，想來他們已存覬覦之心。』

長老面上釋然之色更濃，點了點頭說道：『難怪他說如此。』

貧僧問道：『那周公明說本朝興隆之事麼？』

長老長吁了一口氣道：『他說本朝大業危在旦夕！』

貧僧陡然大吃了一驚，失聲說道：『這一句話弟子萬難相信。』

長老道：『當初他說出此言，咱們也是萬難相信，但是他花了一日功夫，說得咱們不能不信。』

貧僧忍不住問道：『他是如何說的？』

長老陡然沉默了下來，半晌一言不發，貧僧意識到這裡才是秘密癥結之所在，忙惶恐說道：『恕弟子多言之罪。』

長老擺了擺手，搖頭說道：『老衲可以告訴你，這裡的危機，仍然在於那北方瓦剌之侵。』

貧僧說道：『但是那瓦剌早存，危機雖有，卻決不至於危及我朝大業。』

長老雙眉微軒道：『此言暫時不談，知客，你只是聽著便是。』

貧僧連忙頷首，勉強壓抑心中不信之念。

長老沉吟了一會兒，緩緩說道：『是以他便送來這一塊羅漢石，說這羅漢石竟然可以消弭巨禍於無形。』

貧僧點了點頭。

長老又道：『他將羅漢石分了好塊幾，分別存於天下各大門派，曾說明到有一日大事發生之日，本門長老將護此石急奔發事之處。當時老衲便問及什麼叫做大事發生，那周公明悲嘆了一聲，說當天下紛亂、兵亂塞北之時，他說得如此逼真，老衲等人真是無言可發。

於是老衲等又問及羅漢石究竟有何用途，周公明搖首不語，當下老衲等人心中卻相當發火，只因此事他無緣無故找上山來，說得不好聽，真是作了一大篇危言聳聽之語，到了最後，就算咱們相信，答應保管這一塊羅漢石，但他竟然連這石塊究竟是什麼東西都不肯說明。

老實說自那周公明上少林大殿，方丈主持鳴鐘召集三院長老起始，咱們三人都對那周公明有不滿之意，現在那周公明竟有此等不合理之舉，登時老衲便自忍耐不住，冷笑對他說道：

「周施主不說，咱們大家拉倒便罷。」

周公明依然閉目不言，老衲冷笑不絕，到底瞧他準備如何！

周公明緩緩睜開雙目說道：「大師何必強人所難？」

老衲冷笑道：「周施主說這一句話，不自先想一想麼？」

周公明嘆了一口氣道：「這是為了我朝大業，豈能以常事相度呢？」

老衲說道：「若是敝寺答應周施主，便是管天下之事，乃非出家人四大皆空之行為，咱們如此做了，周施主竟不肯多說一句麼？」

周公明的目光只是注視著掌門方丈，他與方丈似乎有所默契，方丈盤坐在蒲團之上，好一會仰天吁了一口氣，看了老衲一眼，然後將目光移轉向藏經閣及達摩院的長老，那兩位長老想來與老衲有同樣的想法，面上均有不悅之色。

掌門方丈轉回頭對周公明看了兩眼，說道：「周施主，能否略為透露一二？」

周公明欲言又止，似乎考慮重大的疑問，好一會不發一言，這時氣氛弄得相當尷尬，誰也不願開口說話。

那周公明這時抬起頭來，嘆了一口氣道：「周某將此言相告，萬望大師能守秘於胸。」

三位長老連帶掌門方丈一齊頷首，周公明雙目一閃，又自說道：「但周某只能透露一二。」

他頓了一頓，然後開口說道：「那羅漢石分別拓著一篇文字，乃是有關瓦剌國的內政問題！」

老衲等三人聽得都感到有一點摸不著頭緒，當時便沒有再問下去了。』」

那少林中年僧人一口氣一直說到現在，只見白鐵軍與錢百鋒兩人神色大變。

那白鐵軍失聲插口說道：「原來那羅漢石拓的，便是這一篇的原文！」

錢百鋒只覺心中大震，想來那羅漢石上所拓，便是金刀駱老爺子拚了性命之危交到手的那一卷油包，交瓦剌太子親展的文件。

這一本文件，在二十年前，周公明以重臣的身分，微服奔遍天下，預佈後局，用意原來是有關瓦剌內變之事，那北魏魏定國不惜一再興師動眾，爲的也就是這一本拓本，這一本拓文關係真是太重大了。

那少林僧人聽白鐵軍失聲所言，面色大大地變動了一下，說道：「白施主此言何意？」

白鐵軍卻像是並未聽見他在說些什麼，大聲道：「那一年土木事變發生，皇上御駕親征，正在危險之際，周公明到軍中去，爲的是想挽救大局，他所憑的，便是這幾塊羅漢石，爲何少林中人及武當中人不將羅漢石帶去？」

那少林僧人怔了一怔，卻是答不出話來。

白鐵軍又道：「楊老幫主臨危授命，獨自向星星峽請重兵相援，用意也在於挽救危局，這麼說來，楊幫主以一人之力冒生命之險，原來只因少林武當等人不肯出手所致！」

那少林僧人面色疾變，道：「白施主這句話是什麼意思？」

白鐵軍心中已知那羅漢石上所拓乃是有關瓦剌內亂之事，若在大軍調遣之時，一旦公佈，則瓦剌國內立刻大變，前後軍令萬難連繫，真是所謂兵敗山倒，我朝將立獲殲滅性之大勝，想那周公明苦心積慮多年，便是作此打算，豈知當時那少林、武當均未依言帶那羅漢石前往塞北，以致楊陸獨當重任，只得去請重兵，再加上內奸頗多，一再中伏，這一切皆與羅漢石有密切之關連。

這時他只覺心中熱血沸騰，竟然完全失去平日的冷靜與機智，他大吼一聲道：「白某想問問，少林寺的人，為什麼不依周公明之言，將羅漢石帶往塞北？」

那少林僧人只氣得面色青白，胸腹之間一再起伏，忍耐不住，大吼道：「你怎知道其中仍有內幕？」

白鐵軍冷笑一聲道：「有什麼內幕？」

那少林僧人怒道：「那年事變前半月，周公明又遣人到少林寺上說，那羅漢石之事，叫方丈忘記算了，根本是錯誤的，毫無效果可用！」

白鐵軍與錢百鋒吃了一驚，大聲問道：「周公明親自又上山了麼？」

那少林僧人搖搖頭道：「沒有，他派了一人。」

白鐵軍心中一動，開口問道：「那人是誰？」

那少林僧人說道：「那人也是有頭有臉的，乃是武林之中號稱銀嶺神仙的薛大皇！」

白鐵軍與錢百鋒在極端驚異之間，反倒鎮靜了下來，他們兩人對望了一眼，一齊說道：

「難怪周公明與薛大皇有交情存在。」

白鐵軍接著又道：「那薛大皇由周公明授命之事，不知是真是假？」

那少林僧人瞠目說道：「是真是假，難道這種問題只有白施主想得到麼？咱們當時親見薛大皇執周公明的親筆書信前來。」

錢百鋒緩緩說道：「白老弟，老朽有一個感覺……」

白鐵軍連忙問道：「什麼感覺？」

錢百鋒緩緩說道：「那昔年的事，周公明乃是最大的主事者，他利用了正邪兩方面的一切力量……」

白鐵軍和那少林僧人一齊驚道：「此言何意？」

錢百鋒道：「那魏定國千方百計要製造的局面，並非是我朝一敗塗地之局，想那魏定國生性雖是陰險，但還不致甘爲瓦剌走狗，除非他的目的乃是能統一瓦剌全國！」

白鐵軍啊了一聲。

錢百鋒緊接著說道：「也只有此等大事，北魏方始樂此不疲。他一定也知道瓦剌本國之內幕，是以千方百計要搶得那拓本。」

他說到這裡，那少林僧人忍不住插口說道：「什麼拓本？貧僧聽不真切。」

錢百鋒微微一笑，卻將話題扯開道：「楊幫主成爲周公明的第一利用品，哪知有內奸洩露行動，楊老幫主捨命仍未達成……」

他說到這裡，猛然一頓，腦中只覺似乎有一道靈光一閃而過，他大聲道：「那楊陸之敗，說不定也是周公明所安排的，那內奸便是周公明的人……」

他只覺腦海之中一幕一幕完全連串了起來，大聲地說道：

「那周公明的人，便是護駕而至的那個姓董的……叫作董一明的人了，無怪他混在丐幫弟子中，以虛僞消息一再告訴丐幫中人，那時老夫一直想不透他的來歷，看來多半是周公明所派的了！」

他一口氣向下說，那白鐵軍滿面卻是又緊張又淒惶的神色。

錢百鋒繼續向下說：「他知道咱們一切行動，更明瞭楊幫主的行動，於是各路人馬重重埋伏，這些伏軍自然都是魏定國所安排，但魏定國再精，也想不到這是周公明故意讓他知道訊息！」

他微微一頓，又說道：「周公明這樣做，爲的是要消除魏定國的疑心，要使魏定國相信一個什麼局面，其目的是真的忠於皇上，抑是別有用心，錢某便很難開口了。」

那少林僧人開口說道：「錢施主怎麼會有這種奇想？」

錢百鋒仰天長笑道：「錢某在落英塔中二十年，這一件事的先後不知想過幾千幾萬遍了，每一種想法，都有不攻自破的矛盾，原因是出發點假設錯了。如今這麼一假設，那昔年多少疑念，多少矛盾地能迎刃而解。白老弟，老夫敢說，至少這一個假定——那周公明故放訊息之假設，有絕對把握。」

他這時才發現白鐵軍滿面卻是絕望之色，心中一驚，登時停下口來。

那少林僧人長嘆一口氣道：「錢施主如此一說，那昔年之事，真是奧妙到了極端了。」

錢百鋒道：「有了這個假定，白老弟，咱們可以一件一件事情分析，我想一定件件有圓滿的答案！」

白鐵軍滿面卻是陰沉之色，他聽到錢百鋒如此說，仰天長嘯了一聲，那一聲中充滿了真氣，直震得四周山石嘩嘩作響，那嘯聲延長很久，才逐漸減弱，他面上略略平靜下來，說道：「錢前輩，這事說來委實太長，咱們若要詳談，不若找一僻靜之處，思索也較方便。」

錢百鋒如何不知白鐵軍此語乃是要離開這少林僧人才說，那少林僧人微微哼了一聲道：「白施主要告別了麼？」

白鐵軍緩緩吸了一口氣，似乎盡力想平靜胸中雜念，口中卻是一言不發。

錢百鋒心中暗暗忖道：「白老弟方才不知何事，面色巨變一至如斯，以他平日深沉謹慎之心，如非絕大事件，絕不會失態如此，他既堅持要離開此地，想一定有他的原因，我且用話套住那僧人。」

他心念一轉，開口說道：「大師對於羅漢石的前後經過所知只止於此麼？」

那少林僧人微微一怔，似乎不明白他這一句問話是什麼用意。

錢百鋒接著又道：「須知那羅漢石果然是周公明……」

那少林僧人道：「那羅漢石被放在後山隱密之地，方丈主持不放心，每日要金剛院或達摩院之長老巡察一次，那周公明既遣薛大皇到少林說明，長老們也樂得不再理會這一件事，是以那羅漢石便任之置於後山。」

錢百鋒道：「大師始終沒有說明，爲什麼這等重要的事物，竟然堅持要放在少林後山，而不藏入室內放妥？」

這一個疑問白鐵軍也早就想發問了，錢百鋒這一問出，白鐵軍連忙集中精神準備傾聽。

那少林僧人微微沉吟了一下，嘆了一口氣道：「這一點乃是有關少林氣數的問題。」

白、錢兩人一齊詫聲咦了一聲。

那少林僧人吁了一口氣道：「說來有些玄妙神奇之覺，只因少林寺前五六輩了出一位高僧，佛法精靈，據說心與神會，能知未來。但他參悟禪機年久日深，深知天機難露，是以雖有此能力，卻絕口不談。

當他老前輩坐化圓寂之日，在牆壁上寫下了幾句話：『寺中有石，大劫難避。』當時無人能領悟這八個字是什麼意思，好幾代傳下，少林掌門總是兢兢業業將這八字傳於後一代掌門，雖是不明所指，但深信必有道理，是以那一日周公明攜石山上，陡然方丈長老等想到這八個字，不由面面相覷，再難發言，這也是三位長老一再不贊成接下保管這石的原因，想不到，這一句話果然在少林獲得應驗，那位前輩高僧委實有通天徹地之能了！」

他說到這裡，有不勝感慨之狀，錢百鋒與白鐵軍對望良久，想到少林果然蒙此大劫，心中也不由感慨不迭。

錢百鋒微微咳了一聲道：「有勞大師一再相告，咱們今日真是滿載而歸了。」

那少林僧人吁了一口氣道：「從兩位施主語氣之中，可知那昔年之事在兩位腦中已有概略之模型，貧僧本當窮知清楚，但少林既已遭此大劫，貧僧就算知曉又有何用？兩位若是清楚了，便自請便吧。」

錢百鋒點了點頭，回轉對白鐵軍道：「白老弟，咱們走吧。」

白鐵軍緩緩轉過身來，那少林僧人忽然開口說道：「白施主，貧僧有一言相問……」

白鐵軍停下足步，那僧人說道：「敢問那法雲和尚，也就是那董一明，與白施主有何關連？」

白鐵軍面上神色冰冷，卻是不感絲毫驚詫，他沉聲地說道：「他乃是白某親生父親！」

錢百鋒與那少林僧人再也說不出話來，難怪方才那白鐵軍的面色變化如此了。

白鐵軍緩緩吸了一口氣，沉聲問道：「白某也有一事請問，試想那羅漢石等重大秘密，那金剛院長老豈會平白告知大師？」

那少林僧人怔了一怔，陡然仰天大笑起來。

錢百鋒緩緩吸了一口真氣，用傳音功夫對白鐵軍道：「老夫早已瞧出來了，這和尚便是少林金剛院長老不老禪師！」

白鐵軍心中吃了一驚，轉身便大踏步而去，錢百鋒跟著一齊走了，只有那僧人的笑聲有如海濤裂岸，源源不絕在空氣之中蕩漾！

七三　紫金令牌

且說左白秋與左冰父子兩人與錢百鋒、白鐵軍分手以後，他們心知那駱金刀臨終所託那卷東西必定與昔年的土木堡公案有密切的關連，那北魏魏定國真可說是志在必得，一定想盡方法從中阻攔，但那錢百鋒既然陪同白鐵軍一道行動，有他兩人的功力以及機智，想來必定不會有什麼問題。

他們父子倆人上路而行，兩人心中似乎均是心事重重，難以舒暢。

左冰心中默默忖道：「昨日在城隍廟接卓姑娘時，告訴她爹爹卓大江已遭兇手，那個場面真是令人難忘，唉，魏定國的血孽也未免造得太多了，這一筆血債真不知何年何日，由誰來償還清楚……那土木堡之變的事猶自不能清明，為這一件事牽涉了不知多少人，經過之複雜，真是前所未聞。為了這件事，昔年武林的頂尖人物一一再行出世，總算事情一步一步接近水落石出的階段，相信只要那一卷東西能夠明諸於世，則事情也即到了結局之時！」

一路上行走，兩人甚少交談，左冰望著父親雙眉微鎖，似乎心事重重的模樣，心知父親也正為此事憂慮。

走了一會兒，已逐漸轉入山徑小道，道路上來往的行人慢慢的少了起來。

左冰吁了一口氣，忍不住問道：「爹爹，您在想些什麼？」

左白秋微微嘆了一口氣道：「心中紛亂得很，越是思想，越是難過。」

左冰啊了一聲說道：「爹爹，那昔年的公案已接近尾聲，總有水落石出的一日……」

左白秋點了點頭：「但是其中秘密仍然重重難解。」

左冰想了一想說道：「等這一次白大哥他們回來，事情至少瞭解多些，咱們再就事情的關鍵，去和魏定國攤牌……」

左白秋卻是眉頭不展，他嘆了一口氣道：「冰兒，你不知道，這一件事的發生，爹爹也身歷其中一部份，而這一部份，就目下形勢看來，對整個事體也有不小的影響。」

左冰吃了一驚道：「什麼事情，爹爹？孩兒從未聽您提及。」

左白秋嘆了一口氣道：「二十年以來，這一件事我日夜思度，始終得不出一個結果來。」

左冰道：「那錢大伯可知道麼？」

左白秋搖了搖頭道：「我從未對任何人提及此事！」

左冰啊了一聲，半晌也說不出話來。

兩人邊說邊行，左白秋嘆了一口氣又接著說道：「你錢大伯雖然曾數次想開口相問，都見我面有難色，他立刻止口，現在想起來，這事件實際上也用不著對他相隱。」

左冰道：「爹爹可以告訴孩兒麼？」

左白秋道：「那一年錢大伯與我在雨夜之中，隱藏在茅舍療傷的事，你知道麼？」

左冰聽過，於是點了點頭。

左白秋嗯了一聲說道：「我坐關被一個黑衣人偷襲，現在想來八成便是那北魏了，我立刻見機運氣，用輕功疾奔，那黑衣人尾隨三日三夜，始終未能追上，但我也擺不脫他。

後來巧遇你錢大伯，用真氣療傷，但在最急關頭，那黑衣人陡然追至，你錢大伯拚死將真氣傳入我體內，用身體遮攔我受了一掌，我雖立刻通氣，發掌擊退黑衣人，但你錢大伯反倒受了重大內傷。」

這些經過左冰都曾聽過的，他只是點頭，只因父親此時乃是由頭說起。

左白秋微微頓了頓，似乎在思索的模樣。

過了半刻，他繼續開口說道：「當時我立刻將你錢大伯藏好，決心啓程上少林去求那療傷聖藥大檀丸。」

說到這裡，左白秋的面色逐漸沉重下來，那聲調也轉趨冷峻，左冰意識到事情的發展將有巨大的變化，只是傾耳聆聽。

左白秋用冷竣而平淡的聲調說出了昔年求藥的那一段經過——

那一夜，夜黑如漆，大雨滂沱，加之塞北正值雙方鏖戰、戰雲密佈、兵慌馬亂之時，那道路之上真是絕無人蹤，左白秋冒著大雨，展開他那如謎一般蓋世輕功在道上飛馳，真是有如一支脫弦之箭，在地上隱隱劃過。

他一口真氣灌注，整整奔跑了約有大半個時辰，已然奔出山區。

這時大道之上目力不能及遠，但左白秋心知錢百鋒內傷甚重，千萬不能耽擱，仍是冒風冒雨全力趕路前進。

一直趕至黎明，這時風雨也逐漸減少，官道前端便是一個鎮集。

左白秋只覺一夜奔馳，加之內傷方癒，他雖內功造詣深厚之至，也免不了有些疲勞的感覺。而且身上衣衫被雨水汗水內外浸濕，穿在身上也甚不舒服，想想還是找一間客店休息一會兒，然後再行啓程趕路。

街道之上真可謂寥無人蹤，只有極少幾家店舖要趕早做生意的開了門板，只因此處接近開戰地區，真是人心惶惶，無可終日，加以天下大雨，左白秋好不容易找到了一家「福安」客棧歇息下來。

風雨逐漸減小，過了一個時辰，雨勢已然收止，天空暗暗的，似乎隨時要下大雨的模樣。

左白秋休息了一陣，運息好幾周天，只感覺四肢疲乏已去，而且真氣運轉甚爲自如，他整整衣服準備又要上路，走出房門之外，只見店門之外走入兩個人來。

那兩個人都是和尚，爲首一人年約四旬過半，身後一人卻是年輕。

左白秋一瞥之下，只覺那兩個僧人氣質不同，那爲首一人，氣格清靈脫俗，令人一眼見之真有一種出塵之感。

左白秋瞧了幾眼，心中驟然一驚，暗忖道：「這兩個僧人不知是何來路？」

這時，那兩個僧人一起走入廳內，距離近了，左白秋看得清明，那兩頸上均掛有紫色佛珠。

左白秋吃了一驚：「原來這兩人是少林寺的。」

他急快地忖思道：「我此行正是來找少林僧人，不想在此巧遇，那爲首一人氣度已有大師風範，身分分明不低，我不如先探探他看……」

他思緒一轉，緩緩走上前去，迎著那兩個僧人走進來的路線，施了一禮道：「大師請了。」

那兩個僧人合十回禮，但面上卻是怔然的神色，不明白左白秋此舉爲何。

左白秋左右看了一下，這時大廳之中根本沒有客人，他緩緩說道：「兩位大師可是來自嵩山少林？」

那爲首一僧面色微微一動，遲疑了一會，道：「不錯。」

左白秋道：「老朽姓左，正要上嵩山少林一行……」

那爲首一僧說：「原來是左施主。敢問左施主要上少林有何貴幹？」

左白秋道：「老朽想找那方丈大師商量一事。」

那爲首一僧面上神色又是一動，他側過頭來，望了望身後那個僧人，緩緩說道：「那事可否由貧僧轉告？」

左白秋微微遲疑道：「請問大師法號如何稱呼？」

那僧人遲疑地答道：「貧僧心元。」

左白秋想了一想，只覺從未聽過這個法號，又想到這件事情甚爲緊急，一時之間也不知該如何打算才是。

那僧人見左白秋遲遲難以開口，一時之間也不好多說。

左白秋暗暗忖道：「我這一路原先要到丐幫，先告知楊幫主說錢兄不能赴約之因，再向少林一行，若是先能找到少林的方丈，那真不知可以節省多少時間。」

他心思轉動，終於說道：「此事甚爲緊要，大師可否幫老夫一個忙？」

那心元僧人想了一想道：「不過貧僧先要奉告，敝寺掌門方丈目前不在少林。」

左白秋啊了一聲說道：「那……他在哪裡？」

心元僧人微微一笑道：「方丈已經駕臨塞北地區！」

左白秋陡然之間又驚又喜，大聲道：「大師，老夫託你將此事轉告？」

心元僧人點了點說道：「但說不妨。」

左白秋道：「老朽姓左，草字白秋，乃……」

他話尚未說完，只見心元僧人陡然色變，驚震之態完全形之於表，雙目圓睜，張口結舌，一時說不出話來。

左白秋心中一怔，登時停了下來！

心元僧人好一會兒才喃喃地道：「原來……原來施主便是……便是那聞名天下無人見過的左白秋老先生！」

左白秋點了點頭。

那心元僧人繼續說道：「傳說中左先生乃是人中之龍，不見首尾，今日能得一見，真是幸何爲之！」

左白秋道：「老朽有一好友，爲了老夫身受重傷，一身極高內功散盡，老朽萬難忍受，左右思想不得其解決之法……」

他不敢說出那老友即是錢百鋒，只因他知錢百鋒在武林之中有魔頭之稱。

這時他話猶未說完，那心元僧人已接口說道：「要求少林大檀丸療傷是麼？」

左白秋點點頭。

那心元僧人沉吟了一會兒道：「那大檀丸乃是少林珍品，武林之中視爲異寶……」

左白秋忙道：「這個左某深切明白，只是那老友受傷太重，非得大檀丸恐難以治療，老朽只好出此下策，因此有此不情之請……」

心元僧人嗯了一聲，猶自沉吟不決，左白秋不便再多說話，只是焦急地等著。

過了一會，那心元僧人喃喃宣了聲佛號，沉聲說道：「貧僧有一個建議，不知左施主以爲如何？」

左白秋微微怔了怔。

心元僧人頓了頓說道：「貧僧此行，乃是負有任務的。」

左白秋奇道：「大師此言何解？」

心元僧人說道：「這個任務，有關我朝宗室安危，貧僧奉軍令行事……」

左白秋驚道：「你……你是說那皇上御駕親征之事？」

心元僧人面上神色一黯道：「我朝社稷危矣，貧僧雖是出家之人，但仍不忍見宗室受危。」

左白秋心中猛跳，沉聲道：「大師請詳言。」

心元僧人道：「瓦剌精兵已成合圍之勢，當今聖上形勢甚危。」

左白秋道：「大師所負使命究竟爲何？」

那心元僧人一字一字說道：「去請援兵救駕！」

左白秋啊了一聲道：「就是你們兩人麼？」

心元僧人的面色陡然之間沉重下來，低沉著嗓子說道：「這本是極端要緊的軍機，貧僧萬萬不該說出，只是貧僧方才想到一個法子，自覺左施主氣度清絕，足以相信，而且此乃有關我大漢一族榮譽，凡我漢人，就算不接受，也萬萬不會洩露於敵。」

這幾句話說得相當嚴重，左白秋也知只因事情關係委實過於重大，那心元僧人才會如此說法。

於是左白秋緩緩點了點頭道：「大師之言甚爲有理。」

那心元僧人道：「左施主是想要大檀丸去救老友，這件事若由左施主去做，就算貧僧供以線索，左施主也未必一定得到手。」

左白秋道：「不錯！」

心元僧人緊接著道：「依貧僧之意……」

左白秋沉聲說道：「咱們兩人調換行動是麼？」

心元僧人頷首不語。

左白秋心中飛快忖道：「這個建議雖是有理，但總是透有幾分古怪，莫非去那軍營之間有什麼危險之事他才如此建議？但若不接受他的建議，那大檀丸可真不易到得了手，錢老弟全賴此救命，無論如何，這總是一個天大的機會！」

想到此，立刻點首道：「如此老朽乃是求之不得！」

心元僧人合十低低又宣了一聲佛號。

左白秋頓了頓，緩緩說道：「大師，那其中細節如何安排？」

心元僧人道：「左施主既是同意了，咱們可以慢慢詳談。」

說著他便在大廳之中找了一個坐位，三人一起坐了下來。

那心元僧人過了一會兒開口說道：「左施主若是得到那大檀丸，如何和那好友連絡？」

左白秋心中暗忖道：「那錢百鋒現下隱藏之處無人知曉，若是有人知道，此刻他毫無抵抗能力，那萬萬使不得的，加之他仇人眾多，萬一……」心念轉動，口中緩緩道：「老夫好友藏身之處極端隱密，大師……」

心元僧人道：「左施主但說無妨。」

左白秋微微沉吟了一下道：「依老夫之見，那大檀丸若是借大師之力可以到手，大師不如仍到這『福安』客棧，約時相會，老朽去過軍營之後，立刻趕回此地等候消息，不知大師以為如何？」

心元僧人雙眉微皺，似乎意決不下，過了一會，他緩緩說道：「去那軍地，來回一趟，少說也得一日一夜功夫……」

左白秋插口道：「老朽十個時辰後回到此處如何？」

心元僧人啊了一聲道：「那在時間上便不會發生衝突了。」

他停了一停又道：「貧僧去見方丈主持，無論是否要到大檀丸，十個時辰後準在此相候。」
左白秋點了點頭道：「那到手成功機會多大？」
心元僧人微一沉吟道：「十分之中，總有八九分可以成功！」
左白秋吁了一口氣，過了一會說道：「那麼大師在少林寺中地位原來甚高呢。」
心元僧人微微一笑道：「不敢，貧僧實爲敝寺金剛院主持。」
左白秋瞿然色變，拱手道：「失敬失敬，真是失敬，大師原是少林三院主持之一。」
心元僧人笑而不言。
左白秋道：「關於老朽去請援兵之事……」
心元僧人點了點頭道：「當今我朝大軍已經陷入重圍之中，皇上及朝廷重臣唯一希望便是求能突圍而脫，但瓦剌之意乃是必得皇上而後甘，是以他們對突圍攻擊早有準備。」
左白秋皺皺眉道：「我朝兵力尚堪一戰麼？」
心元僧人點點頭道：「雖陷困境，但皇上親臨前線，士氣高昂得很。」
左白秋點點頭道：「該當如何辦呢？」
心元僧人說道：「東西兩境，我朝尚有兩支可用之兵！」
左白秋退隱江湖，原本不問世事，自是不知情形。
那心元僧人繼續說道：「西境出星星峽，有一支重兵，爲吐魯蕃大將齊厄爾所率領的，現在仍按兵未動。」

左白秋道：「那東境重兵如何？」

心元僧人道：「東境乃是我方軍營，人數不多，但養精蓄銳已久，若能及時班師側背攻襲，則當立收奇襲之效。」

左白秋道：「那麼大師原是受命去東境求兵的了。」

心元僧人點了點頭道：「正是！」

左白秋道：「軍營所在何處？」

那心元僧人聲音放低說道：「沿此官道一直東行，有處『七里泉』的地方，轉向南面，那軍營乃是紮在山道之中！」

左白秋想了想道：「那軍營組織如何？爲首者是何人？」

心元僧人道：「那支軍隊總有八千接近一萬之數，營地遍佈山區，那統領姓梁，名山洪，年約四旬，壯年有爲。」

左白秋道：「有否什麼通行證明之類？」

心元僧人道：「這個自然，不但一路之上，左老先生可能遇著我朝的巡哨，接近那『七星泉』營區，若無通行證明，根本不易到達營區。」

左白秋點點頭道：「大師請將那通行證明給予老夫。」

心元僧人面色陡然罩寒，雙目之中閃出精芒，注視著左白秋，沉聲說道：「左施主下定決心去求那援兵麼？」

左白秋心知此事嚴重，也沉重地道：「不錯。」

心元僧人道：「當初貧僧受命之際，心情惶恐，將此事視作極端嚴重，真可以說是犧牲生命在所不惜。」

左白秋心中暗忖道：「既是如此嚴重，為何要轉託於我？」但他此刻心情也甚為倉亂，口中沉聲答道：「大師儘可信我左白秋！」

心元僧人點了點頭，突然嘴角一陣嚅動，左白秋知道他乃施展那「蟻語傳音」之術，連忙收懾心神，側耳傾聽。

只聽那心元僧人的聲音道：「一路通行，遇巡查哨兵，對方若盤問上句『訪盡五湖有豪傑』，當立應之『打遍天下無敵手』！」

左白秋心中猛然一凜，連忙將這兩句話默念了數遍，牢記於心。

心元僧人頓了頓說道：「若是遇上巡哨，並不知這兩句對口切語，則多半是尚未接到軍令，那則要出示這一塊令牌。」說著自僧袍之中摸出一塊長方的牌子。

那令牌乃是紫金所造，暗淡之中透出光芒，上面刻著一個「令」字，氣度甚是不凡。

心元僧人又道：「這面紫金令牌乃是皇上親發，不論任何緊急軍事，見牌不認人，立刻通行無阻，左老先生不到行不通時，最好還是少將之亮出。」

左白秋道：「大師之言，老夫都謹記在心。」

那心元僧人緩緩將令牌交給左白秋又道：「見著那梁將軍時，左施主對他說明形勢之急，要他立刻點五千人馬以上，星夜含枚急行，一直到有一處喚叫『內江』之處，方得停頓，在那裡，朝廷之中有專人等候接應。」

左白秋點了點頭說道：「若是那梁將軍有其他意見，該當如何？」

心元僧人道：「亮出那紫金令牌，就是我朝諸軍元帥在此，也不敢不立刻聽命。」

左白秋啊了一聲。

心元僧人道：「此事乃是軍事機密，梁將軍縱然感到突如其來，奇異無比，但若左施主示出這紫金令牌，他不信也非信不可。」

左白秋道：「老朽將令傳到之後，這紫金令牌如何處置？」

心元僧人道：「令牌當立交將梁將軍，他得到令牌，無論如何在五日之內要見著皇上回覆命令。」

左白秋點了點頭。

心元僧人想了一想，說道：「其餘便沒有什麼特殊之處了。」

左白秋道：「老朽傳過令，立刻全速趕回原地，十個時辰之後，大師在此相候。」

心元僧人道：「一言爲定。」

左白秋心中暗暗忖道：「如此一切均好，只是錢老弟不能赴丐幫等人之約之事，我不能抽手去辦。」轉念又想道：「若是託這心元僧人轉告一聲，他立即知道受傷者乃是錢百鋒，那麼事情的成敗還真難以預料！」

心元僧人見他沉吟不語，似乎在思索什麼事一般，不由奇道：「左施主還有什麼意見麼？」

左白秋微微頓了一頓，緩緩說道：「老夫想再問大師一事。」

心元僧人道：「請說。」

左白秋道：「這一件請求援兵之事，除了大師之外，還有其餘武林中人知道麼？」

心元僧人想了想道：「還有七人知道。」

左白秋啊了一聲，心元僧人道：「武當掌教天玄真人、江南神拳簡大俠、點蒼天下第一劍師兄弟卓大俠、何大俠、無敵金刀駱大俠，以及丐幫楊陸幫主、湯奇湯大俠。」

左白秋猛然一驚道：「什麼？那楊陸也在當場？」

心元僧人道：「楊幫主此刻尚在當地。」

左白秋心念電轉，忖道：「我只要用一封書信，託他轉交楊陸，他便以爲是我與楊陸之間之事，不會再想到牽涉及另外一人，在信中我說明錢百鋒不能赴約之事。托信之事稀鬆平常，我若輕描淡寫說出，他必不起疑念。」

又轉念忖道：「這雖不是絕對穩妥之法，但現在情況也只得如此了。」

心念一定，開口說道：「老夫尚有一不情之請。」

心元僧人道：「可是要找尋楊幫主麼？」

左白秋知道他已由方才自己神情中猜出與楊陸有關，於是微微一笑道：「左某有一封信一直想交楊幫主，苦於無機會，不知大師可否一併轉交？」

心元僧人點頭道：「若是見著楊幫主，貧僧一定轉遞。」

左白秋謝了一聲道：「大師稍待，左某到房中將那信取來。」

他走入房中，立刻揮筆匆匆修書，待那墨跡乾了，走到大廳之中交於心元僧人。

心元僧人轉手便將信箋收入懷中，左白秋暗暗忖道：「若是果然傳到，真是省了五個時辰以上的功夫！」

心元僧人收好信封，立刻站起身來，緩緩說道：「事不宜遲，不如這就動身吧。」

左白秋道：「老夫十個時辰後在此相候。」

心元僧人走出兩步，緩緩說道：「左施主，這大漢一族的榮辱，施主可要分擔。」

左白秋道：「左某雖久退江湖，但這種觀念總還是有的。」

心元僧人合十一禮，帶著那身後年輕的和尙，一起走出大廳，向來路方向走去。

左白秋一直望著他們走到看不見蹤影，便也結算了房錢，沿著官道而行。

這時他心中思慮紛雜，但他決定暫時不去想，快步在官道上行走。來往行人寥寥無幾，左白秋走了一陣，身形越加越快，真是有如一陣清風拂過。

他這一口氣一直趕到正午時分，沿途又經過了一個小鎭集。他心中忖道：「去程因爲不熟悉道路，五個半時辰趕得到的話，回來四個半時辰便也夠了。」

好在這一帶一直是直路，沒有岔道，否則必須問人。

一路行走，巡哨倒未遇著，卻是遇上好幾批人，一眼看去便不是中原人士，左白秋心中暗暗吃驚，雖則這一帶乃是交戰境界，平日漢人以及外族因經濟因素也常有交往，但在此時看來卻似透有古怪之味。

左白秋長驅直入，一路之上沒有遇見一個巡哨，一直到達那「七里泉」地帶，仍是一片的寂靜。

左白秋不由大奇，但這帶已是山區，人煙稀少，想找一個問路的人也是困難，好不容易在山腳下找到一個樵夫，左白秋立刻問去那兵營之路。

那樵夫似乎甚是奇異，對左白秋打量了好一會才說道：「先生不是這附近的居民麼？」

左白秋道：「老夫趕路到此，有要事須入軍營求見梁將軍。」

那樵夫道：「老先生，你來得不巧。」

左白秋大吃一驚道：「你這話是什麼意思？」

那樵子奇異地望著左白秋，好一會才答道：「那軍隊已於四天之前開拔了。」

左白秋呆了一呆，喃喃地道：「你……說什麼？」

那樵夫道：「我親見梁將軍掛旗率兵，通過峽谷通道，整整走了一夜。」

左白秋道：「但是……」

他只覺事情大有蹊蹺，一時之間也想不透到底是如何一回事。

那樵夫道：「這軍隊有好幾年沒有出動過了，那一夜星夜開拔，怕是邊境發生了什麼事情吧！」

這等常年居住深山之人，對於時事根本不知，也不願花心神去注意，那皇帝御駕親征這等大事發生，他還以爲是小小邊亂呢。

左白秋第一個念頭，便是立刻趕回福安客棧，他謝過那樵夫，立刻全速趕回。

他心中不斷想道：「只有二種可能，一個便是那心元僧人傳令太慢，而梁將軍早已聞訊，自行出兵救駕！再不然，便是這一切都是一個詭計！」

他只覺心急如焚，卻是無可奈何，只有暗中希望那第一個可能成爲事實。回程的足程更加迅速了，到了那福安客棧，算了時辰，才不過九個時辰多一些，只得耐心的等候。

等了足足有二個時辰，哪裡有那心元僧人的蹤影。

剎時只覺自己竟然糊塗至斯，真是不可想像。但想來想去也想不到這心元僧人居然會施詭計，這詭計的用意究竟是什麼？針對那錢老弟麼？或是……

越想越覺心寒，再也忍耐不住，便向來路走去，想到那茅屋之中看看錢百鋒再作道理。

想到少林求藥，以及向楊幫主傳訊，兩件事情全被自己誤了，怎麼樣也想不過去，只希望那錢百鋒仍然安然，則自己雖未傳出訊息於楊幫主，這到底還是其次，只要能求得大檀丸，但是，那少林方丈到底又在何處呢？

他邊思邊行，到了那茅屋，又已是深夜時分，入屋一找，哪有錢百鋒的蹤跡？

左白秋只覺茫然不知所措，心中的憂慮悲憤突然之間轉變成爲一種怒火，決心找尋那心元僧人的跡蹤，非得大開殺戒不可！。

他怒火上沖，便不再猶疑，身形起落，再向那丐幫總壇而去，一直走到黎明時分，只見官道上人聲鼎沸，大批散兵蜂湧而至。

左白秋呆了一呆，細細一看，只見全是大明朝軍裝，心知前方軍事在一夜之間已一敗塗地。

眼見道路上擁塞人馬，哪裡還能暢通？左白秋不能決定，忽然心中一動，找了一個軍官模樣的軍人，裝作也是逃難民眾，上前問道：

「軍爺，老夫前數日猶聽說那『七里泉』邊防梁將軍援兵已至，怎麼仍是吃了敗仗？」

那軍人瞧了他一眼，嘆了一口氣道：「梁將軍精兵在『內江』遇伏，尚未到達戰場，便已全軍覆沒。」

左白秋只覺心中一沉，一種冰涼的感覺直泛心頭，再說不出話來。

他緩緩離開人群，一個人走向黑暗之中。

左白秋一口氣將那昔年的經過說到這裡才停了下來，滿面愴然。

左冰心情也甚是沉重，緩緩說道：「以後爹爹便退隱江湖？」

左白秋點了點頭。

左冰又道：「那時爹爹一定以為錢大伯已遭毒手？」

左白秋點了點頭道：「不過三日之後，武林中又傳出錢百鋒出現中原武林，害死楊陸的消息了。」

左冰問道：「爹爹當時以為如何？」

左白秋道：「言之者確鑿，令人不能不信，但至少我已知原來錢老弟並未遭毒手，這其中是有其他遭遇。」

左冰道：「是那東海董大先生以大檀丸救好了他。」

左白秋道：「就因我未將他不先赴約消息告之丐幫，這時間上的誤差造成大眾對他懷疑的第一個原因。」

左冰道：「他受冤被困塞北落英塔中，爹爹後來知道了，立刻叫孩兒日夜相伴……」

左白秋長嘆一口氣道：「這十多年來，錢老弟也真夠忍耐的了！」

兩人相對無言，左冰想到那些歲月在荒涼的塞北度過，錢大伯日日苦思，那一幕一幕往事浮在腦際，真是歷歷如繪，猶在昨日。

左白秋嘆了一口氣道：「後來，那一日武林之中傳出錢老弟要重出江湖，大肆報復……」

左冰道：「您便立刻兼程趕到落英塔意圖阻止？」

左白秋道：「想來那駱金刀、神拳簡青、點蒼雙劍、天玄道長等人均以為我要助錢百鋒復仇，竟在落英塔前設伏攔阻，我力拚三關，發出七傷神拳，終是力盡，那天玄道人攔住我不放。」

左冰想起這些往事，只覺一切均與那昔年土木之變有關。

左冰說道：「爹爹，總之那謎團立刻將顯露出來，北魏乃是幕後主持人，再也不會錯的。」

左白秋點點頭道：「我念念不忘乃是那心元僧人，日後我曾兩度密訪少林，卻並無心元之名，那金剛院長老始終不曾見過面，也不知究為何人。」

左冰道：「那一年爹爹空跑一趟，想來那紫金令牌仍留在身上？」

左白秋道：「我受傷倒地，曾對天玄道人說出『打遍天下無敵手』之語，當年他曾參與此事，他一聽此語，面上表情大大變動，似乎立刻知道誤襲於我，只可惜當時我便失去知覺，否則可以聽他的話中究竟是怎麼回事。」

左冰道：「那麼日後遇見天玄道長……」

左白秋點點頭道：「前幾次相遇，總是不便開口，我現在想想，他又將那紫金令牌帶去，但卻始終似不願對我提起此事，其中一定又有道理，等下次遇上了，不顧一切，務必問個清楚。」

左冰嗯了一聲，兩人邊行邊談。

過了一會，左冰開口問道：「爹爹，咱們這一路去，便是去和白大哥他們碰頭嗎？」

左白秋道：「他們此行來回沒有那麼快，但咱們現在隨著相同路線，若是他們一路上沒有問題，咱們走了一半，他們也當回程了，若是一路上發生問題，咱們也好作一接應。」

左冰道：「那北魏料得咱們得到駱金刀遺物，行將北行，一路上多半便有攔截。」

左白秋道：「我也如此想，但你錢大伯及白鐵軍兩人同行，就是敵人再強，硬拚不過，脫身總是絕無問題的。」

左冰點了點頭。

左白秋吁了一口氣：「那白鐵軍真可爲氣勢如虹，神勇過人了。三十歲不到，便已具一代宗師之風範，那鐵軍兩字委實當之無愧，丐幫有此後繼，真是必定興盛。」

左冰由衷地說道：「白大哥自斷手臂，這種氣概，不但不引人憐憫，反倒令人更生豪邁之氣。」

左白秋道：「那南魏魏若歸能得徒如此，也足慰老懷了。」

左冰道：「北魏魏定國一再要置白大哥於死地，卻次次不是上天之巧妙安排，便是白大哥自我奮鬥，瞧來那魏定國對白大哥戒懼之心日日加重。」

左白秋哈哈大笑道：「說來也是好笑，那魏定國不可一世，一生之中恐怕只對南魏魏若歸在內心之中存有寒意，卻沒想到頭來對於魏若歸的徒兒也生恐懼之心。」

左冰道：「只是北魏有那瘋和尚爲幫手，實力仍不可輕視。」

左白秋道：「嗯，不錯！那瘋和尚內力之強，真是不可測度，你錢大伯也自認不如。」

左冰道：「不過那魏定國一生殺孽深重，所謂冤冤相報，他實力再強，也難逃公道。」

左白秋道：「若單論實力，咱們這一方較之他們強勁得多，所以遲遲不發動，總是因奧秘未探清明，不願貿然行事。」

左冰深深點了點頭道：「他們那邊算再加上一個薛大皇，咱們這邊有爹爹、錢大伯、白大哥，說不定白大哥的師父南魏也會出手，其他武當少林眾人都是我們實力，若是真相大白那日，魏定國再強再狠，也是處於危勢。」

兩人邊談邊行，這時輕風拂面，淡雲微浮，官道上一眼望去，蜿蜒遙迢，因已走入北國，遍地平曠，左右一望無垠，心胸不由爲之一闊。

七四 瘋言洩密

左氏父子行行宿宿，過了兩日兩夜，已來到華北，但見平原連綿無際，氣概雄偉。

這一日父子兩人沿途而行，這一帶行人已是極為荒涼，往往來來，寥若震星，忽然之間，兩人一齊聽到一聲高嘯之聲。

那嘯聲短促，但卻甚為宏偉，在大地上傳出老遠來。

左白秋微微皺眉說道：「這一聲分明是內家功力出掌時吐氣開息之聲。」

左冰道：「咱們要不要過去看看？」

左白秋道：「那嘯聲距此約有五十丈之遙，乃是發自左方那條岔道之中，咱們要看，便得加快身形。」

兩人身形急起急落，已奔入岔道之中，轉過一個彎，只見路前有三個人影，似乎已沒有動手的模樣。

又奔近一點，左白秋吃了一驚，沉聲道：「冰兒，快，是你錢大伯及白大哥。」

兩人身形好比流星追月，一剎時來到跟前，看得真切，只見白鐵軍、錢百鋒背己而立，那對面站著的一人，竟是那個陰魂不散的瘋和尚。

三人一齊察覺左氏父子的到來，錢百鋒與白鐵軍面上表情都是先驚後喜，那瘋和尚卻似若無睹，神色依然不動。

左白秋道：「錢老弟，這是怎麼一回事？」

錢百鋒哈哈一笑道：「這個瘋子大約受了魏定國指使，到這裡來攔阻咱們兩人。」

左白秋啊了一聲道：「方才已交過手了？」

錢百鋒笑了一笑道：「他方才驟然出掌，我與他對了一記便停下手來。」

左冰望著白鐵軍，欣喜地道：「白大哥，咱們也趕來了。」

白鐵軍道：「這樣真是最好不過了。」

那瘋和尚仍似不聞不問的樣子，但是身形所站正是道路中心。

左白秋這時望了望那瘋和尚，對錢百鋒道：「他說不出什麼道理來麼？」

錢百鋒道：「正因如此，白老弟和我都感棘手呢。」

白鐵軍道：「今日他卻似神智甚清……」

他話未說完，那瘋和尚突然冷笑了一聲，沉聲說道：「你們的廢話也該說完了吧？」

那聲調奇低，只震得眾人都是一沉。

白鐵軍冷笑一聲說道：「說完了又怎麼樣？」

那瘋和尚冷冷地道：「若是說完了，老衲便要發招啦！」

白鐵軍冷哼一聲說道：「喂，你到底有什麼把柄抓在那魏定國手中，始終一再受他指揮？」

那瘋和尚陡然之間面色大變，全身竟然在一剎那之間開始顫抖起來，雙目之中好像要射出火焰一般，神態驚人之極。

白鐵軍站在最前，那瘋和尚雙目瞪視著白鐵軍，一瞬也不瞬。

左白秋低聲說道：「白老弟，你須留神。」

白鐵軍這時卻是思潮起伏，暗暗忖道：「我無意之中提及此語，彷彿說中他的要害，片刻間，他陡然色變，難道這其中果有秘密麼？」

轉念又想道：「這和尚總是瘋瘋癲癲，我如能利用他這瘋癲的本性，用話套住他，說不定他口不擇言，會說出許多秘密！」

他心念一轉，抬起頭，正好看見那瘋和尚可怕的神態。

那和尚的功力白鐵軍曾幾次親身嘗試，他雖是一身膽，這時也不由暗暗心寒，一口真氣立時衝入四肢百骸，再也不敢大意分毫。

他口中緩緩說道：「說到秘密、把柄，你的事情，白某倒知道不少。」

瘋和尚一呆，大吼道：「你知道什麼？」

白鐵軍冷冷地說道：「你，是少林出身的。」

那瘋和尚陡然哈哈大笑，那笑聲生澀，面上也沒有絲毫笑容的表情，真是所謂純粹的乾嚎，令人生出一種不快之感。

白鐵軍理都不理他的笑聲，冷然地道：「幾十年前，有師兄弟兩人，脫離少林寺，自行創研內家心法……」

瘋和尚的表情好像是冰凍著了。

白鐵軍大吼道：「你便是那師兄！」

這一聲吼好不響亮，剎時間，那瘋和尚好比被人打了一棒，整個身子竟然跳了起來，以為他要發動攻擊，他卻呼地一閃，身形退後丈之遠！

那瘋和尚身形落了下來，忽的就地盤膝而坐。

白鐵軍緊接著冷笑說道：「那師兄弟兩人發誓共研內功心法，不能成就，永不出世，歲月悠悠，兩人終是不成。」

他看了那瘋和尚一眼，這時那瘋和尚反倒顯得十分平靜。

白鐵軍道：「有一日那師弟領悟心法，但運氣操之過急，竟爾走火入魔，於是他將那內功心法教於師兄。」

這時左白秋、錢百鋒以及左冰都也側耳傾聽，只因他們已然意識到事情的曲折與那瘋和尚大有關連。

白鐵軍道：「那師兄學成，竟然不顧師弟下身殘廢，在一日夜間不辭而別，留下同門同窗、同心同意的師弟，永遠在絕谷之下，年年月月與黑暗、孤獨、寂寞為伴，一直到他去世。」

白鐵軍說到這裡，只覺那一日在絕谷山洞之中所見的情形一幕幕在眼前出現，忍不住心中激動，那語句說得生動，充滿著感情。

瘋和尚全身劇烈的顫動著，似內心有難以形容的痛苦與折磨。

白鐵軍仰天悲嘆一聲道：「那師弟一人度過殘生，無一時一刻不想到師兄的無情無義，他雖身為出家人，也曾參禪佛學，但嗔念不滅，一直至死才了然大悟，可笑那師兄雖獲絕學在身，一人出谷行走江湖，又有哪一天心靈上獲得平靜？幾十年來，也夠他受的了，患得患失，自怨自責，唉！這又是何苦呢？」

他雙目注視著那瘋和尚，只見他全身顫抖一陣，忽然臉上泛出一股紅色的異彩，雙目之中精芒一閃，白鐵軍只覺那兩道眼神中充滿了慌亂、迷惑、混沌的色彩，霎時之間，他意識到這和尚的瘋病又發作了。

那瘋和尚呼地站了起來，嘶吼道：「你……你怎麼曉得？」

白鐵軍冷笑不答。

那瘋和尚吁了一口氣，再次嘶啞著聲音問道：「你怎麼曉得？」

白鐵軍心中陡然一動，他眼見那瘋和尚神智已然不清，於是冷笑一聲，沉聲一字一字地道：「魏定國告訴我的。」

那瘋和尚大喊一聲道：「魏定國！好啊，你敢出賣老衲，哼哼！看看老衲將你的秘密全抖出來，再找你算總帳！」

白鐵軍面上神色不動，沉聲道：「魏定國有什麼秘密會落在你這瘋和尚手中？」

瘋和尚這時神智已亂，大吼道：「沒有麼？你等老衲想想看，老魏的秘密太多了，一時不知先說哪一條？」

白鐵軍只覺心中突突直跳，勉強抑止著緊張，沉聲道：「你先說……」

他話尚未說完，瘋和尚大吼道：「老衲先說那朗倫爾的事！」

那「朗倫爾」三字一說出，全場四人俱驚。

白鐵軍緩緩地冷笑說道：「就是那個瓦刺高手麼？」

瘋和尚雙目陡然一翻，大吼道：「高手？朗倫爾乃是瓦刺國師，第一高人，武藝之強，在中原也難得找出幾個！」

白鐵軍道：「那魏定國將他怎麼樣了？」

瘋和尚呸了一聲，面上露出幾分鄙夷之色說道：「將他殺掉了！」

白鐵軍啊了一聲道：「你怎麼知道？」

那瘋和尚道：「老衲作他們兩人比武的見證人，親目所睹，怎麼不知道？魏定國，你還想賴，這是萬萬賴不掉了。」

白鐵軍見他話句瘋瘋癲癲，不敢稍有停留，大聲問道：「魏定國用詭計殺了他麼？」

瘋和尚道：「魏定國要作瓦刺國師，朗倫爾不服，兩人約期比武，比劃五百招不分勝負，瓦刺國王便聘他們爲一左一右國師，那年，魏定國要當瓦刺皇帝，朗倫爾效忠太子……」

他說到這裡，眾人只覺事情複雜，他又說得不甚詳細，白鐵軍忍不住插口問道：「魏定國要當皇帝？」

那瘋和尚吼了一聲，似乎不願被打斷話頭，自顧說下去。

「魏定國騙朗倫爾，表示兩人聯合想法生擒大明皇帝，朗倫爾是瓦刺人，自然贊成，兩人便合力佈置一切，就緒之後，魏定國便邀朗倫爾至瓦剌國王處求見。

瓦剌國王一見朗倫爾，便破口大罵其不忠不義，欲陷瓦剌國於危境之中，朗倫爾知道魏定國將一切均出賣推到他頭上，但他仍是一片忠心，對國王並未分辯，一出宮門，立刻要找魏定國拚命。」

白鐵軍道：「這一次，你作了見證人？」

瘋和尚道：「他們在絕峰上苦鬥，魏定國功力是高一點，但朗倫爾天生有一種驃悍之氣，加之魏定國心懷鬼胎，始終不能搶得上風。

突然，魏定國一個縱身跳下絕谷，那朗倫爾不知為何如此，於是到崖邊向下察看，但哪知崖邊岩石早被老魏擊碎，那朗倫爾才一落足，岩石已墜，朗倫爾猶想上拔，那魏定國身形又自崖下翻起，在朗倫爾毫無抗拒之中，全力發掌相擊。

魏定國能翻上山來，原來是他早垂了一條繩索，跳下谷去時抓住繩索隱身石下，一切均為預謀在先，朗倫爾糊裡糊塗便送了一命！」

白鐵軍噓了一口氣道：「這也不算什麼大陰謀、大詭計。」

瘋和尚瞪目吼道：「好，老魏下毒，陷害錢百鋒之事你要不要知道？」

這一段白鐵軍已經知道，那五步追魂唐弘之事，已在少林寺中得知原由。

白鐵軍冷笑一聲說道：「那唐弘總是你下手殺的吧？」

瘋和尚忽然嘻嘻一笑道：「老衲記不清楚了。」

白鐵軍也覺此事已不關緊要，於是便不追問下去。

他轉念一想，冷冷一笑道：「和尚，你所知道的秘密，只不過是些較簡單的，那北魏……」

那瘋和尚突然大吼一聲道：「關於那楊陸之死——」

白鐵軍陡然面色一沉，吼道：「楊幫主可是為你所殺？」

瘋和尚冷笑道：「魏定國三次求老衲，老衲理也未理他。」

白鐵軍啊了一聲。

瘋和尚又道：「有一日，他忽然拿了一封信，說是一個姓周的老頭寫給瓦剌國王的，被他盜出，要老衲立刻去找薛大皇。」

白鐵軍與錢百鋒心中猛然一跳，錢百鋒忍不住大聲問道：「那姓周的老頭，可是周公明麼？」

那瘋和尚哈哈一笑道：「不錯不錯，這件事你也知道？」

四人只聽那「周公明」的名字，心中怦怦直跳。

錢百鋒忙道：「不知不知，和尚快說。」

瘋和尚哈哈笑道：「老衲就知道你們必然不知，那老魏視此事為唯一重大秘密，除了老衲之外，你們又怎麼知道？」

四人見他扯遠了，白鐵軍忙道：「和尚，那周公明信上如何說？」

那瘋和尚道：「老魏為了表示老衲與他之間沒有秘密，將信遞給老衲看，老衲才沒有這精神，理也不理，便將信拋到一邊，氣得老魏頂上冒煙，老衲可不在乎！」

四人見他說說停停，知他神智不清，就是要利用他這種情形才可引他說出秘密，是以又不敢催促太緊，只得耐心等候。

瘋和尚接著道：「他只好將信拾起，對老衲說：『明朝一位大學士要與瓦剌勾結呢！』」這句話說出來，錢、白以及左氏父子有如晴天巨雷，驚震欲絕，原來這件事還牽涉到周公明，由此看來，那周公明在這一件事中所處的地位，可能較北魏猶爲重要。

瘋和尚理也不理四人面上神色變化，自顧繼續說道：

「老衲當時隨口問他一句道：『那你準備如何？』

魏定國立刻說道：『這是咱們的大機會來了。』

老衲奇道：『什麼咱們？什麼時候又扯上老衲了？』

魏定國陰陰一笑：『大師，事若成後，魏某既已有瓦剌國師身分，豈能躍而稱王？大師在瓦剌國中默無人知，若是冒充爲瓦剌人，成爲國王，豈不天衣無縫？』

老衲吃了一驚問道：『什麼？你要老衲做皇帝麼？』

魏定國面色不豫，道：『做皇帝有什麼不好？』

老衲想了想，覺得也有道理，弄個皇帝做做，當真也是不錯，於是哈哈笑道：『你且說詳情。』

魏定國道：『咱們利用周公明的計謀，正可一舉兩得。』

老衲皺眉道：『周公明有什麼計謀？』

魏定國冷笑道：『計謀麼，便在這封信中，給你看又不看……』

老衲一把將信搶過來，一看內容，不由暗暗心驚，大明朝重臣之中竟然有此巨奸，還有什麼話說。

那周公明在信上告訴瓦剌國王，說他已勸動大明皇上御駕親征塞北。他要瓦剌國王立刻準備全國精兵，練習全國合圍陣式，俟大明皇帝一至，立刻全國出兵，務必生擒大明皇帝。老衲看得直覺心驚！

那魏定國見老衲看完信後沒有作聲，冷冷地道：『大師之見如何？』

老衲怔了怔道：『依你之見又如何？』

魏定國道：『依周公明之計，大戰即將爆發，兵勢一亂，魏某人有把握能叫瓦剌國王立刻下台。』

老衲不信，立刻問他道：『你有什麼把握？』

魏定國道：『這個你不管也罷。』

老衲見他不說，便懶得問了。

魏定國又道：『這事的第一步，便是要除去朗倫爾那蠻子。』

老衲也不管，反正一切由他出主意行事。

到了後來，果然如預料所算，大明興兵北攻，皇上御駕親征。瓦剌國王立刻全軍盡出，各守要道，可憐那明軍未至，歸路早已為人所制。

有一天深夜，魏定國忽然來找老衲。

老衲只覺他面上神色驚惶焦急兼而有之，老衲心中暗暗奇怪，便問他道：『你有什麼不對麼？』

魏定國吁了一口氣道：『事情生變了。』

老衲倒也不甚關心，嗯了一聲道：『生了什麼變化？』

魏定國道：『中原的武林高手，竟然有人插手干涉軍事行動，而且已經出動，這一來，大明皇帝會否為我軍生擒竟又是未知數了。』

老衲道：『中原有哪些能人？』

魏定國道：『武當掌門、點蒼雙劍、江南簡青、駱金刀等人，尤其可慮的是，那殺人如麻的大魔頭錢百鋒居然也有加入的可能。』

老衲並不太清楚這些人的實力，但見魏定國如此緊張，心知必然不簡單。

魏定國又道：『你可知道那領頭的人為誰？』

老衲冷笑道：『是誰？』

魏定國沉聲道：『楊陸之名，大師聽說過麼？』

老衲吃了一驚，登時不再取笑，沉聲道：『楊陸？那丐幫幫主？』

魏定國道：『不錯，大師也知此人？』

老衲道：『少林寺三大絕傳神功，有一項叫做擒龍手，據說那楊陸得傳，不知是真是假？』

魏定國點點頭道：『如今咱們可有點罩不住了。』

老衲只是不言。

魏定國嘆了一口氣，忽然開口說道：『大師，為今之計如何？』

老衲笑了一笑道：『問我麼？老衲沒有辦法。』

魏定國面色一沉道：『這些人中，最可怕的是楊陸以及錢百鋒，那錢百鋒雖則參加與否猶未決定，但咱們決不可存僥倖之心，首先便須除掉這姓錢的。』

老衲不語。

魏定國又道：『就要利用現在他尚未加入的機會，以及他殺人如麻的名聲，好好想想辦法。』

老衲抬起頭來，正好看到魏定國那一雙眼睛，只覺那眼睛之中流露出又狠又毒又是陰惡的神情，連老衲都不由暗暗心驚。

魏定國又道：『依魏某之見，咱們不如分工行動如何？』

老衲吃了一驚問道：『什麼叫分工行動？』

魏定國道：『讓大師去殺一個人。』

老衲沉吟了一會道：『你說詳細些。』

魏定國道：『錢百鋒的問題，魏某負責辦好，至於那楊陸，便交給大師了。』

老衲道：『你要老衲去殺楊陸？』

魏定國點點頭道：『大師功力蓋世，楊陸這等功力，也只有大師才能對付過去。』

老衲搖頭道：『你在說玩笑麼？』

魏定國的面色寒冷如冰，絲毫瞧不出開玩笑的模樣，他一字一字道：『大師，魏某在定大計呢！怎會是玩笑。』

老衲仍搖頭道：『這個行不通的。』

魏定國詫道：『爲何行不通？大師……』

老衲說道：『那楊陸與老衲往日無怨，近日無仇，老衲幹什麼要殺死他？』

魏定國突然仰天大笑起來，道：『爲什麼？爲了讓你當皇帝啊！』

老衲搖頭說道：『這樣說來，老衲不作皇帝也罷了。』

魏定國的面色陡然變青變白。老衲仍是不理會他，突然他一掌擊在木桌之上，老衲吃了一驚，只見他手掌一抬，那木桌這才倒下來，方圓一尺左右的厚木竟然被他這一掌擊成細粉。

老衲心中也不由暗暗吃驚，這魏定國的內功掌力好不深厚。

當下老衲冷笑一聲道：『魏定國，你向老衲示威是麼？』

魏定國面色一變再變，突然他呼地站了起來，沉聲道：『今天不再和大師說了，大師只是多多考慮，後日魏某再來拜候。』

老衲冷哼一聲道：『你要走了麼？』

魏定國冷冷地說道：『魏某要去辦事了。』

老衲便問道：『去對付那錢百鋒麼？』

魏定國冷笑不語，大步走了。

一連三天過去，不見魏定國的蹤影，到了第三日的深夜，魏定國又來了。他仍是老話一句，要老衲動手殺楊陸。

老衲奇道：『你的功力這般高了，自己去對付楊陸有何不可？』

魏定國咬牙切齒地道：『魏某從不做沒有把握的事。』

老衲道：『難道你與那楊陸交過手麼？』

魏定國道：『由種種跡象上看來，那楊陸的功力，怕是不會在魏某之下，而且……』

老衲只見他面上有礙難出口之色，忍不住立刻追問他道：『而且什麼？』

魏定國道：『傳聞之中，楊陸乃是天下第一義人，有種天生不怕天地的硬脾氣，若是和他開打了，他的脾氣發作，真是非拚至生死方休。』

老衲哼了一聲道：『他若真如傳聞之中會那擒龍手，老衲不知此種功夫威力深淺，也不敢去惹他麻煩。』

魏定國見老衲如此推脫，再也不能多說，拂袖便走。

又過了一日，他又來找老衲。

這一次他面色緩和得多，他看了老衲一眼，緩緩地問道：『大師到底肯否出手？』

老衲仍是搖頭說道：『不行！』

他並不勉強，微微笑了一笑，對老衲說道：『那麼，大師便準備袖手旁觀，不出一點力了麼？』

這話倒說得老衲有些不好意思，老衲想了一想，說道：『除了這件事，其餘的你說出來看看。』

魏定國道：『魏某要請大師去找尋一人。』

老衲問道：『要找尋那一個？老衲可否認識？』

魏定國道：『大師認識的，便是那銀嶺神仙薛大皇。』

薛大皇老衲是認識的，不知魏定國找他幹什麼？

魏定國道：『薛大皇近日入關一行，現在大約已在回他老家的歸途中，大師只要沿那條路一直走，一定會遇見他的。』

老衲道：『遇著薛大皇叫他如何？』

魏定國道：『叫他立刻到此地來，就說魏某人有緊急事情須找他商量。』

老衲說道：『那薛大皇未必就賣你魏定國的面子，你怎麼知道他一定肯跟老衲一起回來？』

魏定國道：『大師若去了，便知他一定會如此的。』

老衲再不好說些什麼，於是次日清晨便動身。

果然在半路便遇著那薛大皇，老衲才向他說魏定國要見他，他便要求老衲帶他前往。老衲和他一起回到北魏居處，這時戰火已緊。

那薛大皇一見魏定國，立刻進入密室之中。他們兩人在密室中談了足足二個時辰才出來。

老衲便問道：『商量什麼事情？』

魏定國並不隱瞞，笑笑說道：『楊陸的事，已獲得解決之法。』

老衲望了望那薛大皇一眼說道：『你叫薛大皇去殺他？』

魏定國搖了搖頭道：『不對不對，這樣沒有十全的把握。』

老衲道：『那麼究竟如何？』

魏定國道：『那楊陸必然死在途中，大師，我們又找到了另一個幫手。』

老衲奇道：『另外一個幫手？是他動手麼？』

魏定國道：『不錯，由他動手，大師，這人的功力，恐怕較之你也不多讓呢！』

老衲實是忍耐不住，開口問道：『是什麼人？你說出來聽聽看老衲知不知曉？』

魏定國哈哈笑道：『不瞞大師，那人也是個出家人。』

老衲陡然之間大吃一驚，喃喃地道：『原來是他，老衲猜得到的。』

魏定國道：『大師以爲是誰？』

老衲說道：『這世上有一個人，號稱山野和尙，終日遊山玩水，決不踏入紅塵世界，只有他，才有這等功力。』」

左氏父子、錢百鋒以及白鐵軍聚精會神地傾聽那個古怪瘋僧半瘋不瘋的狂言，他們知道，這時候那瘋僧已然混淆了，也正因爲如此，昔年的許多陰謀詭計，竟然在這種情況之下一一揭露。

那瘋僧說到魏定國千方百計找人對楊陸下手，白鐵軍、錢百鋒只聽得心中狂跳，又悲又急。

只聽那瘋僧繼續說道：「老衲不相信憑魏定國有什麼能耐，居然可心請出一個山野和尙。老衲當時便追問道：

『魏定國，你憑什麼可以說動那山野和尙，居然能爲你去對付一個素不相識之人？』

魏定國哈哈大笑道：『正因這山野和尚生性脾氣古怪，魏某才有辦法！』

他滿面都是得意之色，老衲觀察，覺得不似虛偽之言，那魏定國說道：

『大師也當知道那山野和尚生性極為古怪，一切行事似乎均隨心所欲，絲毫不顧常理。』

老衲想了一想，雖與那山野和尚只有一面之緣，但想想的確不錯，便點了點頭。

魏定國道：『魏某利用他這一點，再加上這個和尚有言出必行的習慣，便和他打了一場賭！』

老衲怔了一怔道：『你和他打什麼賭？』

魏定國道：『賭的方式不必說了，賭的內容是勝方有權命令負方一事，負方必得遵命。』

老衲見他不肯將打賭的方式說出，心想他八成又使了詭計巧策，那山野和尚甚少行動江湖，心計哪有他姓魏的深遠，吃了虧恐怕猶自不覺。

老衲當時哼了一聲，冷笑道：『你果然成為勝方？』

魏定國哈哈笑道：『這真是上天注定的意旨，在這一個當口兒，竟有這麼一號人物出現，這下全局佈好，大師，這瓦剌皇帝你是當定了。』

老衲也不好再說什麼，只因他要求老衲去對付楊陸，老衲不肯，他又找別人，老衲還有什麼話說？

魏定國和老衲談到這裡，便匆匆走了，到了第二日，他又來找老衲，見面第一句話便是說：『大師，這一次你可要出力了。』

老衲問他說是什麼事，他很神秘地道：『雙方要談判了。』

老衲著實吃了一驚，問道：『什麼？你說明朝與瓦刺兩方面要談判？』

魏定國道：『這不算是雙方朝廷出面，乃是私下的交易，大學士周公明使人送暗信，以楊陸爲名，邀請瓦刺方面國師一談。』

老衲噢了一聲道：『我道什麼，原來是武林人物談條件的場合，不知有什麼好談的？』

魏定國道：『依魏某之見，八成爲拖刀之計。』

老衲奇道：『那麼還要理會他麼？』

魏定國道：『大師你別忘了，這信雖爲楊陸之名，但周公明出此計策，一定有他的深意。』

老衲想了一想，想不出所以然來，便道：『決定了便去，你既爲國師，找老衲作甚？』

魏定國急道：『那楊陸出面，魏某豈能露面，大師乃是他聽都未聽過的人，扮著俗裝，再著瓦刺裝束，應付應付場面總是穩妥。』

老衲想想，實在沒有什麼推托的藉口，便答應下來。

到了那一日，老衲果然代表瓦刺國師去赴約。

瓦刺這一方面，除了老衲之外，還跟了兩個相當高強的人，一共是三人，到了那約會之處，對方只有一個人單刀赴會。

老衲便問那人道：『你可是楊陸麼？』

那人點頭稱是，老衲心中暗暗忖道：『這人便是楊陸，從那魏定國口氣之中，這人乃是驚天動地的人物，連他姓魏的對他也要膽怯三分，我倒要瞧瞧到底如何？』

那楊陸看了看咱們三人，便對老衲道：『閣下便是瓦剌國師？』

老衲點了點頭，楊陸便開始談條件了。

那些條件條條都是十分複雜，委實難以理解，加之老衲本來對之毫無興趣，根本沒怎樣留心，倒是那兩個瓦剌人有說有答，經過老衲不記得了，總之結果是雙方談不妥。」

那瘋和尚一口氣說到這裡，左白秋等四人不知道他這一段談判赴會究竟說些什麼，想來當年經過必是複雜，他現下神智混亂，說話顛前倒後，但四人只是聽著，不敢追問。

那瘋和尚雙目中射出幽遠的光芒，喃喃地繼續接著說道：「……雙方談判不妥，瓦剌人立刻變顏相向，他們兩人可能不知楊陸之名，根本沒將楊陸放在眼中。結果兩人一齊出手襲擊楊陸，楊陸只是不言，隨手出了兩招，那兩人忽然一齊下出最毒辣的殺手。

老衲再也想不到這兩人心狠如斯，驟下殺手，而且部位配合極為神妙，楊陸突然一轉，整個身形好像飄浮在半空，不停地旋轉，雙掌左右切出，內力如山，那兩個高手恐怕連他的招數都未看清，一人挨了一掌，直震得悶聲連哼，蹌踉後退。

老衲驚得呆在當地，心想楊陸盛名果然不虛，這式神奇招數，老衲實在驚嘆不已，怪不得強傲如魏定國也不得不對他戒備三分。

日後想起，這一定便是楊陸的『迴風舞柳』了！

楊陸身形落在地上，冷冷一笑道：『承讓！』反過身來便匆匆走了。

老衲也未相阻，回到魏定國那裡，老衲第一句話便說：『中原有楊陸這等人物，老衲想之不到。』

魏定國見老衲如此道，驚道：『大師和他交手了？』

老衲微微搖搖頭，沉吟了一會才道：『就算那山野和尚出手攔阻楊陸，楊陸拚著受些內傷，未必衝不過去。』

魏定國面上神色陡然大變，吶吶地道：『大師以爲如此麼？』

老衲慎重地點了點頭。

魏定國沉吟了一會兒，喃喃自語地道：『這樣看來，還得須要另一人。』

老衲當時也沒有說什麼，他當時便去找薛大皇，想來是叫薛大皇也出力相攔楊陸。

那幾天塞北一帶亂哄哄地，魏定國一天到晚跑進跑出，忙個不停，他突又對老衲說，發現另有一個絕代高人！老衲問他是誰，他反問老衲聽過『左白秋』的名字沒有，老衲吃了一驚，那左白秋名頭甚大，想不到也趕上這一趟混水。

魏定國對老衲說：『左白秋練功走火，正受內傷之中。』

老衲奇道：『你怎麼知道？』

魏定國道：『魏某親眼所見，追蹤他已整整兩日兩夜了，那左白秋身法之快，雖受內傷，但魏某卻始終追趕不到。』

老衲十分感興趣，忙反問他道：『那左白秋現下在什麼地方？』

魏定國道：『大約躲在什麼地方療傷運氣。』

老衲想了一想道：『老衲倒想見一見這姓左的。』

魏定國哈哈一笑：『魏某找尋大師，正是這個意思，不知大師可否隨我一行？』

老衲道：『原來你知道他在什麼地方隱藏？』

魏定國道：『魏某若是直接前往，左白秋多半立刻隱逸，大師若是隨後行來，則正好相遇。』

老衲如何不知道他的用意，但老衲曾敗在七指神婆手下，那神婆一對徒弟花老大、花老二，人稱川東雙傑，卻傷在左白秋手中，別人不知那花氏兄弟的功夫，老衲卻是可以推測得到，這左白秋功力委實蓋世無雙，老衲要見他之心甚濃，於是老衲沒有說什麼便依他之意。

那一日夜晚天突下暴雨，魏定國在當時穿著一身黑衣，連臉孔都以黑巾相蒙，他如飛疾奔，老衲便跟隨他，到了一個小山坡下，不遠處便是一所茅屋。

魏定國示意老衲留在當地，他一人先行上去，老衲知道他的計劃，便在陰暗之處相候。

等了足足有一頓飯功夫，仍然毫無動靜，突然只見一條人影匆匆向北而去，正是那魏定國，老衲一時呆住了，不知道他這是什麼用意。

正疑惑間，又有一個人影自屋中出來，卻匆匆向南而行，那人影黑暗之中看不清楚，但身法奇快，老衲印象中好像並未見過此人。

老衲左思右想，突然想到，難不成這後來一人便是左白秋？但魏定國爲何一言不發，先行離去？

哈哈，當時老衲再也想不到，魏定國當時乃是吃了虧，被人一掌震傷，以他的性格，豈會讓老衲看見他的狼狽情形？竟然一走了之，但當時老衲並不知道，這還是日後老衲逼問他才說出如此。

老衲又等了一會兒，仍是不見動靜，忍不住便向那茅屋走去，那屋中似乎空無一人，老衲正自懷疑間，那個不成材的少林寺主持和尚尋上老衲窮說一頓……」

瘋和尚說到這裡，語調逐漸緩慢下來，在一旁聆聽著的四人也感到不甚慨然，昔年的往事一刹那湧上錢百鋒和左白冰的心頭，那一夜風雨交集，兩人患難同舟，尤其是錢百鋒，在功力全廢下，親目看這瘋和尚和東海二仙之一的董大先生交手一掌，那一幕至今在腦海之中猶是歷歷如繪。

瘋和尚頓了一頓，突然仰天哈哈大笑起來，四人聽得面面相覷，不知所措。

那瘋和尚笑了一陣之後，大聲道：「之後老衲便回去啦！」

錢百鋒和左白冰對望了一眼，心中都暗暗想道：「這和尚大約想起那一段和董大先生對掌之事，這一段整個省去了，他此時雖然瘋亂心神，但意識之中仍能感覺這乃是不光采之事。」

那瘋和尚大聲道：「老衲便回去啦！回去魏定國老早已在等候老衲，他面上又驚又急的表情。

老衲問他道：『方才究竟是怎麼一回事？』

魏定國面色沉重道：『左白秋竟與錢百鋒舊識，錢百鋒助他療傷成功。』

老衲吃了一驚道：『什麼？這件事又有錢百鋒的分？』

魏定國道：『那錢百鋒吃了魏某一掌，左白秋八成要為他去要藥療傷。』

老衲道：『那豈不糟了？』

魏定國沉吟了半晌，緩緩說道：『那左白秋掌風揚起魏某的面巾，但魏某估計他並未看清面孔……』

老衲不解地道：『所以如何？』

魏定國思索著道：『所以，這反倒是一個天賜良機。』

老衲咦了一聲，魏定國緩緩說道：『錢百鋒一時是去不成楊陸他們的大行動了，他忽然缺席，一定會引人生疑，加之他聲名一向惡劣，再想一個別的法子，立刻可以造成最大的內鬨。』

老衲道：『那左白秋不是知道他受傷麼？』

魏定國沉吟地道：『所以魏某在想，有一個人能去阻攔左白秋。』

老衲不待他說完，便冷冷一笑道：『你又想要老衲去麼？』

魏定國這次卻笑了一笑道：『不對，不可用武功相攔，否則對方不會相信的。』

聽他不找老衲，我倒不好再說什麼。

魏定國沉吟著說道：『左白秋八成將出發到少林寺去求大檀靈藥，魏某若是有法子在半途騙他一騙，真是一舉兩得，不但那錢百鋒將大禍臨頭，對方也立起內訌，所以我說這倒是一個良機呢！』

老衲不明白他說些什麼，忍不住問道：『你拿什麼東西去騙左白秋？』

魏定國笑了一笑道：『我找少林寺的人去騙左白秋，包管馬到成功。』

老衲心中一震，說道：『少林寺的人……』

魏定國哈哈一笑道：『正是，這當口少林寺的當家都出來了，還怕找不著人麼？』

老衲心中暗暗嘆道：『這魏定國好密的心機，真是百世難見。』

於是他去安排好一切，老衲便沒有再去過問，看來那左白秋果然中計，錢百鋒也背上了黑鍋。

過了兩天，便傳出楊陸去星星峽求救兵，中途遇伏喪命。

老衲望著魏定國，喃喃問道：『那山野和尚果真下了毒手？』

魏定國哼了一聲道：『他麼？他臨時改變主意，好在魏某先有安排，由薛神仙薛大皇下的手。』

老衲暗暗嘆了一口氣，那銀嶺神仙薛大皇雖說功力高強之至，但若能強過楊陸，那還不至於，所謂他下的手，八成乃是偷襲而成，那楊陸從此一去不返。不久大戰結束，老衲哪還存心當什麼皇帝，他魏定國找了另外一個瓦剌人還是如何，老衲也沒問清，他也避不說及，二十年歲月就這樣過去了……」

瘋和尚說到這裡，語調逐漸放低，雙目之中一片昏茫，緩緩坐在石堆之上。

七五　開卷不識

四人聽瘋和尚說到這裡，對那昔年的秘密有了充分的對證，好多地方都是早就如此懷疑，到這時得到實證。

白鐵軍聽著那楊陸之死，果然爲薛大皇下的手，想到前兩個月爲了薛大皇療傷，還到處找人，想著義父的一切，心中真是又悲又怒，剎時之間不能自已。

他望著瘋和尚，冷冷地道：「你的二十年在塞北過了，可是你的師弟呢？在絕谷深洞之中，等待著死亡的來臨……」

那瘋和尚陡然一個飛身跳在空中，大喊道：「你說什麼？你說什麼？」

他這叫喊之聲，真是全力貫注，直震得山谷齊鳴，聲勢駭人。

白鐵軍仰天冷笑道：「我說什麼？我說你還有臉穿著一身佛門衣裝麼？」

那瘋和尚這時完全進入了瘋狂的狀態，只見他雙目之中射出錯亂的光芒，兩隻手臂在空中不停地舞動著，口中喃喃地道：「師弟，師弟，爲兄的找你去，爲兄的找你去了……」

白鐵軍的怒火一剎時便消滅了，他怔怔地望著瘋狂中的僧人，驀然之間，那瘋和尚仰天厲吼一聲，身形疾掠向南而去。

左白秋見他身形掠過，沉聲道：「慢走！」

他話聲未落，左臂斜推，正待發出，陡然之間，他瞥見那瘋僧的臉上，表情集古怪、痛苦、混亂於一處，口中不停地低吼，雙掌左右交相並推，內力疾湧而出，遙擊在兩邊的樹木，打得株株根折倒翻。

左白秋吸了一口氣，生生收回拍出的掌式，這一停頓之間，那瘋和尚身形如電，向南幾個起落，已看不見人影了。

左白秋長長吁了一口氣。

錢百鋒望著塵土飛揚的道路，沉聲說道：「這和尙真的瘋了。」

其餘三人都爲這突如其來的變化弄得呆怔住了，一時之間面面相覷，說不出話來。

半晌，左白秋嘆了一口氣道：「這瘋僧一直似癲非癲，今日想不到竟說出這許多秘密，看來果真是上天有眼作此安排，魏定國再是狡猾，恐也沒有想到最後洩密在瘋僧之身。」

錢百鋒點了點頭說道：「昔年之事，有好些咱們已經猜著了，聽他一說更加證實，卻未料到那周公明竟然與此事有這麼大的關連。」

左白秋道：「周公明若是巨奸，那麼咱們當年都成爲他的犧牲品、他設計所用的道具了。」

錢百鋒吁了一口氣道：「還是白老弟有辦法，居然將這個和尙給逼瘋了，否則他功力奇高，咱們雖有四人，他要闖出重圍仍是易如反掌。」

白鐵軍道：「這件事說將起來，倒確像是天意安排……」

他將在絕谷下發現那枯骨以及瘋僧師兄弟苦練心法之事說了一說，左、錢等人聽了都不由暗暗心驚。

左白秋頓了一頓道：「咱們父子兩人趕來，便怕你們兩人一路遇伏遭阻，卻不料在此相遇，錢老哥，你們兩人送那駱金刀的東西……」

他未說完，錢百鋒已然插口說道：「咱們還未到達呢。」

左白秋微微一怔道：「怎麼？一路遇阻了？行程這等緩慢，還道你們兩人已打轉回程……」

錢百鋒笑了一笑道：「遇阻倒是沒有，咱們這一路上可遇上了大事呢。」

左白秋和左冰對望了一眼，奇道：「什麼大事？」

錢百鋒道：「找到了昔年下毒的兇手，洗清錢某不白之冤。」

左白秋吃了一驚道：「是誰下毒？」

錢百鋒道：「四川唐門毒叟，又稱五步追魂的唐弘。」

左白秋啊了一聲。

錢百鋒接著道：「更奇怪的是，咱們找到了楊大哥的嫡子！」

左白秋與左冰一齊震驚，齊聲問道：「是誰？」

錢百鋒嘆了一口氣，望著白鐵軍。

白鐵軍傷感地說道：「你們想不到，他竟是那楊群！」

左白秋與左冰幾乎不敢相信自己的雙耳。

左冰大聲奇道：「那楊群……不是魏定國之徒？」

白鐵軍點了點頭道：「不錯，魏定國昔年夜襲丐幫大寨，臨去時擄走楊幫主新生幼兒，作為要脅楊幫主不參加軍機大事的條件，哪知楊幫主寧捨親兒，大義在先不為所動……」

接著將沿途的經過一一說出，以及神算子、顧老三等人的對證，說了好一會兒，只聽得左氏父子兩人目瞪口呆，半晌說不出話來。

白鐵軍長嘆一口氣道：「我第一次見那楊群，內心之中，便似乎有一種親近之感，只因那年我也年幼，他被擄去時才落地三月，容貌再也記不真切，二十年後他已長大成人，雖一再相見，卻是識之不出，現在他對這件事可能仍然存有懷疑之念，並有一種不敢接受之心。」

左白秋道：「楊群年紀輕輕，功力卻是極為出眾，想是當年魏定國見他骨根奇佳，動了收徒之念。」

錢百鋒道：「所謂天網恢恢，疏而不漏，他豈會想到那神算子曾為小嬰兒相過面，而那神算子與楊大哥的關係又是如此深，說來說去，果然是上天的安排，一件一件事揭露出來，到了哪一天圖窮匕現之時，魏定國雖是機靈，也閃避不了這許多的事實。」

左白秋點了點頭道：「那昔年的陰謀到現在為止，已經有一大半水落石出了，剩下的那一部分，便是與那周公明有關啦。」

他一提起周公明之名，其餘三人心中都同時一震。

白鐵軍緩緩說道：「周公明乃朝廷重臣，當年之事，一定瞭如指掌。二十年後他仍然死在北魏之手，雖說他是巨奸之輩，但其中經過關係必然極端複雜。」
錢百鋒點點頭道：「那瘋和尙也許只知道其中粗淺關係，我總有一個懷疑，那昔年的事錯綜複雜，憑魏定國一人，就算他是陸地神仙，也設想不到如此精細，這周公明原來也是其中用心計者。」
左冰吁了一口氣道：「見他年雖老邁，但雙眸之中靈光四射，此人必是蓋世謀才。」
左白秋道：「還有，那少林寺與此也脫不了關係。」
白鐵軍一聽提到少林寺，立刻聯想到當年護送周公明的法雲和尙，乃是自己親生父親董一明，日後他抱羅漢石自沉秦淮，這其中又是什麼原因？
左冰嘆了一口氣道：「少林寺，周公明，唉！只可惜這兩條線索都被魏定國所斷。」
錢百鋒哼了一聲道：「放在手上的，可不就是最大的線索麼？」
左冰一怔，隨即領悟說道：「你是說那周公明託的密件？」
錢百鋒點點頭，左冰道：「咱們到了瓦剌，直接找尋瓦剌王子麼？」
錢百鋒嘿了一聲：「若是依我之見，咱們現在就拆開看了。」
左白秋道：「爲何？」
錢百鋒道：「想這周公明既爲巨奸之輩，咱們對他不必顧及什麼道義了，況且即算找到瓦剌國，對方也未必肯輕易將書信中所說告知咱們。」
左白秋道：「但是咱們原來決定如此……」
錢百鋒道：「現在情勢可不同了。」

左白秋沉吟一會兒，白鐵軍望著錢百鋒已經自懷中摸出的油紙包，緩緩說道：「在下也贊成錢前輩之意。」

左白秋微微點頭道：「那麼就如此辦吧。」

錢百鋒小心翼翼將油紙層層撕開，四個人的心都怦然跳動不已，只因那油紙之中，可能便是這二十年來武林第一大公案的答案。

那油紙剝到最後，剩下一冊不薄不厚的簿子，紙張都已泛出黃色，那書冊封面是一張皮紙，上面呈著暗暗的顏色，並沒有字跡。

錢百鋒看了幾眼，便伸手翻開第一頁。

那書冊中間用紙乃是宣紙，第一頁上寫著兩行字：

「遍地烽煙看土木堡，滿手血腥造俠骨關。」

錢百鋒只覺心頭一震，這時他將書冊攤平，其餘三人都看見了，只見那一十六個字寫得真是力透紙背，氣魄雄偉。

左冰看了一陣，緩緩說道：「與那羅漢石上字跡相同，乃是出於一人之手。」

左白秋道：「那周公明親筆所寫？」

左冰也沒有一定的把握，錢百鋒伸手緩緩翻開第二頁，卻見第二頁原來是好幾大張的紙折疊起來，並未裝訂，僅夾在其中。

左冰伸手將那一大堆紙張拿了出來，找開第一張來看，霎時之間只覺心中大大一震，白鐵軍在一旁見了，也忍不住大呼出聲。

只見那一大張紙空空蕩蕩，只在正中間寫著斗大的一個「關」字。
左冰脫口道：「這……這不就是那羅漢石拓下來的麼？」
白鐵軍也曾親眼見過羅漢石，大聲道：「不錯，左兄弟，你快將其餘幾張翻出來看看。」
左冰依言翻看，果然不出所料，正是那幾塊羅漢石的拓紙。
左冰喃喃地念道：「正統十三年周公明立，看來這字跡果然是出自周公明的親筆了。」
四人心情都越趨緊張。
左白秋緩緩道：「錢老哥，那第三頁上寫的什麼？」
錢百鋒依言翻過，一看之下，不由怔在當地。
左白秋站得較遠，看不見那書冊上到底寫著什麼，這時見錢百鋒面上微變，一掠身過來，閃目一望，只見那紙上寫著密密麻麻盡是奇形文字，一字不識。
白鐵軍看了一看道：「看來，這好像是瓦剌文字。」
左白秋點了點頭道：「不錯，想那周公明託駱金刀交付瓦剌太子，這上面自然寫的是瓦剌文字，這樣說，咱們務必找尋一個能識瓦剌文者……」
他一邊說，錢百鋒將那一冊書頁逐頁翻開，只見以後頁上全是怪形文字，一直翻到最後第二頁，全是如此。
錢百鋒翻開最後一頁，陡然面色大變，脫口說道：「你看這是什麼用意？」
只見那最後一頁上寫著歪歪斜斜幾行字，原來都是簽名的字跡。
爲首一人簽的是「周公明」三字，左方簽的是「楊陸」，右下方簽著「法雲」兩字，最後一個則是用墨筆畫一根禪杖。

那四組字均顯而易見筆跡不同，分明是四個人簽寫上去，只見那「周公明」三字仍與封頁中字跡一模一樣，看來果是他親筆所寫。

那「楊陸」兩字力透紙背，錢百鋒一眼便識，喃喃地說道：「這的確是楊大哥親筆所書。」

白鐵軍只覺心中一顫，那「法雲」兩字居然也出現在這一書冊之中，可見那法雲當年參與此事極為深入了。

錢百鋒皺著眉頭道：「這法雲也是少林僧人，當年他偽裝護送周公明到塞北戰場，這本書冊上竟又有他的名字？」

白鐵軍指著那一根禪杖，緩緩說道：「這一個表記，乃是代表少林一門之掌。」

左白秋嗯了一聲道：「這麼說來，這四個人——周公明、楊陸幫主、少林方丈以及法雲僧人當時一齊參與寫下這一本書……可惜咱們不識得瓦剌文字。」

左冰說道：「這四個人現今均已不在人世了。」

白鐵軍長嘆一口氣，心中暗暗忖道：「周公明為北魏派人殺害，楊幫主二十年前北出星星峽一去不返，法雲僧人抱羅漢石自沉秦淮河畔，那少林寺也遭襲擊，方丈下落不明，卻不料這四個人的姓名在一張紙上同時出現。」

左白秋想了一想，緩緩說道：「依現下情勢，這四人書名各出自親筆，雖這書冊內容不能瞭解，但多半是說明一件什麼事，由四人共同署名，而且此事關係必然重大無比，否則楊陸以及少林方丈不會均署名其上……」

錢百鋒道：「咱們得立刻找尋一個懂瓦剌文的人，以我之見，仍繼續前行到了邊境，懂得契丹文的人一定很多，只是若隨便找來一人，他看了其中內容，難免會大驚小怪，或是傳揚出去，總是不妥。」

其餘三人想了一會兒，也想不出什麼適當的方法。

左白秋沉吟著說道：「只好到時候看情形辦了，總之這書冊中說的什麼，咱們務必知曉，如今我們繼續北行，四人若是一路，委實太過於顯目，雖不怕那魏定國如何，但最好仍是分爲兩路，一前一後，行動之間也較方便。」

錢百鋒和白鐵軍都一起點頭稱是。

白鐵軍道：「晚輩仍和錢前輩一路前行如何？」

左白秋點了點頭道：「再過去一天的路程便接近那邊境地方了，說不會便會和魏定國方面有所接觸。」

錢百鋒將那一本書冊妥當收在懷中，和白鐵軍一起上路走了。

左冰望著父親說道：「咱們的運氣可真不錯了。」

左白秋緩緩說道：「二十年就是等候這一天，這一冊書的秘密再能揭露，魏定國可真是無所遁形了。」

談話之間，那錢百鋒與白鐵軍兩人已去得遠了，左冰望了望前面道路說道：「咱們也該動身了吧？」

左白秋點點頭，兩人身形逐漸加快，在平原道上趕路，一直趕了一個多時辰，只見前面有一個鎮集。

左白秋看看天色道：「你錢大伯他們多半不會在鎮上停留，咱們不如在鎮上歇一程，明日再行動身，這樣兩起人相距較遠，更易行動。」

左冰點了點頭，談話間已到了鎮上，於是找了一家客棧歇了下來。

左白秋父子歇了半天功夫，天色向晚，鎮上逐漸熱鬧了起來。

左白秋望著左冰笑了一笑道：「冰兒，咱們出去走走，看看熱鬧如何？」

左冰笑著點頭，父子兩人一齊走出客棧，只見沿途街道，兩邊擺設著各色各樣的攤子，每一個攤位前總有七八個人，所以整條街道人聲鼎沸，甚爲喧嘩。

只見形形色色，燈光輝煌，兩人倒沒料到有這般熱鬧，左白秋四下看了一看，只見來往行人穿著各色各樣的服飾，對左冰說道：「這鎮集看來乃是來往交通要道，百家生意齊集於此，好些人便是來自邊境或是瓦剌。」

左冰點了點頭，他們兩人一路行走，忽然左白秋雙目一閃，對左冰說道：「冰兒，咱們還有熟人在此呢。」

左冰奇道：「誰？」

左白秋道：「你瞧，那坐在東北角上的那個攤主。」

左冰順著望去，只見那攤主年約五旬，面目清癯，看看卻不識得。

左白秋道：「你恐怕已不認識他了，他就是你方大叔。」

左冰怔了一怔，陡然想起幼時方大叔常來家中的事，但隔了這許多年，雖說那老者便是方大叔，自己仍然識之不出。

左冰又看了幾眼，問父親道：「方大叔在這兒擺起攤子來了？」

左白秋微微一笑道：「你方大叔爲人花樣最多，瞧他攤上左右擠了好多人，看來生意倒做得蠻得意呢。」

只見那攤子左右圍滿了人，看不清那方大叔究竟幹哪一行，左白秋看了一會兒，對左冰說道：「冰兒，咱們過去和方大叔打招呼去。」

說著兩人一齊行動，走了過去。

走到近處，只見方大叔攤前立著一根竹竿，上面懸著一個葫蘆。

左冰道：「方大叔作起郎中來啦。」

左白秋微微笑道：「看來他的生意倒是不惡。」

這時兩人已擠在人群之中，移動不易，剛好方大叔轉過面來，和左白秋朝了一個對面。

左白秋笑了一笑，正待說話，那方大叔卻似視而無睹，轉面又對左方的顧客說話。

左白秋心中一怔，那方大叔明明和自己打了一個照面，豈會識之不出？

左冰也發覺此事，輕輕觸了觸左白秋道：「爹，他好像不認識您？」

左白秋心中正自奇怪，忽然那方大叔側過半邊臉來，左白秋雙目一閃，陡然大大一震，低聲說道：「冰兒，你方大叔雙目已盲啦！」

左冰吃了一驚，只見方大叔雙目之中一片昏黑，雙眸都已失去。

左白秋只覺心中又驚又急，但這時人圍得很多，一時也不好出言招呼。

他低聲對左冰說道：「難怪方大叔要懸壺於此了。」

左冰點了點頭，只見那方大叔身後站著一個中年人，大約四十歲左右，正忙著用筆寫字，大約是方大叔的夥計，方大叔探了脈，說方子，那夥計立刻抄寫下來交給病人。

左白秋低聲說道：「看來方大叔幹這一行已幹了蠻久啦，你瞧他還雇了一個夥計，而且病人都似乎早已知他的模樣，看過病謝一聲立刻去等方子，熟練得很，分明是長久懸壺於此了。」

左冰點了點頭道：「爹！他的雙目為什麼瞎了？」

左白秋搖搖頭道：「我也不知，等會兒非得詳細問問不可！」

這時他們已逐漸接近那攤子，左白秋伸手輕輕在案上一敲，低聲道：「方老弟，我來看你啦。」

方大叔陡然一驚，頭立刻轉了過來，他雖看不見，但從聲音之中似乎已經聽出來了，他怔了好一會兒，低聲說道：「是左老哥麼？」

這時靠近桌邊的幾人都發覺方大叔神色有異，眾人的目光立刻集中到左白秋身上。

左白秋微微咳了一聲說道：「正是你左老哥。」

方大叔面上陡然流露過一絲喜色，然後緩緩轉到別處。

左白秋心中一怔，卻聽耳邊響起方大叔的聲音，心知他乃施用「密語傳聲」之術，立刻收攝心神，凝神傾聽。

只聽那方大叔道：「左老哥，我有事要和你一談，此處人多語雜多有不便，不知何處適宜？」

左白秋正中心懷，立刻施展「傳聲」之術道：「我歇腳於街道對面的客棧之中，在大廳內等候如何？」

只見那方大叔背對著自己，微微點了點頭，心知他已知悉，便低聲對左冰道：「冰兒，咱們先走吧。」

左冰也已察覺眾人都注視著父親，於是與父親一同離開。

他們走回客棧，坐在大廳之中，左白秋面色沉重，左冰忍不住說道：「方大叔要咱們在此等候，恐怕有什麼秘密。」

左白秋嗯了一聲道：「你方大叔功力甚高，而且生平很少行走江湖，怎麼會有厲害的仇家將之雙目擊盲？」

左冰道：「方大叔雙目盲瞎也未必一定是被人所傷。」

左白秋搖了搖頭道：「我看得出，是爲人所傷，而且是一種隔空的力道，將他眼眶擊裂。」

左冰啊了一聲。

左白秋想了一想繼續說道：「能傷方大叔的，起碼也得是一代宗師的功力，想不出他與這等人結了仇，可能是偷襲也說不定。」

左冰點了點頭，開口問道：「不知那是新傷或是舊創？」

左白秋道：「至少也在六七年前。」

左冰不再說些什麼，等候了好一會兒，時刻逐漸變晚了，大廳中的人倒有一些已回房去睡，只有少數仍在座中閒談。

又過了約有半個時辰，大廳之中更形冷清，這時街道上的人也逐漸散去，左白秋和左冰忽聽有一陣木杖擊地之聲傳來。

只見一個人推開大廳木門走了進來，右手持著木杖，不斷在地上敲打摸索，正是方大叔。

左白秋急忙站起身來，開口道：「方老弟！」

他才一開口，那方大叔聽見了他的聲音及坐身方位，陡然足下一移，身形輕飄飄到了木桌前，分毫不差，微一拱手道：「左老哥久等了。」

左白秋道：「方老弟，一別多載，你怎麼……」

方大叔微微嘆了一口氣道：「說來話長呢！」

這時左冰在一旁叫道：「方大叔，您記得我嗎？」

方大叔怔了一怔，然後記憶起來，哈哈一笑道：「左老哥，冰兒已有二十歲了吧？」

左白秋嗯了一聲道：「你還記得他。」

方大叔滿面笑容道：「記得記得，只可惜我雙目已盲，再也看不見冰兒了。」

他說得倒也還瀟灑，似乎並未將這等不幸之事放在心上，但左氏父子倒不好接下去了，一時沉默下來。

方大叔頓了一頓，左白秋微微吁了一聲道：「不知你雙目之盲，究竟是怎麼一回事？」

方大叔的面色陡然沉重下來，說道：「那是六年以前的事了。」
左白秋道：「你與人結仇，爲人所傷是麼？」
方大叔微微思索了一會道：「也可以這麼說。」
左白秋道：「傷你之人，必定是個大有聲名者了。」
方大叔道：「便是那銀嶺神仙薛大皇。」
左白秋啊了一聲道：「又是他……」
方大叔面上微微露出一絲疑惑的表情道：「什麼？『又是他』？」
左白秋道：「只因這薛大皇牽涉好幾樣其他的事，是以方才我脫口如此說出，你與那薛大皇如何結怨？」
方大叔道：「那倒是一件簡單而平常的事情，我爲了一個朋友的事，和他說僵了，當時我並不知道對方便是薛大皇，自恃功力，一連先拚鬥了六個敵人，最後與薛大皇對壘之時，他只發了一掌，我便不得不和他以內力硬對，結果發覺對方內力強過自己甚多，已然來不及換氣後撤，他的力道壓在我臉孔之上，頓時我的雙目便破裂了。」
左白秋面上罩了一層寒霜，咬牙切齒地道：「左某倒要會一會這薛大皇，看他到底有多大道行！」
方大叔卻連忙搖手道：「左老哥，你幫幫忙，這薛大皇的事，我是一定要親自了結的。」
左白秋啊了一聲。
方大叔又道：「可惜這兩年以來，薛大皇似乎極少露面，他一向隱居塞北，但都毫無訊息。」

左白秋道：「原來你懸壺爲醫，行走塞北一帶，便是打聽薛大皇的消息？」

方大叔道：「我雙目失明後，便找了一處隱密之地，整整四年閉門苦修，兩年前自認有成，便一直在這一帶行動，卻打聽不得那薛大皇究竟在什麼地方。」

左白秋吁了一口氣道：「那薛大皇這兩年根本不再隱居，經常在中原武林出沒。」

方大叔啊了一聲道：「難怪如此……」

左白秋接著又說道：「前兩個月，我還和薛大皇見過面呢。」

方大叔吃了一驚，脫口問道：「在什麼地方？」

左白秋道：「那薛大皇涉及昔年土木堡的公案，是以我一直和他有些關連，兩個月前，我還爲他用內力療傷呢。」

方大叔大驚失色，左白秋便略略將事情經過說了。

方大叔聽了之後，吁了一口氣道：「原來如此，那麼左老哥此行也可說是爲了他？」

左白秋略一沉吟，面上神色逐漸凝重起來，他緩緩地道：「我有一事相告，方老弟，就算你找著了那薛大皇，也萬萬不可先提……」

方大叔聽他聲調沉重之至，心中暗暗驚疑，連忙道：「左老哥吩咐一句，方某還有什麼話說？」

左白秋沉聲說道：「昔年楊陸之死，這銀嶺神仙乃是下手之人！」

這一句話說了出來，登時將方大叔驚得呆住了，再也說不出一句話來。

左白秋微微一頓接著說道：「你若先對他提及此事，則他立刻有所準備，也不知會想什麼方法銷毀證據。」

方大叔道：「那楊陸北出星星峽一去不返，原來竟是死在他薛大皇之手，左老哥，不是小弟不信，但那薛大皇功力再強，要傷楊陸恐是不可能之事，這話是什麼人傳出的？」

左白秋道：「倒不是傳自什麼人，我親自打探各種線索，這一點已有明確的肯定性了。」

方大叔啊了一聲。

左白秋忽然像是想起了什麼，開口問道：「對了，我有一事相問，也許你可以幫助一二。」

方大叔點了點頭道：「請說。」

左白秋道：「你這兩年來在這一帶似乎還熟悉，不知認不認識能識得瓦剌文字者？」

方大叔微微一怔道：「認識瓦剌文字？左老哥，你要……」

左白秋插口道：「只因咱們有一本極爲秘密的書冊，其上記載與那土木之變公案有關，可惜不懂其中內容。」

方大叔沉吟了一刻，緩緩說道：「認識的倒有，只是，這書冊既然極爲秘密，隨便示之於人不知穩妥否？」

左白秋啊了一聲，心想這一層顧慮也極爲有理。

方大叔頓了一頓又接著說道：「這識瓦剌文字者，便是小弟行醫時的助手，那幫助寫藥方的漢子！」

左白秋和左冰都見過那人，左白秋想了一想，便問方大叔道：「那漢子是怎麼一個關係？」

方大叔道：「他雖從不與小弟談論武學，但小弟有時故意試探，這人必定也是武林中人，可惜我雙目已盲，見都未見過他的容貌。」

左白秋皺了皺眉道：「在你雙目失明後才結識此人麼？」

方大叔點了點頭道：「不過此人與小弟合作已整整兩年了，雖不見其面，但憑小弟感覺，這人心術不差。」

左冰這時開口問道：「爹爹，咱們怎麼辦？」

左白秋沉吟了片刻道：「以你之見如何？」

左冰道：「以孩子之見，咱們不如找他算了。」

左白秋嗯了一聲，左冰接著又說道：「若是去找一個瓦剌人，說不得更是不妥，這人就算有什麼不對，咱們事先有所提防，臨時應變，想來不會出什麼差錯的。」

左白秋心中思考，覺得除此之外，確實沒有其他方法，於是點了點頭道：「方老弟，咱們準備如此，那漢子叫什麼名字？」

方大叔道：「姓覃，人稱他覃七。」

左白秋略略思索道：「明晚此時，你可否約那覃七來此？」

方大叔道：「那覃七與我住在一處，若是須要，我現在便可叫他來一趟。」

左白秋道：「那書冊現在不在我身邊，乃在同路人身上，那同路人先行了一程，咱們得在今夜追上前去，明晚到此原地相會如何？」

方大叔嗯了一聲，點點頭道：「我也先不必對他說明是怎麼一回事，只是叫他來一趟。」

左白秋連連點頭道：「正是正是，冰兒，咱們先得立刻上路了。」

方大叔道：「想來若是有什麼線索，那薛大皇再跑不了。」

左白秋道：「正是如此，咱們明晚再見！」

方大叔和左氏父子兩人一起起身走到門口，左右分道而行。

左氏父子心想那錢百鋒與白鐵軍已去遠了，但他們一路未打尖歇息，想來將會停留一晚。是以兩人一路上飛奔，好在夜深人靜，大道之上空空蕩蕩，兩人的身形好比在地上劃過一條黑線一般，如飛而過。

七六　水落石出

又是華燈初上的時分，鎮集上人聲鼎沸，燈火輝煌，每天在這一段時間中最爲熱鬧。時辰慢慢過去，當夜色深沉之時，鎮上的人聲也逐漸安靜下來。

客棧之中，大廳中的人都回房歇息了，只有一張桌上坐著四個人，正是左氏父子、錢百鋒及白鐵軍。

左氏父子漏夜將錢百鋒及白鐵軍兩人趕回，等候那方大叔與覃七，一路上，錢百鋒與白鐵軍一致贊成這樣辦比較適當，那方大叔方熙之名，錢百鋒也曾聽說，方熙又曾說過那覃七心術不差，想來總有可取之處。

他們四人圍桌而坐，心中想到這書冊上的秘密即將揭曉，心中都不免有些緊張之感。

又過了約半盞茶的功夫，只聞大廳外響起一陣木杖擊地之聲。

左白秋緩緩站起身來，這時木門打開，走進兩個人來，一前一後，那當先一人正是雙目失明的方熙，跟在身後的那人，不用說便是那覃七了。

這時覃七一進入大廳，見四人一起站起身來，不由微微一怔。

左白秋心知那方大叔並未告訴他內情，那方熙走近了幾步，沉聲說道：「左老哥來了麼？」

左白秋回答道：「咱們四人已在等候啦！」

這時方大叔對覃七說道：「你可知道這四人是什麼身分嗎？」

覃七面上神色怔然，搖搖頭道：「在下不知，方先生認識麼？」

方熙微笑道：「我方才所稱的左老哥，便是昔年名震武林的左白秋！」

覃七陡然大吃一驚，似乎作夢也未料到的模樣。

左白秋微微抱拳道：「老朽左白秋，想來閣下便是覃先生了。」

那覃七慌忙一揖到地，恭恭敬敬地回答道：「左老前輩名震武林，在下心儀已久，今日能得一見，真是有幸了，豈敢當禮？」

左白秋微微一笑道：「覃兄哪裡的話，老朽尚有一事要覃兄幫忙。」

覃七大大一怔，啊了一聲。

這時左白秋指著錢百鋒道：「這一位便是昔年的大名人錢百鋒錢先生。」

覃七望著錢百鋒清癯的面孔，幾乎不敢相信那昔年天下第一魔頭竟在自己面前出現。

錢百鋒微微點了點頭，左白秋指著白鐵軍道：「這一位白鐵軍白少俠，是目下丐幫之主。」

覃七心中震動不已，萬萬料不到這大廳之中，一連見著這幾個轟轟烈烈的人物。

左白秋最後指著左冰道：「這是小兒左冰。」

方大叔哈哈一笑道：「覃老弟，我說沒錯吧，要讓你好好驚奇一下！」
覃七唯唯諾諾，過了一會說道：「原來方先生與這幾位都是舊識。」
方熙道：「左老哥與我是舊識了，錢兄則有數面之緣。」
覃七噢了一聲，轉向那左白秋道：「左前輩方才說及有事吩咐在下，不知爲何？」
左白秋略一沉吟道：「聽方老弟說，覃兄對瓦剌文字能識其意？」
覃七點點頭道：「不錯。」
左白秋道：「咱們有一書冊，全用瓦剌文記載，想請覃兄解說，不知……」
覃七噢了一聲道：「這個太簡單了，左老先生請……」
他突然停下話來，只因他心中意識到若真是如此簡單一件事，左白秋等人豈會如此大費周章，面色嚴肅，看來必是這一冊書有問題了！
他一念及此，立刻止住話來，頓了一頓，見眾人都是默然無語，便接著說道：「可是這一冊書中內容不平凡麼？」
左白秋重重地點了點頭道：「正是如此！」
覃七不好再說什麼。
左白秋沉吟了一會便道：「這書中記載，憑咱們猜想，乃是有關天下武林，實是巨秘，覃兄看後，無論與覃兄有關無關，覃兄可否代爲守秘？」
那覃七聽了這話，點點頭道：「覃某雖與各位素未謀面，但對左、錢兩位先生心儀已久，而且這事又是方先生的請託，覃某沒有話說，一切聽左老先生的吩咐吧！」

左白秋點了點頭，對眾人道：「咱們進房去說話。」

眾人一齊起身，隨著左白秋走入內面房屋之中。

左白秋將燈火燃明，這時錢百鋒緩緩摸出那一冊書本，平平放在桌上。

左白秋拿起書冊，遞給覃七，覃七翻開第一頁，只見那：「遍地烽煙看土木堡，滿手血腥造俠骨關！」心中一震，連忙翻開第二頁，只見上面寫的全是瓦剌文字。

他攝神聚精，看了幾行，面上神色逐漸沉重下來，抬起頭來道：「這是一段自白書。」

左白秋說道：「覃兄請先看完一節，再說給咱們聽，咱們好好等候。」

覃七點了點頭，繼續看下去，他看得甚快，左白秋等四人注視著覃七面上神色的變化，只見他面上忽有疑色，忽有驚容，過了半盞茶的工夫，他已看了五六頁，到了一個段落。

這時覃七吁了一口氣，放下書冊，道：「這一書冊的作者，乃是我朝前大學士周公明。」

左白秋點點頭道：「這個我們知曉。」

覃七道：「那周公明一開始便說，這是一件最簡單的事，上天也許老早便安排了後來的結果，但是由於人力的謀策發展，徒然使整個事情複雜萬千，卻終不能改變最終的結局，即所謂成事在天，謀事在人了。」

他略一停頓又道：「他反覆說天意難違，此事一切的秘密及後果，要負全權責任的是他一個人。然後，他便說以下的內容是描述昔年土木堡事件前後的一切經過，但是他寫書的口氣，一方面是自我描述，一方面又像是寫給某一個人所看，譬如這一段的最後一句他寫道：『望閣下抱定最大的耐心，細看以下每章。』這所謂的閣下，不知爲何人。」

他說到這裡，四人都已聽得甚爲心驚。

這時覃七繼續看下去，過了一會，他抬頭道：

「正統十一年，周公明便知道瓦剌國內的一個極大秘辛，乃是瓦剌的真命主並非那時的國王，換句話說，那時的國王乃是密謀得位，這個秘密周公明得知，朝廷之中卻是無第二人知曉。

那真命主被迫趕出故國，此人自小長住大漠，而且對佛學極感興趣，他竟到了嵩山少林，要求修行，但他的身分，卻只有少林寺方丈知曉。

這人到底嗔心未滅，定下來之後，心怨江山爲人所奪，但以一己之力又斷無作爲，便想借我朝之力，便將那真命主的信物交於方丈。

那少林寺方丈見事態太過嚴重，而且有關軍機大事，便找那周公明一談，只因兩人原爲舊識，周公明一聽此事，又有真命主的信物，立刻想到如能處理得當，很可能促使瓦剌內部大亂。

周公明雖得這信物，但他爲人甚爲謹慎，暗中雖有打算，卻仍不露風聲。

這時瓦剌國內興兵養馬，軍事發展甚速，立刻成爲我朝重要邊患。周公明逐漸覺得國勢甚危，他心雖有計，但爲求穩妥起見，便拓了好幾塊石碑，在少林、武當等各派各藏一塊，每一塊石碑上刻的都不完全，所以除了少林寺方丈外，其餘人都不明白碑上所刻爲何。

但當時周公明曾對少林、武當等掌教言明，如若北方兵亂之時，每人帶此碑趕往塞北，其用意在於到時候石碑拼合，瓦剌的秘密將立刻透露。

這一切的安排都是極爲秘密的，少林寺方丈僅對門人有問起者說這石碑叫作『羅漢石』，其餘的一概避而不言。

但不知如何，這羅漢石的秘密居然流傳江湖，而這時候，有軍機消息，說瓦剌已準備全國力量，大舉犯邊。

周公明一見情勢緊張，那瓦剌國兵力極爲強勁，若是硬戰，恐要吃敗仗，這時朝廷之中主和與主戰的有兩派意見，情勢已到了一觸即發的境地……」

覃七說到這裡，左、白、錢等人只聽得心頭猛震，這一切均是周公明參雜其間，而且還牽涉及少林一脈，難怪那北魏在少林寺中進進出出，其中都有原因。

覃七又看了一陣，面上神色連變，似乎書中所言有極端驚人之處。這時他抬起頭來緩緩說道：「邊境軍勢吃緊，周公明在朝廷之中不但力主備戰，還力主御駕親征。皇上終於採納這個建議，而周公明見事既已至矢箭上弦的關頭，萬萬不能有分毫閃失，所以他考慮再三，立刻著人帶著親筆信，到少林、武當說明事機可能不秘，可能有人半途攔阻羅漢石的運送。這送信之人，是銀嶺神仙薛大皇。」

書冊一直寫到這時，並未提薛大皇如何與周公明相識，只是在薛大皇的姓名之下用硃砂筆作了一個記號，也不明是何用意。

那方大叔忍不住插口說道：「薛大皇是送信之人？」

左白秋嗯了一聲道：「不錯，這個咱也曾聽少林僧人說過。」

覃七又看了下去，看了第一句，便是一臉驚震之色，他緩緩道：「下面的一段，他如此寫道：『然後，有兩個武林人物的出現，使得整個事局亂到不可收拾的地步。老夫雖窮畢生的心計，隨機應變，一切手段在所不惜，但是，老夫之謀仍是落空，致使最後弄巧成拙，這兩個人物有十足的關連，一個是中原第一號正義人物楊陸幫主，一人乃是北魏魏大先生。』」

覃七將這一段原原本本用漢文說了出來，四人聽得心中又是一緊。

左冰這時插口說道：「那瘋和尚說周公明將御駕親征之密洩於敵方，依此看來，周公明似乎根本不認爲這是一個秘密。」

左白秋點了點頭，道：「這周公明究竟是忠是奸，大約這一本書冊可以揭露出來了。」

覃七繼續說道：「那楊陸的牽入，乃是忠義爲國，與他一同行動的尚有神拳簡青、武當掌教、點蒼雙劍等人，實力不弱，但那北魏這時已逐漸露出面目，有此人參與，整個局面爲之混亂而極難應付。

周公明便上少林，找尋方丈長談，問題的中心在於北魏，有北魏從中圖謀，則證物雖能送出，仍未見得必然有效。那北魏機變巧詐舉世難尋，而且功力之深當世無幾，是以爲達到目的，必須有一個適當的人選對付那北魏。這適當的人選便是楊陸幫主。

若是論楊陸的武功，對付魏大先生是旗鼓相當，問題是那魏大先生決不會輕易將事情變得如此簡單。

這時大軍已然開拔，楊陸他們也跟隨而進，周公明此時心焦如焚，卻始終拿不定十成的把握。

前線傳來的消息，瓦剌人已成合圍之勢，這時已不容周公明再作猶疑了，於是他下了決心，和少林等人一同北行。

那少林方丈帶著一批僧人和周公明分兩路，周公明一介書生，在此兵荒馬亂之際，加以要微服而行，於是少林方丈便派遣了一個僧人法號爲『法雲』的，扮著俗裝一路護送。

周公明來到塞北，當夜便見著了楊陸。

他和楊陸談了一夜，這時忽然發覺俠士之中似乎有內鬨現象。周公明暗中觀察了一陣，弄清楚內鬨的情形，當夜他便又改變了計劃。」

覃七說到這裡，抬起頭來說道：「以下的一段話，在下覺得甚爲詭異，他這樣寫道：

『老夫下此計時，便曾一而再、再而三捫心自問，這樣做究竟是正是誤，卻始終不能自作斷語，每一閉目即滿目鮮血，老夫長夜不眠，最後問教於護身『法雲』僧人，伊長久不語，最後道此計可行，老夫自覺心靈之負略輕，然終覺不能陽陽自如也。』」

覃七讀完這一段，眾人都知道馬上便是整個事情的轉捩點了，不由更加緊張。

覃七又看了一段，繼續說道：「當天夜晚，周公明下定決心，第二日清晨他便找著了楊陸，他告訴楊幫主，軍勢極端吃緊，須至西北請求援兵。

楊陸義無反顧，他毫不考慮便一口答應下來了。

周公明當天下午竟然與北魏會面，告知楊陸北出星星峽的消息以及御駕親征的情形。

他本意那魏定國聽聞此訊，必當全力趕至星星峽，攔阻楊陸，那魏定國必然是志在必得，楊陸此去，完全處於被動地位，凶多吉少，而那魏定國也因此事而離開現場，雖說僅只一兩天時間，但已足夠自己使用。

他會過魏定國後，又回來找著即將出發的楊幫主，他見了楊幫主，第一句話便說：『楊幫主，此行十分危險。』

楊幫主道：『此等國家大事，就是上刀山下油鍋，楊某也不會退縮半步，楊某一定將二十萬重兵求回。』

其實只要魏定國被調虎離山，不在當場，則那二十萬重兵雖未求得，也無關緊要，楊陸北出星星峽完全是一個幌子，一個誘餌，用他去引誘魏定國。

周公明聽楊陸如此說，心中益發不安，緩緩說道：『楊幫主，周公明有一句話一定要對你說明白。』

楊陸說道：『請說無妨。』

周公明道：『老夫已著人將楊大俠去星星峽求吐番救兵之事告知瓦剌國了。』

楊陸大驚失色，不明白周公明這一句話是什麼用意。

周公明頓了頓又道：『那瓦剌國知道楊幫主的行止，想而一定會傾全力加以攔阻，加以敵暗我明，這一行真是九死一生……』

楊幫主緩緩說道：『生死之事暫先不論，但卻不知周先生此舉究竟是何用意？』

周公明長吁一口氣道：『此舉用意，在存犧牲楊幫主，吸引敵方，以全大局，但我總覺有負天良，不忍如此，故特地明告楊大俠。』

楊陸不待他說完，仰天大笑道：『楊某出發北上之前，家園突遭夜襲，對方殺死楊某妻子，擄去初生幼兒，下書說明如要幼兒性命，便不得干涉軍機大事，楊某以為國事為重，私事爲輕，不顧幼兒生死，仍隨軍而行，周先生看楊某是貪生畏死之人麼？』

周公明呆怔在當地，一句話也說不出來。

楊幫主接著又說：『楊某雖明知此行有性命之危，但絕不反顧。』

他說得斬釘截鐵，周公明暗暗嘆氣，所謂中原第一義人，此人真是當之而無愧了。

周公明心中感慨不已，再也說不下去，便黯然辭出，第二日清晨，楊陸便出發了。

他一人單槍匹馬，帶著皇上的密召，這時他心中尚不知道這請救兵之舉乃是虛晃的招牌，只知道一路之上將要遭遇到重要的攔截。

周公明回去後，立刻將楊陸出發的事告訴他護身之人法雲，並要求立即見少林方丈相談。法雲當時也主張犧牲楊陸，他對此事自然也極爲關切，立刻帶周公明見少林方丈。

周公明將事情的前後告知少林方丈，方丈聽完了，先是默然不語，然後仰天長嘆道：『這是上天的劫數，咱們盡盡人事而已。』

周公明道：『事已至此，我尚有多處須借重大師之力。』

少林方丈長嘆道：『周施主爲國事費神，心靈苦痛貧僧明白，有什麼事儘管說吧，貧僧必定盡力而爲。』

周公明道：『如今之計，第一步便是要和那北魏方面的人設法接頭。』

少林方丈吃了一驚道：『什麼？那北魏魏定國……周施主豈能與他連繫？』

周公明道：『咱們已到圖窮匕現之時了，這是唯一的機會，咱們若又失去，則楊幫主不但平白犧牲，周某遺臭萬年，我朝也將一敗塗地，億萬生民塗炭……』

方丈赧然色變，緩緩說道：『周施主之意如何？』

周公明道：『若是見著了那魏大先生或是他方的人，咱們第一件事便是顯示那楊陸志在必得的準備。』

方丈默然不語，過了一會才道：『然後如何？』

周公明道：『然後咱們故意洩露幾項我方行動的秘密，使對方得可預先設伏……』

方丈的面色越來越是陰沉，緩緩說道：『誰去與對方人物接觸，誰去洩露這些秘密？』

周公明鎮靜地回答道：『我去辦理。』

方丈瞿然而驚，震駭得說不出話來，好一會，緩緩說道：『但想那魏大先生何等機警，周施主的計劃未必便會使他上當。』

周公明長吁了一口氣道：『我也正是如此想！』

這時在一旁的還有法雲和尙，兩日以來周公明已視其爲自己人，這等大事並不相隱。

法雲僧人和少林寺方丈注視著周公明時陰時晴的面色，不知他心中正在想些什麼。

周公明說道：『要想使北魏產生信心，不生懷疑，必須另外想出一法，足以使得他驚震之念，超出疑慮之心。』

方丈想了一陣，搖搖頭道：『貧僧想不出。』

周公明道：『而且此法須迎合魏大先生之意，他目下正準備有什麼行動，咱們先行將這行動完成一部……』

少林方丈和法雲僧人一起搖了搖頭道：『周施主之意，貧僧不能瞭解。』

周公明緩緩說道：『據聞楊幫主方面，目前有內鬨的跡象，不知是真是假？』

法雲僧人答道：『楊幫主親見眾人中毒而亡，但他肯定是對方的行動，而且猜出對方用意在於挑撥離間，倒有大部分人相信了。』

周公明點點頭道：『魏定國想要挑起內鬨，咱們助他一臂之力。』

方丈和法雲驚得幾乎跳了起來，一起大呼道：『什麼？』

周公明緩緩道：『那古時屠岸賈搜殺趙氏孤兒，公孫捨身，程嬰棄子，今日之事，較之昔年猶為緊急，楊陸效公孫之捨身、程嬰之棄子，但若有一人再能捨名……』

方丈用冰冷的聲音道：『周施主，你要挑起內鬨，然後嫁名於誰？』

周公明仰天悲嘆一聲道：『便是那錢百鋒！』

少林方丈吃了一驚，半晌也說不出話來，過了好一會，他才緩緩地道：『周施主，事情辦得到麼？』

周公明低聲說道：『若是周某一人之力，萬萬不成，而今對方魏定國也參與此計，想來必可達成！』

少林方丈吁了一口氣，面上神色肅然，似乎正考慮著重大的事情。

那法雲僧人怔怔地坐在一邊，這時不禁緩緩開口說道：『周施主，一定要這樣做麼？』

周公明緩緩側過頭來，木然地注視著法雲，搖了搖頭說道：『不這樣做，還有其他的選擇嗎？』

法雲僧人嘆了一口氣道：『但願上天神明能明鑒此事。』

周公明雙目一睜，沉聲說道：『周某會以筆記下此事的！』

法雲僧人啊了一聲，這時那少林方丈忽然緩緩開口說道：『周施主，事情未必是如此簡單吧。』

周公明微微一怔道：『大師此言何解？』

少林方丈頓了頓緩緩說道：『據周施主所說，目下一切情勢，似乎均不利於錢百鋒，加上人爲的設計，陷錢百鋒於不義之境當並無困難，可是，施主還忽略了一件事……』

周公明瞿然而驚，緩緩道：『大師請詳言。』

少林方丈噓了一口氣道：『那左白秋之名，周施主聽說過麼？』

周公明搖了搖頭道：『不曾聽過。』

少林方丈嗯了一聲道：『此人乃是中原武林第一號神秘人物，武功造詣奇絕，行蹤極端飄忽不定……』

周公明忍不住插口道：『這左白秋與北魏相合是麼？』

少林方丈微微搖頭說道：『左白秋與錢百鋒乃是一路之人。』

周公明吃了一驚，半晌也說不出一句話來，好一會兒開口說道：『大師如何得知？』

他話聲猶未說完，驀然之間，那少林方丈身形一側，左手一張，斜斜向後一拍，一股勁風直襲而出，遙遙擊在兩丈之外的窗檻之上。

那窗檻吃此內力一震，「吱」地開啓，一個人影隨之一翻，飄然來到室中。

周公明吃了一驚，定神去看時，只見那人全身上下都是黑色，有一股說不出的陰森恐怖之感，原來是北魏魏大先生駕到了。

魏定國見了少林方丈，微微頷首道：『大師別來無恙乎？』

少林方丈低低哼了一聲，那周公明卻立刻接口說道：『魏先生來了……』

魏定國嗯了一聲，目光轉到法雲僧人面上，他未見過法雲，這時見有一個陌生僧人也在密室之中，不由多打量了數眼。

過了片刻，魏定國緩緩開口說道：『方才大師說有關左白秋之事，魏某正要找周先生相商呢。』

周公明吃了一驚道：『魏施主原來都聽著了。』

他心中暗驚，若是魏定國聽了前面自己所說的種種，總是不妥。

少林方丈哼了一聲道：『都聽著了倒也未必，魏施主駕臨此處不及片刻工夫呢！』

魏定國嗯了一聲道：『大師可知道那左白秋現下何處？』

少林方丈道：『大約仍與那錢百鋒相處一起。』

周公明大吃一驚道：『什麼？那姓左的和錢百鋒在一起？那麼咱們設計於錢百鋒，他豈非成了證人？』

魏定國似乎料不到周公明早已將一切經過說給少林方丈聽，尤其還有那個素不相識的僧人。他面色一變，雙目微閃道：『周先生，你怎麼……』

周公明搖搖頭道：『不要緊的，只管說吧。』

魏定國略一沉吟，不再遲疑，緩緩說道：『以魏某之見，那左白秋可能正要有所行動呢。』

周公明聽不懂這句話，魏定國微微一頓，繼續說道：『錢百鋒目下身受重傷，左白秋將爲他四出求藥哩。』

周公明「哦」了一聲道：『那左白秋首先一定會去找楊陸說明了。』

魏定國點了點頭道：『正是如此！』

周公明怔在當地，半晌也說不出話來。

魏定國微微冷笑一聲道：『咱們若是要行動，就得趕快了。』

周公明仰起頭來，驚問道：『魏先生另有計劃？』

魏定國面上閃出一絲陰狠的笑容，卻是一言不發。

周公明嗯了一聲道：『魏兄之意，乃是去殺死那左白秋是麼？』

魏定國搖了搖頭道：『若是有這等簡易之事，魏某也不會漏夜找上周大學士了。』

周公明雙眉微皺道：『此言何解？』

魏定國笑了一笑道：「只因能夠致左白秋於死地，舉世尚無一人。』

周公明啊了一聲，魏定國忽然轉過臉來，望著少林方丈主持，一字一字說道：『大師，此事有勞了！』

方丈吃了一驚，詫聲道：『老僧？老僧去和誰說？』

魏定國道：『左白秋爲錢百鋒求藥醫治內傷，八成其目的在於少林聖藥大檀丸！』

方丈仍是有不明白，緩緩說道：『便是如此又如何？』

魏定國道：『說不得，咱們只好騙他一騙了。』

方丈怔了一怔。

魏定國緊接著說道：『只須將左白秋騙離當地一個對時，一切計劃均可依舊進行。』

方丈緩緩開口道：『魏施主的意思，是說由少林派人誘開那左白秋？』

魏定國道：『若是隨意派一個人著僧裝充爲少林僧人，難免會有破綻之處，那左白秋是何等人物，未免太過於冒險。』

方丈沉吟了半晌，緩緩說道：『此計可行，只是必須有一個緊急的藉口，方可釋左白秋之疑心。』

魏定國點了點頭道：『這個不勞大師煩心，魏某已有計在胸了。』

於是他便說出以御令紫金牌騙左白秋急馳救援兵，方丈大師再三考慮之下，終於派出金剛院主持親自辦理。

商量既定，魏定國便匆匆而去，方丈大師望著魏定國遠去的身影，長長嘆了一口氣道：『想不到敵對雙方竟然攜手合作，同處一室，周先生，但願此事咱們做得不錯啊！』

周公明面色肅然，仰天長嘆道：『這件事，周某記在一冊書上，數十年後揭露出來，咱們是正是誤，但憑天下人說吧！』

他當下連夜以瓦剌文記下一切經過，親筆署名，並將記載交於方丈大師以及法雲和尚。

三人一起簽下署名，加上楊陸事先簽名，共同仰天禱曰：

『皇天在上，正統十四年，兵亂塞北，吾等三人密謀之計，用心良苦，全爲我朝。茲記書一冊，留待後世以爲論評之根。』

次日一早，少林方丈便派金剛院主持趕到丐幫大寨附近，按計行施。

這一件事，那楊陸以及武當天玄道人、點蒼雙劍等均不得而知，是以進行起來，一如計劃中的順利。

就是這樣，一步一步地，錢百鋒陷入了不可洗脫的奇冤。

楊陸終於單槍匹馬出發了，懷中帶著密本，去求救西方吐蕃的重兵。他這一份密本，事實上是一本假製的，目的在引誘魏定國沿途攔截，這邊周公明立刻可以將真本直送瓦剌內朝，則瓦剌軍將立刻倒敗，大明重兵一舉而上，不但輕易敗敵，而且可以直襲極北，永絕外患！

楊陸懷著無比的勇氣，一個人踏上了征途，終於仍是在星星峽一去不返。

而那魏定國居然日日坐鎮，根本不曾分身趕至星星峽攔截楊陸，似乎他對阻攔楊陸之事，早有了十成的把握。

這一下周公明可是心急如焚了，卻再也無法可施，當夜前線軍情傳來，大兵敗退，大勢已去！周公明一個人坐在斗室之中，昏昏沉沉地也不知在想什麼，他只覺腦際之中一時之間千頭萬緒，又是空空洞洞，也不知過了多久，仰天吐了三口鮮血，昏在地上不醒人事。

也不知過了多久，一直到少林方丈和法雲一起來到斗室之中，才發現周公明昏倒在地。

方丈立刻推活他的氣穴，緩緩道：『周施主，咱們走吧，大軍就要到了。』

周公明默默地望著兩人，再也說不出話來。

方丈嘆了一口氣道：『敗局已定，懊悔無益，江湖上說得不錯，留得青山在，不怕沒柴燒！周施主，只要密本在手，捲土重來，也未可知啊！』

這一句話似乎振奮起周公明的生氣，他呆呆地站了一會兒，仰天長嘆一聲道：『想不到周某窮盡心力，卻落得這等遭遇，如非天意早定，再也沒有人肯相信呢！』

方丈大師默默無語，諸人便離開了當地，周公明一路默然，方丈和法雲一直將他送到中原，並分派了幾名少林弟子將他送回京城。

方丈和法雲兩人卻又趕回塞外，只因那錢百鋒的事情未完，兩人想看一個究竟。

到了此時，兩人明白若是說出事實真相，很難令人相信，就算為人所信，眾人一定將怨恨的目標加之己身，而那錢百鋒既知身受奇冤的來由以及楊陸喪命之事，也非得找兩人拚命不可。

兩人心知只有遵守當時之約，緘口不言了。

少林方丈與法雲僧人懷著沉重的心，又來到塞北。只見一片大戰後的景象，越發顯得荒涼。兩人立刻聽說武當天玄掌教、點蒼雙劍以及神拳簡青等人，公開四下散言找尋錢百鋒，而那錢百鋒卻是影蹤全無。

少林方丈與法雲僧人打探不著消息，正待悵然而返，卻遇到了『天下第一劍』的卓大江。

卓大江見著了少林方丈，立刻告知錢百鋒居然下了傳書，約見武當天玄掌教、點蒼雙劍以及神拳簡青，少林方丈等人暗中至塞北落英塔一會。

既是如此，眾人便如期趕到落英塔前。

那一日天色十分灰暗，眾人的心情也是沉重無比。

來到了落英塔前，遠遠只見錢百鋒一人反背著雙手，仰天站在塔前，有一股孤獨蕭索之態從他的面上流露而出！

天玄道長走近了數步，沉聲說道：『錢百鋒，咱們如約而到，你有什麼話說麼？』

錢百鋒雙目緩緩地落在天玄面上，流露出複雜的神色，他一言不發，只是呆呆站在當地。

那『天下第一劍』卓大江氣性較烈，厲聲說道：『久聞錢百鋒是中原第一號魔頭人物，卻不料成爲賣國奸賊，出賣武林，卓某真是爲之齒冷。』

錢百鋒冷冷一笑，面上掠過一絲怒容，但卻仍是一言不發。

天玄道長吁了一口氣，緩緩說道：『一切的事情不必多說了，錢百鋒，咱們來聽你的交代啦！』

錢百鋒忽然仰天大吼一聲，那吼聲之中充滿了內家真氣，似乎非得如此，方足以排泄他心中的怒火。

他雙目一閃，冷冷地道：『錢某有什麼好交代的，你們怎麼說，怎麼想，那是你們的事……』

天玄道長打斷他的話頭，冷笑一聲道：『好說好說，貧道倒要問你三句話！』

錢百鋒冷笑一聲道：『說吧！』

天玄道長頓了頓道：『你生爲漢人，卻私通外敵，究竟爲了什麼？』

錢百鋒哼了一聲道：『我拒絕回答。』

天玄道人冷笑道：『貧道也想不透，罷了，爲了達成你的目的，不惜下毒用計，出賣軍機，一再格殺中原武林同道，難道你沒有一點良心麼？』

錢百鋒面上神色一變，似乎強忍著怒火，冷笑一聲，緩緩地道：『錢某老實說一句，若是依錢某一貫性子，為了這一句話，便得好好教訓你，更別說問什麼話了。』

天玄道長根本不理會他說些什麼，只是冷冷地道：『此番糾合武林同道北上護駕，原是你與楊陸幫主之意，想那楊幫主萬萬不料他所信賴之人，竟出賣於他，非置他於死地而後心甘！』

方丈在一旁靜靜觀看著，天玄道人說到這裡，只見錢百鋒雙目之中好似要冒出火來，心中不由暗暗嘆了一口氣，默默忖道：『想那錢百鋒一生行事，真是隨性所至，有名的火爆性子，今日居然在奇冤之下能一再強忍怒氣，想來此刻他的心情是何等無望與沮喪了！』

錢百鋒咬著牙，好一會勉強地平抑了怒火，他沉聲一字一字說道：『並非錢某膽怯怕事，但錢某只問各位大豪傑大俠士，這一切的經過，有什麼證明說定是錢某所為？』

他說得十分沉穩，身體卻微微顫抖。

少林方丈與法雲僧人對望了一眼，暗暗嘆道：『想那錢百鋒一生強硬，若非已被迫至山窮水盡之境，豈會說出解釋辯白之話來？』

若是依錢百鋒平日的性格，被人說冤了就冤，便頂了罪名，反正他的名聲不好，哪裡還在乎什麼罪名加身？

天玄道長微微一怔，那何子方冷冷一笑，接口沉聲說道：『錢百鋒，這還須要證據麼？』

錢百鋒陡然吐了一口氣，反倒是平靜了下來，過了半刻，他沉聲道：『有了你這一句話，錢某還要說什麼？』

卓大江冷冷地道：『廢話最好不說，姓錢的，咱們攤牌吧！』

錢百鋒嘴角掛著一絲冷笑，在這六個天下一等一的高手之前，他就像沒有事一般，眾人心中也不得暗暗欽佩他這一份膽量。

錢百鋒默默地思索，忽然，他的面上再度凝重起來，他緩緩轉過目光，注視著天玄道人說道：『道長，你方才問了錢某三句話，錢某可要反問你一個問題。』

天玄道人冷冷一哼道：『你說吧。』

錢百鋒點了點頭，面上的神色似乎更加凝重，他緩緩開口說道：『那丐幫楊幫主現在何處？』

他這一句話像是費了很大的力氣才說出口來，眾人除了少林方丈以及法雲僧人以外，卻都不由為之嘩然！

天玄道長仰天長笑道：『錢百鋒，你是明知故問麼？』

錢百鋒面上露出緊張之色，他急急說道：『錢某的確不知。』

天玄道人冷冷道：『楊幫主北出星星峽求取重兵，一路中伏，一去不再重返……』

錢百鋒整個人好比被人重重一擊，先是驚震之色，繼之的是痛苦無比的神情。

天玄道人只是冷笑不絕，冷冷地望著錢百鋒，錢百鋒雙目之中閃閃發出淚光，他默默地站在當地，那神態真是可憐極了。

少林方丈及法雲僧人兩人看得只覺心中有如萬箭穿插，竟然不敢平目看向錢百鋒。

天玄道長長吸一口氣開口說道：『錢百鋒，你還要說什麼話？』

錢百鋒低垂著頭，一句話也說不出來。

天玄道人望了少林方丈一眼，正待再開口之時，那錢百鋒忽然抬起頭來，滿面都是激動緊張的神色。

他望了眾人一眼，緩緩開口道：『那楊幫主對錢某下毒之事如何說法？』

天玄道人仰天笑一聲道：『楊幫主除嘆息之外，仍然是義無反顧，單槍匹馬出星星峽而去，貧道從他那無奈的神情上看，他對你錢百鋒可真是心灰意冷了！』

錢百鋒陡然仰天長嘆一聲道：『楊大哥都以為如此，錢某還有什麼話說？罷了罷了，錢某認啦！』

卓大江冷冷哼了一聲道：『事已至此，你不自認也是不成。只是聲名赫赫的左白秋，居然也是助紂為虐……』

錢百鋒陡然間雙目中閃閃發出寒光，他大吼一聲，打斷了卓大江的話，怒道：『那左白秋又如何了？』

卓大江冷笑道：『你與他狼狽為奸之事，還以為別人不知道麼？』

錢百鋒好像著了魔一般，大吼道：『你住嘴！』他整個身形疾跳而起，雙掌一合，猛可向卓大江撲了過去。

這一下陡生急變，卓大江只覺那錢百鋒來勢極端兇猛，手掌邊緣居然冒出了淡淡的白煙。急切之間，卓大江不敢攖其銳鋒，一連倒退了三步之遙。

錢百鋒大吼一聲，身形再起，真像是瘋狂了一般，再度擊向卓大江。

那站在左側的神拳簡青吸了一口氣，斜地裡跨前一步，右手一震，遙遙發出一記拳風！

錢百鋒只覺身側一股巨力直襲而上，他內力一轉，凌空與那一記內力對了一掌，只覺胸中一窒，身形落在地上，而那神拳簡青則生生被推出三步之外。

錢百鋒身形落在地上，仰天大吼道：『說是錢某倒也罷，那左白秋又有什麼地方開罪了你大俠客？只要有罪名便會往他人身上硬加，錢某真是為之齒冷！』

卓大江右手握在長劍劍柄之上，怒聲道：『那左白秋……』

忽然一個聲音自左方傳來，打斷了卓大江的語聲！

『那左白秋與此事無關！』

眾人怔然回首一看，只見法雲僧人面上微帶激動之色，朗聲說道。

眾人的目光不約而同一齊移在少林方丈的面上，那少林方丈見法雲如此說，便吁了一口氣，緩緩說道：『不錯，左白秋與此事無關。』

天玄道人道：『大師請詳言。』

方丈道：『左白秋去求另一支援兵，身負周公明先生密令，貧僧是明白的。』

眾人均是將信將疑，卻再也不好多說，那少林方丈何等身分，他如此明言，眾人再是相問，豈非成了不相信他的話！

方丈只見眾人面上疑容不滅，他只覺甚難啟口接著說下去，於是也是沉默不言。

那錢百鋒突然大吼道：『怎麼？你們還對左白秋存了什麼疑心麼？錢某本覺自身事小，隨便你們如何便了，但此事竟又牽連左白秋，錢某自甘委屈，便在這落英塔中自禁靜候，靜候你們這些大英雄去查明左白秋的事情，到時候錢某絕無一句話說，聽憑你們處置便了！』

這時他反倒覺得心平氣和，天玄道人等聽了此語，一時倒不知何以對答。

少林方丈暗暗施展傳聲之術道：『錢百鋒這個說法咱們不如暫時依他，須知以他個性，強硬起來，非得拚出你死我活不肯罷休，他既已隱忍如此，想來左白秋之事對他十分重要，咱們先去查明再作道理，不知諸位以爲如何？』

天玄道人在心中反覆思索了好久，也覺此途是唯一之法。

點蒼雙劍與神拳簡青默默思索了一會，也想不出什麼別的好方法，眾人相互地望了一眼，那少林方丈長長吁了一口氣道：『錢施主既如此說，咱們便此一言爲定！』

錢百鋒滿面悵然之色，他仰天大吼一聲，那吼聲之中，充滿了內家真力，直振得四周簌然而動。他反過身來，一步一步走入落英塔內，那沉重的木門隨著他的身形，『砰』地關了起來，似乎關盡了他英雄的歲月，以及無比的奇冤。」

那一冊書翻到這裡，已是最後一頁，二十年來的武林奇案到此總算水落石出了。

聆聽的諸人，包括方大叔在內，都不由聽得癡了，覃七一直講到這裡，也不由長長嘆了一口氣。

白鐵軍只覺自己雙目之中淚光瀅瀅，錢百鋒回想到二十年前在落英塔前的一幕一幕，真是歷歷如繪，如在目前。

二十年來，錢百鋒在塔內不斷思索，豈料上天竟假手周公明及魏定國之手，製造奇冤降落自身，造化弄人真是不可思議啊！

左白秋緩緩說道：「原來那武當天玄等人一直對左某有成見在胸，上次左某到落英塔赴錢老兄之約，天玄道人、點蒼雙劍、神拳簡青等人在一路設下四關，糊裡糊塗總是說左某助紂爲虐之語，便是指此事而言！」

左冰也插口說道：「難怪當他們摸出爹爹身上懷有二十年前紫銅令牌，及聞爹爹說出『打遍天下無敵手』之暗語，立刻知道誤會爹爹，驚震失色，一走了之了呢！」

左白秋點了點頭道：「這件事老朽始終想之不透，原來其中是這麼一層原因。」

錢百鋒長長嘆了一口氣道：「錢某入落英塔第三日深夜，楊陸居然懷百創之身，踉蹌走入塔底，卻未及一言便溘然而逝，二十年來錢某自禁塔中，楊陸英靈朝夕相陪，這樁奇冤今日方才能雪，楊大哥英靈也可安息了。」

他說到這裡，聲音都顫抖起來，心中情緒又是悲痛，又是激動。

白鐵軍長長嘆了一口氣道：「那法雲僧人想是日後自覺良心有愧，加之私人情感憂鬱，竟然抱羅漢石自沉秦淮河中，這恐怕是周公明所始料不及的……」

錢、左等人已知法雲和尙乃是白鐵軍親生之父，心知白鐵軍觸景傷情，一時也都默然無語。

過了好一會，眾人的情緒逐漸平定下來，漸漸感到秘密揭露之後的輕鬆。

左白秋嘆了一口氣道：「周公明以瓦刺文寫下此書，原來還想送交瓦剌太子，再度引起內亂，完成昔年的夙願，但他終究逃不出北魏的魔掌，這麼說來，那魏定國可真是唯一的罪魁禍首了呢！」

白鐵軍咬牙切齒道：「那薛大皇也是一個！」

左白秋點了點頭。

錢百鋒吐了一口氣，沉聲說道：「事情既已至此，咱們下一步的行動，便是找尋這兩人攤攤這埋沒了二十年的老帳。」

左白秋點了點頭道：「錢兄，咱們這就動身去找魏定國，左某就不相信魏定國還能賴到什麼時候，這一本帳連本帶利不叫他還出，左某也不算爲人一遭！」

白鐵軍冷靜地道：「晚輩去找那薛大皇！」

左冰緊接著對左白秋道：「爹爹，孩兒陪同白大哥一道罷！」

左白秋點了點頭。

那方大叔插口道：「那薛大皇我也要找的，這樣吧，咱們不如分三路一起行動如何？」

左白秋道：「如此甚好。冰兒，你也得抽空去看看凌姑娘了！」

左冰心中一震，面上微微發熱，默默點了點頭。

商議既定，不再多說，第三日清晨，便分了三路一同按計而行。

那一冊書仍由左、錢兩人帶著，他們準備仍是交到瓦剌太子手中，了卻周公明的遺願。

七七　手刃血仇

雲淡風輕，正是早晨時光。

輕微的晨風緩和地拂動著大地，尙不足以揚起在黃土地面上的泥層，是以官道上一片清爽，乾燥的空氣，地面上顯得特別堅硬，樹葉都已呈枯黃之色了，北國初秋的氣候，已有著相當的寒意了。

左冰與白鐵軍兩人連袂而行，那昔年的公案已有了水落石出的結局，兩人的心情都比較輕鬆了。

左冰現在心中所思念的，倒有一半記掛著自己的妻子凌姑娘，說來也是笑話，和她成親以後，立刻分手，至今凌姑娘尙未見過爹爹呢。

白鐵軍的心情可不同了，他時時刻刻記掛著的，乃是義父的血海深仇，原來是薛大皇下的毒手，每一念及此，白鐵軍卻有一陣不能自抑的熱血沸騰的感覺。

好在白鐵軍生性豪放爽朗，一路之上和左冰說說談談，兩人本來極爲投機，早已成爲莫逆之交，這一來又有機會同行暢談，心情上的鬱悶到底紓解了不少。

這一日兩人來到一個市鎮，休息了一夜，清晨再行趕路。

微微的輕風拂在兩個人的身上，左冰忍不住深深呼吸了兩口空氣，喜道：「白大哥，這塞北的平原好生遼闊啊！」

官道兩邊都是一望無垠的平原，偶而在農田中間有一兩棟莊稼房屋，倒益發點綴出平原的廣大。

這一帶乃是黃河中游，這時天氣轉寒，清晨行人甚爲稀少，兩人行走在官道之上，只覺心胸開闊無比。

白鐵軍微笑地望著左冰道：「兄弟，這塞北一帶，說來你應當十分熟悉呢！」

左冰笑道：「我在塞北落英塔生活整整十多個寒暑，雖說在塞北生長成人，但卻甚少步出落英塔外，這一帶的風光，還不曾有這種的閒興欣賞呢。」

白鐵軍嗯了一聲道：「那一年師父在大漠收養了我，二十年來朝夕苦練武學，對這等大自然風光也從不曾注意過呢。」

兩人一邊行走，一邊觀看這塞北風光，時光如梭，晨去昏盡，一連好幾日，滿目全是這等景色。

這一日兩人又來到了一處小鎮集，只見鎮中人馬紛亂無比，好不熱鬧。

白鐵軍心中暗忖道：「這小小鎮集之上，居然有這許多人聚集，而且瞧來往行人的神態，彷彿都是武林中人！」

他暗暗將此事告訴左冰，兩人找了一個店夥打聽，原來是西北大豪喚做鎮三關洪伯江的七十歲生辰，三山五嶽、有頭有臉的武林人士均趕到祝壽。

白鐵軍此刻威名滿震天下，武林之中，有誰不知丐幫「天下第一」幫旗重現武林之事？雖說他行動總是單獨來往，但難免還是會有人認得，白鐵軍懶得麻煩，便關了房門坐而不出。

左冰也坐在屋中，隨口相問道：「白大哥，這洪伯江是怎樣一個人物？」

白鐵軍嗯了一聲道：「洪伯江麼？我曾聽湯二哥說起，此人交遊遍天下，為人正直，俠名甚善，可算得上一號英雄人物呢。」

左冰點了點頭道：「難怪會有這許多武林人物趕來為他祝壽道賀。」

白鐵軍嗯了一聲道：「這麼一來，咱們可真悶住了呢！」

左冰笑道：「白大哥，你不願露面，我總沒有人認得吧，我倒要出去瞧瞧熱鬧去！」

白鐵軍見他說得好笑，點點頭道：「你去瞧吧，可得早些回來，叫店夥送晚飯進房來，可別忘了。」

左冰笑著出門而去。

他才一走入大廳，只覺人聲鼎沸，不由微微一皺雙眉，正待起步之時，陡然大廳之中好像中了魔一般，霎時安靜了下來。

左冰吃了一驚，還道是由於自己的關係。他怔怔一呆，陡然心中大大震動，只見廳門一啓，走進一個人來。

那人面色清癯，頷下銀髯飄拂，左冰看得真切，竟是那銀嶺神仙薛大皇！

左冰這一震驚，可真是非同小可。

這時那薛大皇步入大廳，有兩個相識者恭恭敬敬站起身來道：「薛老爺子您好！」薛大皇揮了揮手回禮，這時大廳之中微微又有低微交談之聲，交談之語不外乎是暗暗心驚這塞北第一號人物薛大皇居然也駕臨，看來這鎮三關洪伯江的面子可真是不小！

左冰抑止不住心中突突直跳，他看看那薛大皇，好在薛大皇剛步入大廳，還未四下打量，目光沒有轉到自己這一方面來。

左冰緩緩吸了一口氣，輕輕收回身形，反身便回房中。

白鐵軍望著左冰去而復返的身形微微笑道：「熱鬧已瞧過了麼？」

左冰面上神色肅然，低聲說道：「白大哥，他也來了！」

白鐵軍怔了一怔，低聲問道：「誰來了？」

左冰沉聲道：「那薛大皇，方才我看見他啦！」

白鐵軍只覺大大一震，一股古怪的感覺流過全身，只覺雙手登時便微微發冷，半晌說不出話來！

左冰頓了一頓說道：「看來薛大皇也是要去祝壽的呢！」

白鐵軍啊了一聲，口中喃喃地道：「真是踏破鐵鞋無覓處，得來全不費功夫了！」

左冰低聲說道：「白大哥，機會到了，咱們可不能放過。」

白鐵軍沉重地點了點頭道：「咱們今晚便行動。」

左冰嗯了一聲。

白鐵軍略略沉思了一會兒，緩緩說道：「兄弟，今夜你去引他出來，我先在預定之處相候，見面之後，兄弟你可不許插手。」

左冰茫然點了點頭，喃喃地道：「可是，白大哥……」

白鐵軍卻似乎根本沒有注意左冰在說些什麼，左冰只覺得他面上掠過鮮紅的異彩之後，慢慢地又逐漸恢復於平靜。

淡淡的月光，在大地上映出一片淡淡的銀色。

夜色正深，萬籟俱靜，忽然之間一條黑影輕輕地閃在屋角之上。

那黑影的身形好不輕靈快捷，幾個起落之下，已來到大廳後側的廂房一帶。

那黑影原是一身黑衣，連面上也罩著一層黑巾，起落之際，真是好比一片枯葉，這種輕身功夫，恐怕只有左氏家傳輕功才辦得到。

左冰長長吸了一口氣，身形一飄而出，竟然凌空掠過了兩間屋脊。

這時他緩緩落下足來，勻勻體內真氣，只因他知道立刻將須要全力施展。

他雙足一鉤，輕輕搭在屋簷之上，整個身形倒翻而起，頭下足上，輕輕伸手一扣，彈在木架窗檻之上！

雖是輕輕一下，但在萬籟俱寂的深夜中，卻也碰出了聲響。

左冰心中一緊，全神貫注，屋中卻是絲毫沒有動靜。

左冰這時江湖閱歷大有所增，絲毫不覺心急，只是靜靜地等候。

約莫過了片刻工夫，仍是毫無動靜，左冰右掌一伸，掌心吐出暗勁，「喀」地將窗戶震開。
窗戶才分，一條人影好比脫弦之箭急衝而出，原來屋中的人早有了準備。
好在左冰隨時提氣在胸，那人影才出，左冰雙腳用力一翻，整個身形凌空一掠，倒竄而出，口中低低吼了一聲道：「請跟我來！」
這一式輕身功夫極為佳妙，左冰身在半空，半側面看了那衝出窗戶的人影一眼，果然是那薛大皇。
左冰說完話，身形急向前掠，他知那薛大皇絕對不會平白放過自己。
果然只聽身後一聲冷哼之聲，陡然風聲大作，霎時間薛大皇已趕近了好幾尺距離！
左冰吃了一驚，忽地一振雙臂，身形再快，急向前衝，身體迅速劃過半空，竟然發出「噓」地一聲怪響。
薛大皇似乎吃了一驚，料不到對方的輕身功夫竟快捷如斯！
左冰在前疾奔而行，那薛大皇心中驚疑不定，仍是緊緊跟隨而來。
左冰盡量保持速度向約定的地方疾奔，他心知只要薛大皇追出四五十丈以外，一定會下定決心緊追到底，所以左冰故意讓兩人之間的距離縮短了不少，左冰清晰可以聽見薛大皇疾奔時衣袂帶起的破風之聲。
奔了一陣，薛大皇冷冷的聲音道：「朋友止步！」
左冰身形微微一頓，半側過臉來，在布幕之後沉聲說道：「就在前面不遠了。」
薛大皇冷冷說道：「朋友，你究是何人？」

左冰道：「你不會認識在下，在下乃是奉命而來。」他口中一邊說，足下可不敢停頓。

那薛大皇追問了兩句，不見左冰回答，不由怒哼一聲道：「朋友，你可是自討苦吃了！」

他話聲方落，陡然之間整個身形一躍而起，好比巨鳥凌空似的，一霎時之間，已然躍至左冰背後不及五尺的上空。

左冰突然感到背後一股猛烈的勁風響起，心中吃了一驚，呼地猛吸一口真氣，整個身形突然向前一射而出。

薛大皇身形在半空之中，陡見那黑衣人身形猛然加速，那身法輕靈美妙之極，自己一撲之式居然完全落空，不由心中暗暗吃驚，但心頭的怒火，卻也因而提高了幾分！

左冰暗暗喘一口氣，默默自忖道：這薛大皇果然是名不虛傳，我千萬不能大意分毫。」

他心中思念，足下盡量加快速度，那左氏家傳輕功何等佳妙，薛大皇緊追不捨，兩人身形似箭，在黑暗之中疾劃而過，不一會已奔至近荒郊之處。

左冰微微判別一下方向，身形略略向左斜飛。

又奔了一會兒，只見不遠之處有一座黑忽忽的屋宇矗立，左冰心知已到目的地，身形一閃，凌空翻了一個身，落在一株大樹之下，轉身對著追趕而來的薛大皇。

他才一駐足，那薛大皇也已衝至，一頓雙足，呼地落在左冰身前一丈開外之處站定。

左冰長長吁了一口氣，這時月色淡淡，四周景象尚算清楚，薛大皇四下一望，只見正前方原來是一處荒廢的小祠堂。

那薛大皇四下打量了一會，轉過頭來望著左冰冷冷地道：「朋友，到了麼？」

左冰點了點頭道：「不錯。」
薛大皇冷然道：「你引老夫至此有什麼事，快直截了當說出！」
左冰冷冷說道：「在下要你見見……」
他話未完，薛大皇陡然一步跨上前來，左冰左足微微向後一挪，右手一伸，呼地將蒙面黑巾拿了下來。
薛大皇閃目一望，那面孔入眼識得，竟是左白秋之子，他心中吃了一驚，口中說道：「原來是你！」
左冰點了點頭道：「正是在下。」
薛大皇道：「是你父親要你引老夫至此麼？」
左冰搖搖頭道：「不是，在下一位朋友想見見薛先生。」
薛大皇微微一怔道：「你既知老夫居處，何不就在客棧相見，深夜引老夫至此荒郊……」
左冰不待他說完，微微一笑道：「客棧之中不方便，此處甚佳。」
薛大皇雙眉一皺，冷冷說道：「左小哥兒，看你父爲老夫療傷的面上，老夫不跟你計較，你叫朋友出來吧！」
他話聲方落，只聽左方枝葉簌然一動，薛大皇呼地轉過身來，只見一個人影站在三丈之外，白色衣衫，左手衣袖飄飄垂下，正是丐幫幫主白鐵軍。
薛大皇嗯了一聲道：「原來是你。」
白鐵軍這時面上神色肅然，他緩緩上前了幾步，沉聲說道：「薛大皇，咱們又見面了。」

薛大皇微微頷首道：「你要見老夫有什麼事？」

白鐵軍緩緩吐了一口氣道：「在下只想請教薛神仙一個問題。」

薛大皇微微一怔道：「你說吧。」

白鐵軍面色一沉，直截了當地道：「二十年前楊陸幫主北出星星峽，中途中伏，是否薛神仙下的手？」

薛大皇只聽得內心巨震，登時面孔上也變了顏色，他望著白鐵軍，卻發覺對方的面上神色並不如想像之中那樣激動，只是陰陰沉沉反看不出深淺！

薛大皇霎時心中思潮如電，他故意冷笑了一聲用以掩飾內心的不安，但是當他的目光落在白鐵軍的面上時，卻再也笑不出來。

薛大皇緩緩吸了一口氣道：「這件事，你聽什麼人說起的？」

白鐵軍默然不語。

薛大皇頓了一頓接著道：「想來必是那魏定國告訴你的了！」

白鐵軍哼了一聲，仍是不言不語。

薛大皇仰天冷笑一聲道：「這件事那魏定國首居其中，你不去找他，反倒找起老夫來了！」

白鐵軍沉聲說道：「別多說了，整個事實白某完全知悉。薛神仙，你在背後發掌偷襲楊幫主時是何等豪氣，怎到今日卻是不敢承認？」

薛大皇被他說得呆了一呆，大吼一聲道：「你既然都知道了，還要多說什麼？」

白鐵軍冷冷地道：「白某只希望你能明白一事。」

薛大皇微微一怔道：「什麼？」

白鐵軍沉聲一字一字說道：「今日之戰，不是你死，便是我亡。」

他說得斬釘截鐵，薛大皇只覺得心中一震，他雖自恃功力深厚，但對面的這一個死敵卻是白鐵軍時，他委實有幾分寒意。

白鐵軍雙目之中閃閃發出精光，站在當地，他明知這薛大皇乃是可怕的強敵，但此時心中沒有一絲一毫懼怯之心，甚至連緊張的心情也減至最低限度，他只是冷靜地站立當場，強大的真氣在體內一遍一遍地流動著，隨時隨地均可爆發出可怕的攻擊力。

薛大皇緩緩吸了一口真氣，霎時之間，他的衣衫之間好像灌滿了空氣一般膨脹了起來，整個身形也微微彎曲下來。

薛大皇冷笑說道：「來吧！」

他右腳一步上前踏出，右掌隨著這前進之勢急拍而進，左掌卻橫凝當胸，微微下沉。單憑這一式，銀嶺神仙薛大皇便真是名不虛傳的了。他右掌才遞，只聞一股尖銳的破空之聲響起，左冰在一邊觀看，禁不住吃了一驚。

白鐵軍身形陡然一折，向左方平平彎低，同時間裡右掌一拂而起，使了一式「推窗望月」，自側面連打帶消，內力發出，登時便將對方力道帶斜了。

他兩人出手之重，均是全力以赴，那一揮手臂，無比的潛力立刻泉湧而出，是以兩人雖是近處相搏，卻像是均以劈空掌力發招，這種激烈打法，真是前所未見。

左冰只覺那呼呼破風之聲不一會凝成一片風雷之聲，聲勢好不驚人。

薛大皇的內力造詣是不用說了，白鐵軍的武學也是走拳腳一脈，真是舉手投足之間，發出強勁氣流，左冰看著看著，真覺心神俱醉。

兩人一連拆了十個照面，薛大皇突地一停。他這十招之中，全用右臂發出，左臂始終當胸而立，這時一停之際，左掌陡然沿著伸長的右臂，飛快的一劏而出。

只聽「嗚」地一聲怪響，霎時白鐵軍只覺一股古怪無比的迴轉力道在自己身體四周產生。那力道之強，白鐵軍只覺若不借勢側身相讓，非得立受內傷不可。他無暇多慮，身形頓勢一側，立刻運足真力蓄滿在身。

哪知只覺身上壓力一輕，對方不但未趁勢攻擊自己，反而頓了一頓。

白鐵軍可說是身經百戰的了，交手經驗之豐富實是一流之境，但這一霎時也被弄糊塗了，不知薛大皇有什麼詭計。

他思念如電，身形不敢絲毫停留，急側半身，只見那薛大皇又是一掌疾劏而出。

那古怪的迴轉力道再度發出，迫使白鐵軍不得不再度側身相避。

那薛大皇卻又再次停頓，然後，第三度劏掌而出！

白鐵軍身形再側，這時他突然感到一股炙熱的感覺襲體而生，全身似乎被燙了一下，回首一看，那薛大皇手掌邊緣上冒出白煙。

霎時之間白鐵軍明白了，那薛大皇一生名震天下的「火焰神掌」居然在三度劏掌之時猝然發出。

這火焰掌的威力白鐵軍曾領教過，心知若是薛大皇先提氣運功，而後發出神掌，自己因先有了準備，用內力硬拚尚可力敵，但卻萬萬不料薛大皇居然能三度迫使自己真力不能純集，然後再不動聲色之中隨著掌勁一削之勢發出「火焰神功」，這一來自己立刻陷於極險的境地了。

剎時白鐵軍額上沁出汗珠，他不得不佩服薛大皇這種功夫，但在這一瞬間，他唯一能考慮的僅是如何能逃出這生死大關！

那火焰神掌一出，白鐵軍只覺自己陷入一盆熊熊的炭火之中，真力立刻有提之不上的感覺。薛大皇面上微微露出獰笑之容，右手齊揚而出，呼呼聲中，滿天全是一股炙熱之風！

這時候，白鐵軍是完全處於挨打之境了。他想到再多撐一刻，自己內力更會提運不自如，若要脫離此險，真非得冒一次奇險不可。

事實上，也不容他再多考慮一時一分，他大吼一聲，竭盡全身之力，齊集在唯一的右掌之上，若是有人清楚地注視著他，必然會發覺在這一霎之間，他的面上泛起了鮮紅的血色。

說時遲，那時快，白鐵軍身形好比狸貓一般，呼地一個側轉，右掌疾疾倒打而出，終於發出了楊陸的絕學「大擒龍手」！

那「大擒龍手」威力之強，白鐵軍雖是運勁不純，但右掌邊緣升起一股白煙，「霹靂」好比平空響了一個焦雷。

白鐵軍乘著這一掌打出，整個身形向下一彎直射而出，拚命用空著的左袖遮掩身體，一口真氣維持飛行了一丈之遠，整個身形離地不及半尺。

這一招施得委實險之又險，他雖以「大擒龍手」抵銷對方部分力道，但這時薛大皇優勢佔得太多，整個「火焰掌」的威勢已密密將白鐵軍罩在中央。
白鐵軍一掠而至，只覺左邊一陣奇熱，肌膚一痛，天幸他左臂已斷，那火焰掌威力整個將他一隻空袖平空削去，只有一小部分掌力傷及左側腰背。
北魏魏定國當日施全力打折白鐵軍左臂之時，恐怕萬萬不料這一臂之折，今日反倒救了白鐵軍一命。真是天道好還，一分不爽的哩。
白鐵軍脫出了火焰掌的威力圈，只覺左邊一陣奇熱，真氣再也維持不住，呼地散了開來，整個身形平平跌在地上。
他深深知道這一刻乃是生死交關之際，顧不得左側麻木的感覺，心中暗暗默禱一聲，拚命吸了一口真氣。
他的內力造詣果然深厚已極，這一吸之下，居然又被他提上真氣，心中一陣狂喜，呼地翻了一個身，站起來大大喘氣不止，注視著薛大皇一瞬不瞬！
只見薛大皇滿面驚色，似乎不敢相信白鐵軍居然能逃出自己的掌握之中。
白鐵軍心中默默忖道：「薛大皇方才施用火焰掌力，內力耗損一定不少，若是要反攻，非乘他內力尚未恢復不可，但我此刻真氣駕馭仍略有不適，唉，也顧不得這許多了，我得立刻發動不可！」
他心念一定，大大喘了一口氣，突地大吼一聲，身形疾飛而起，猛向薛大皇直撲而下。
薛大皇靜靜地注視著白鐵軍的身形，待他來得近了，雙掌一合向上一擊。
白鐵軍身在半空，只覺一股強烈的內家真力凌空遙擊而至。他右掌一揚，猛可直劈而下。

只覺右臂一重，意識到已和薛大皇硬對了一記。

他這時身在空中，一橫心索性單掌連揚，一路猛擊打了過去。

薛大皇不閃不避，左右開弓齊揚而上，只聽「砰」然之聲連連響起，白鐵軍自天而降，一路打將下來，和薛大皇足足硬對了六七掌之多，落在地上，只覺一陣心跳氣喘，但距那薛大皇已有半丈之遙。

白鐵軍知道他的機會已然來到了，他不再多慮，努力均勻著喘氣，竟不再停留，身形再起，由上而下撲向薛大皇。

這一次，他的身形變為飄忽不定，整個人身形在半空中左右飛蕩著，正是楊陸的絕學「迴風舞柳」。

他身形左右飄動，呼地接近薛大皇頂門之上，右手疾伸一抓而下。

他這一抓雖是貫足了十成真力，但卻留有收勁，果然那薛大皇向左閃電般一挪，兩人身形一錯，白鐵軍一抓落空已飛到薛大皇身後。

薛大皇身形立刻疾飛而起，緊緊跟著白鐵軍去勢已殘的身軀，右手運足了內家真力，遙空向在前方不及五尺的白鐵軍背上擊去。

白鐵軍正是要他如此，他一口真氣整個運注背上，口中默默呼道：「義父在天之靈保佑！」勉力向前一衝，只聽「噗」地一聲，他雖前衝了半尺左右，薛大皇內力仍然擊在他背心之上。

霎時他只覺全身一麻，一口鮮血仰天急噴而去，神智似乎一昏，一時之間，他似乎覺得死過去了一樣。

但他的潛意識立刻使他清醒過來，他知道薛大皇果然內力消耗甚多，一掌不足以致己之命，最後的關頭果然來到。

他在半空中一口真氣生生轉了回來，強大的氣流一直衝入右臂指節之中。

說時遲那時快，他整個身形在跌到地面前一霎時，猛地側過身來，右手自身軀下疾翻而出，拇中兩指猛彈而出，對準那正值內力吐盡、身形猶在半空中的薛大皇一擊而出。

南魏魏若歸一生謎一般的絕學，這睨視天下的「修羅指力」，終於在最後關頭，被他一生唯一傳人白鐵軍拚命發出！

只聽嗚地一聲短促疾響，薛大皇還來不及意識怎麼一回事時，胸前好比受了鋼錐一擊，悶哼了半聲，呼地便在地上。

白鐵軍落在地上，一個踉蹌，全身有一種散功的感覺，上下骨節無一不疼，那受傷之後強用內力的結果，迫使他雙目視線都模糊起來。

有一個意識叫他必須確定那薛大皇已經畢命，這個意識使得他一步一步走到薛大皇倒身之地，俯下身去一探，那不可一世的銀嶺神仙已在「修羅指力」下再也不活了。

白鐵軍只覺勁道一鬆，再也忍不住吐了一口鮮血，仰天倒在地上不省人事。

七八　情關難捨

也不知過了多久，白鐵軍只覺神智逐漸清醒了過來，他勉強睜開雙目，只見左冰焦急的面孔印入眼簾，他勉強問道：「咱們在什麼地方？」

左冰吁了一口氣道：白大哥你醒過來了，咱們在客棧之中。」

白鐵軍啊了一聲，欲言又停。

左冰忙道：「昨夜你受傷，迄今已足足有六個時辰了。」

白鐵軍點了點頭，心知左冰將自己背回客棧來，他思索了一會，腦海之中儘是些打殺的場面，不由嘆了一口氣道：「那薛大皇呢？」

左冰說道：「我已將他埋了，一時大約不會為人所知，白大哥，你快靜心休養幾日吧。」

白鐵軍點了點頭，心想這內傷還不致要了我的命，漸漸地，他的思慮想及自身的事，義父的大仇總算報了，可是還有那北魏呢？魏定國、魏定國，他不斷地默默呼喚著，一直到再度入睡為止。

靜靜地過了兩日，白鐵軍的傷勢慢慢地恢復過來，已可以開始運氣了。

又過了兩日，傷勢恢復了一半，也不知是否那洪老爺子的壽慶已了，總之店內清靜得多了。

整整過了半月，白鐵軍的傷勢痊癒，兩人終於又出了客棧。

兩人一路行走，白鐵軍的心情輕鬆多了，薛大皇已然斃命掌下，現在的目的地是左冰要去看看凌姑娘，白鐵軍則準備到塞外去接應左白秋和錢百鋒。

兩人連袂而行，準備到塞北之時再分手。

這一日兩人來到一個山野地區，山路甚是崎嶇，左冰執意叫白鐵軍慢慢行走，不可多運氣，怕影響初癒的內傷。

白鐵軍拗不過他，只得緩緩而行。

兩人走著走著，忽然只聽不遠處有人聲微微傳來。

左冰與白鐵軍對望了一眼，只聽那聲音原來是一個人在曼聲吟詩：

「清露微曦笑芙蓉，白雲悠變送金風，臘殘枝心展無力，遙對青山夕陽紅！」

那聲音十分淒切，吟詩之人似乎十分寂寞，白鐵軍與左冰聽了一會兒，只覺聲音入耳相當熟悉，不由暗暗心奇。

兩人想了一會兒，左冰拍拍白鐵軍，低聲附耳說道：「白大哥，這聲音好熟。」

白鐵軍道：「嗯，我也正在思索。」

左冰忽然想到，輕輕道：「白大哥，你聽這聲音，是不是與那楊群的聲音有些相似！」

白鐵軍一掌差點擊在大腿上，點頭一迭道：「不錯不錯，必定是他。」

左冰嗯了一聲道：「這楊群原是楊幫主嫡子，白大哥，那他便是你的義弟了！」
白鐵軍苦笑道：「說來應當如此了，只是他是否如此承認，就不得而知了。」
左冰嗯了一聲道：「看來他近日不甚得意呢。」
白鐵軍道：「這時候他一人在山區之中，不知爲什麼？」
左冰道：「白大哥，不如我去問他一問。」
白鐵軍考慮了一刻，點了點頭道：「不過你得留神。」
左冰點了點頭道：「那麼白大哥，你還是藏身此地。」
他緩緩站起身來，四下一望，只見那邊站著一人，果然便是楊群。
左冰輕輕移動足步走上前去，那楊群負手獨立，似乎心事重重的模樣。
左冰故意向左方一移身形，低低咳了一聲。楊群覺察有人走近，轉過身來一看，只見左冰站在二丈之外望著自己，不由微微一怔。
左冰緩緩開口道：「咱們又見面了。」
楊群皺了皺眉道：「你來此作甚？」
左冰微微一笑道：「我麼？路過而已。」
楊群冷冷道：「你獨自一人麼？」
左冰默然不語，頓了一頓卻開口反問道：「若是我猜得不錯，你是自嵩山而來的了。」
楊群微微吃一驚道：「你如何得知？」
左冰低聲道：「那神算子、顧老三兩人我均遇上了……」

楊群呆了一呆，插口道：「他們對你說什麼？」

左冰嗯了一聲，緩緩說道：「什麼都說給我聽了！」

楊群微微退後了一步，面上神色登時變得相當難看，過了片刻，他突然哂然一笑道：「那兩個老人胡說八道，你別相信。」

左冰只是不言。

楊群頓了頓，忍不住又道：「那兩人可是向你單獨說的麼？」

左冰搖了搖頭道：「在場的共有四人。」

楊群啊了一聲。

左冰緩緩說道：「錢百鋒前輩、我和父親，以及白鐵軍大哥均在場。」

楊群聽到「白鐵軍」三字，心中不由一跳，好一會也說不出話來。

左冰道：「楊兄相不相信此事？」

楊群只覺心中紛亂無比，二十年來魏定國撫育之恩在心目之中早已根深蒂固，但這突來的事實，似乎又不容他否認，這幾日來，他每天從早到晚思慮紛紛，仍是不能開朗。

左冰見他遲遲不答，面上神色陰晴不定，知道此時他胸中情緒紛亂，一時也不再說什麼。

過了好一會兒，楊群吸了一口氣，帶著微微顫抖的口音緩緩道：「那白鐵軍等人對此事看法如何？」

左冰道：「自是信以為真了，那神算子與顧老三委實沒有胡說的理由。」

楊群拂然道：「那倒未必。」

左冰微微一笑，雙目注視著楊群，緩緩說道：「在下與楊兄也曾交過手，楊兄的功力絕倫，一身功夫出自北魏之門該不會錯吧！」

楊群怔了一下道：「不錯又如何？」

左冰道：「那年魏大先生威迫楊陸幫主，楊幫主公而忘私，不受其脅，日後他見楊兄資材上乘，竟動了傳授之念，這一點是很明顯的。」

楊群想到自己一生身世不明，這「楊」姓何來，魏大先生每不作答，若是照如此一說，豈不是清清楚楚地解釋了麼？

他望了左冰一眼，只覺左冰面上毫無敵意，想起前兩個月時，兩人相遇真是水火不能相容，奇怪的是，自己對他也提不出一分怒恨之心。

左冰心中卻正思索道：「看來他心中早有八成接受此事，但魏定國對他之恩卻仍牢牢繫在他心頭之上。」

心念微轉，又開口道：「楊兄嵩山之行不知結果如何？」

楊群心中一慌，一時不知如何回答，過了片刻，才緩緩答道：「沒有碰見什麼僧人。」

左冰啊了一聲道：「咱們可遇上了呢！」

楊群吃了一驚，急忙問道：「詳情如何？左……左兄請說。」

左冰說道：「白鐵軍大哥與錢百鋒大伯同袂上少林，巧遇金剛院主持，曾問及昔年之事。」

楊群說道：「昔年之事？」

左冰嗯了一聲，說道：「僧人雖未針對此事說明，但卻印證了昔年許多秘密之事。」
楊群道：「昔年之事？便是土木之變麼？」
左冰點了點頭道：「不錯。」
楊群啊了一聲說道：「可是那僧人對在下身世之事，卻始終未能作明確之說明麼？」
左冰道：「那金剛院主持對此事知不甚詳。」
楊群吐了一口氣道：「此事只有一人……」
他脫口說到這裡，忽然有所警覺，感到若是說出，豈不等於自我相認？
他倏然停下來，左冰微微一頓，仍不見他開口，於是緩緩說道：「此事只有一人知之甚詳，便是那少林方丈。」
楊群大吃一驚，大聲道：「你……你怎麼知道？」
左冰道：「那方丈與北魏有約在先。楊兄，就算你找著了那方丈主持，他也不會說的。」
剎時之間，楊群驚震得好似呆了一般，腦海之中立刻現出師父一再到少林寺，對方丈主持大師所說的話來：「大師，二十年功夫雖是不短，可是你卻不會忘記那事吧！」
那少林方丈冷冷地的聲音也好像又在耳邊清晰地響起說：「魏施主，你是以小人之心度君子之腹了。」
左冰說起師父與方丈主持大師昔年有約在先，原來這兩句話所指便是如此！
這一刻，楊群的心都變冰冷了，他的眼前似乎微微發黑，幾乎有一種支持不住的感覺。耳邊又響起左冰的聲音：「可是，方丈大師在二十年前便已說了出來。」

楊群又是一驚，這一次震驚，反倒將他適才震動過度的心情平復了一點。
他緩緩抬起頭來，問左冰道：「這句話是什麼意思？」
左冰道：「二十年前，這一切經過便已記在一本書冊之上了。」
楊群驚道：「一本書冊？你看過了？」
左冰點了點頭道：「正是如此。」
楊群道：「那書冊上……」忽然一個念頭閃入他的腦際，他想起師父命自己一再追殺無敵金刀駱老爺子，為的是他所攜帶的一冊書，剎時他忍不住脫口道：「那冊書可是由駱金刀所帶？」
左冰重重地點了點頭。
楊群只覺再無不信之理，他怔怔地望著左冰，說不出一句話來。
左冰吐了一口氣繼續說道：「那冊書上明白寫出此事，百無一失。」
楊群已接受了這一個事實，他默然無語，心頭的感覺古怪得連自己也說不出來。
過了好一會兒，他忽然仰天大笑道：「你胡說，你胡說……」
話聲未完，忽地一欺身形，右掌一伸，點向左冰面門。
左冰吃了一驚，不虞他驟然發難，呼地一挪身形，閃開五尺之外。
那楊群此式卻是虛招，一點既收，左冰身形才退，他反身便走，向來路疾馳而去。
左冰被這一個變化驚呆了，他忘記喊出聲來，只感覺右後方呼地一聲，原來是白大哥跳出來。

楊群已跑遠了，白鐵軍提氣大吼道：「楊群！」

楊群疾奔著的身形回轉過來看了一眼，只見白鐵軍魁梧的身軀站在大石堆上，左冰只見他身形震動了一下，但仍舊奔走了。

白鐵軍呆呆地望著他遠去的身影，半晌也說不出一句話來。

好一會兒左冰緩緩說道：「白大哥，方才的話你全聽見了麼？」

白鐵軍默默點頭。

左冰吁了一口氣道：「你說，白大哥，楊群相信此事了麼？」

白鐵軍喃喃地道：「我也不知道……」

微風拂面，朵朵烏雲佈滿了天空。

天漸漸晚了，小林中歸鳥吱吱喳喳，對著向晚的日頭，似乎正在討論著這一天的得失。

遠遠的道上來了兩個少年男女，夕陽斜斜地曬照在他們身上，影子拖得好長，漸漸地走近小林。

那男的看看天色道：「看來今晚又得夜宿林中，真是欲速則不達，如果不貪近路走小道，此時只怕已到連陽鎮啦！」

那少女似笑非笑地道：「誰叫你走迷路了？這怪得了誰？」

少年抬起頭來，瞧著他身旁的伴侶，只見她臉上一半紅一半暗，那色彩生動極了，一句話說到口邊又忍了回去，聳聳肩笑道：

「真是倒楣透頂，我一個人長年行走江湖，這夜宿荒林哪裡算得上一回事，但妳一個千金閨秀，第一次和我遠行，便要受風霜雨露，我心中真是慚愧。」

那少女嘴一撇道：「別言不由衷，你當我不知道你心中之事？你是怪我婦道人家不該亂聽人家胡說，貪小便宜抄近路，誤了你左大俠的大事！哼，偏偏還說得這麼好聽！」

那少年正是左冰，他對自己這新婚的妻子真是敬愛交加，呵護得無微不至，又知這姑娘學究天人，聰明絕倫，什麼事也別想瞞過她一雙眼睛，當下點點頭苦笑道：「我心中雖是這麼想，但現在說的可是真心話啦！」

那少女正是凌姑娘，她自從嫁給左冰，對這多情俊雅、雍容不羈的丈夫，真是得意之極，她見左冰誠摯的說著，心中又是歡欣又是傷心，不住地想道：

「女孩子最珍貴也最渴望的是什麼？便是一個多情郎君，我從前每天胡思亂想，想助爹爹闖出一番驚天動地的事業，現在想起來真是可笑極了，現在我除了想每天和他廝混在一起，重複講些不知講了多少遍的話，我還有別的希望嗎？那些攻戰謀略、詩詞歌賦，我哪裡還有一點點興趣了？可是他這次爲什麼一定要堅持和我離開十天，十天我可怎麼過得了？」

她想著想著，心中不禁發癡了。

左冰只道她在生氣不言，當下連忙道：「我……我可真的……真的沒有怪妳，妳別多心。」

凌姑娘心中一陣溫暖，不禁伸手輕輕握住這多情夫婿右手，眼眶都紅了，半晌說不出一句話來，心中暗暗想道：「他人聰明是不用說的了，又溫柔體貼地對待我，這真是我前生修來的福氣，但他偏生性情粗枝大葉，有時候只一廂情願地想，根本不曾理會得到我心中的事。」

但想到左冰那種雍容不拘、快樂活潑的天性，正是自己最最喜歡的，心中不禁愈想愈是柔情千縷，真恨不得伏在他懷中又哭又笑。

想至此，不禁暗罵自己道：「我真是人在福中不知福哩！如果他是那種斤斤計較、俗不可耐的人，我會如此一心一意愛他麼？」

兩人手握著手，目光相對，無限柔情直傳到對方心中深處，互相微微一笑，一切均莫逆於胸，這時夕陽上放出最後一道光芒，不一會，天色真的暗下來。

左冰柔聲道：「咱們到林中找塊平地，收拾一下，吃點東西充飢，多虧是妳心細，不然今晚可得挨餓了！」

凌姑娘當下點點頭，兩人手挽手走進林中。

這林中並未太深，但是奇怪的是盡多參天古松，一條清澈小溪橫過林中，地上除了清清爽爽松針枯葉，並不見雜草叢生，倒是清雅潔淨。

凌姑娘一看，心中先生幾分好感，笑吟吟地道：「這地方可不壞，比起那些小鎮骯髒的客棧可高明得多了。」

左冰天性活潑快樂，一看林中一派天然景致，心中一高興接口道：「能讓妳這金枝玉葉、眼界高於青天的小姐讚上一句，山林有知，也該深自慶幸了。」

凌姑娘白了他一眼道：「你胡說些什麼，你心中仍把我看做高不可攀的人麼？無心之言，最是畢露真情，你倒說個清楚。」

左冰一怔，脫口答道：「妳……妳難道不是容若天人，學若翰海，當今天下第一才女麼？誰敢說妳不是，便請他出來較量一番。」

凌姑娘裝腔作勢幽幽地道：「那是以前的事了，我不願提起，我現在什麼也不是，只是……喂，你說我是什麼？」

左冰搔著不知所措，想了半天道：「現在是……現在是……現在還是一個聰明伶俐，能夠看穿天下一切疑難的姑娘。」

凌姑娘搖頭連道：「也不是，你……你有時看起來真是聰明得很，尤其是武學方面，彷彿不點即通，天生就會似的，但有時卻笨得……笨得像豬一般。」

她話才一出口，便懊悔極了，感到自己說得太重，怎麼能對他說出這種話來？

左冰被她一激，他原本不是笨人，當下恍然大悟，心中又驚又喜，身子連翻幾個觔斗，口中道：「我知道了！我知道了！」

凌姑娘含愧帶媚的瞟著他道：「什麼？」

左冰一吐舌頭道：「妳現在是我左冰的妻子！」

凌姑娘心中一喜，不禁又有些羞澀，臉上紅暈現露，幽幽地道：「你幾時把我當作你妻子看待？」

左冰見她臉色悲悽，當下湊上前去柔聲道：「我總覺得妳跟著我受苦，我心裡很不好受，妳不會生氣吧！」

凌姑娘再也忍不住哭了起來，哽咽道：「你……你怎麼還說這種話？」

左冰默然，他知自己對這突來事變尚未完全清楚來龍去脈之前，如果再多開口，只會把事情弄得愈來愈糟，雙眼帶著愧色，注視著有若帶雨梨花的妻子，一句話也說不出。

凌姑娘哭了一會兒，見對方並無動靜，但這年輕的夫婿，那雙深若海洋的眼睛中，正流露出令人心碎的憂鬱，當下憐惜之情大生，再不忍刺激於他，強自忍淚，抬頭對左冰道：「你……你以後不准再說這種話，聽到沒有？」

左冰道：「不講了，但妳爲我受苦，我心中……心中……」

他尚未說完，凌姑娘嗔道：「廢話！我不要再聽一句像這樣的廢話，好哥哥，你答應麼？」

左冰雖然心中仍是莫名其妙，但聽到她最後一句親暱的稱呼及可憐的要求，直覺如果不立即答應，那真是有負凌姑娘的一片情意了，當下連忙點頭道：「我答應，我……我發誓不再講了！」

凌姑娘微微一笑。她痛哭後初露笑容，便若旭日初升，左冰又驚又喜，心道這場風波已過。

但忽見凌姑娘正色地道：「上次你衣衫破了，你不拿給我替你補綴，爲什麼偷偷自己躲在房中補，你當我不知道麼？」

左冰笑道：「原來是這些事麼，妳……妳也未免太小題大做了。」

凌姑娘一本正經地道：「什麼小題大做，我是你……你妻子，難道這些事都要你自己動手麼，你這大傻蛋，你可不知道我當時多麼傷心哩！」

左冰道：「那你爲什麼當時不說？」

凌姑娘哼道：「我說出來還有什麼意思？哼，我就想讓你自己感覺到。你想想看這連衣服破了也要你親自動手補縫，這是我做妻子的光采麼，哼，別人還不知我是凶成什麼樣子哩！」

左冰愧然道：「我只道這些事都是舉手投足之事，何必要勞別人動手，從前我行走江湖之時，又有誰替我管這些小事了？我不學會又怎麼成？」

凌姑娘受嬌地瞟了他一眼，低聲說道：「現在可不同了，你既然娶了我，便不能像從前一樣，這樣會使我受不了的。」

左冰當下心中真是又甜蜜又是驚訝，緊緊摟著凌姑娘道：「我真不敢想像，世界上沒有什麼比愛的力量更偉大的了。」

凌姑娘伏在他懷中，太幸福後的感觸只是想哭，她心中暗暗不停地道：「我不能哭！我不能哭！」但眼淚畢竟還是忍不住直掉了下來。

凌姑娘忽然輕輕推開左冰含淚笑道：「你餓了吧，我替你煮點東西吃。」

左冰陶醉在柔情蜜意之中，根本便忘記飢餓，他捨不得馬上拋開這溫馨的感受，口中強辯道：「哪裡，我可一點不餓。」

凌姑娘輕笑道：「不餓肚皮怎麼會叫？」

左冰臉一紅，他這時被凌姑娘一提，當真感到飢腸轆轆，心想定是剛才緊緊抱著凌姑娘之時，自己肚子不爭氣，竟然發出抗議了，但他此時心中憂慮之事已然拋到九霄之外，活潑天性又顯露出來，當下故意正色，一本正經的道：

「古人說『秀色可餐』，眼前有這樣如花似玉的美姑娘，怎會餓了？唉肚皮呀肚皮，你也太不爭氣了吧！」

凌姑娘聽得一笑啐道：「你嘴巴真是愈來愈油了，再過幾天，炒菜的小媳婦兒都不用買油啦！」

左冰笑得打跌。

過了一盞茶時光，菜燒好了，左冰瞧得凌姑娘眼色，凌姑娘臉上笑盈盈，伸手打開熱騰騰飯鍋，親自又替左冰盛上一碗飯，自己盛了小半碗，左冰當下伸手接過，慢慢吃了起來。

兩人又吃又談，這頓飯餐得真是香甜。兩人收拾好用具，已是月兒當天，林中除了風吹動林，沙沙亂響，四周是一片寂靜，左冰道：「明兒還要趕路，休息了吧！」

凌姑娘忽然堅決地道：「冰哥！你爲什麼一定要和我分開十天？」

左冰道：「將來事後我一定告訴妳，現在告訴妳於事毫無幫助！」

凌姑娘道：「你們漢人說『嫁夫隨夫』，你……你是怕我和你一起來受難麼？你到現在還不知我心麼？」

左冰仍是堅決的道：「妳以後便知道了，妳答應我這一次，我以後一生都聽妳的話，又不是多久，只有十天功夫。」

凌姑娘還想說，但見他目中堅決果敢，動人之極，心中已有盤算，不再多說。

兩人靠在樹旁，輕聲聊了幾句，凌姑娘知道他必有大事，不敢耽誤他睡眠，過了一會，她聽到左冰發出輕輕均勻呼吸聲，睜眼一看，只見月光下他臉色安詳，那英俊的輪廓，真像一個天真無邪的孩子。

凌姑娘心想：「明天中午便要分手了，我原故意走小路迷路，好把時間拖延，但如他真有急事，我可不能耽擱他，他此行一定是凶險重重，不放心我，才讓我在連陽等他十天，我……怎麼辦呢？如果真的纏著要跟去，他分心照顧我只怕更多凶險，對，還是只有暗中追隨他身後。」

好不容易天明了，兩人洗漱已畢，立刻啓程。不到一個時辰到了連陽，兩人選了一家酒店，擇了一個臨窗的位子，叫了酒菜，這時兩人都是離愁縷縷，默默黯然相對。

時間過得很快，凌姑娘看看天色，知道別離在即，當下一振精神，仔細叮嚀，她雖決心跟在左冰身邊，但仍忍不住一遍遍叮囑。

左冰點點頭應是，看看天色不早，便對凌姑娘道：「妳好好保重！我盡快回來！」

凌姑娘雙眼淚水盈眶，堅持送他到了郊外。

左冰不離別是不成了，當下一狠心，揮揮手道：「妳好生注意自己身子，別成天擔心。」說完大步而行，心中忽然感到一陣無比的悲傷，真有一去不回的不祥之兆！

當下忍不住又回頭看了一眼，只見凌姑娘猶自帶淚揮手，佇立道旁，左冰長吸一口氣，心中暗自忖道：「左冰啊！左冰！爹爹數十年不冤之白馬上便要見真相大白了，你還不振作精神起來面對戰鬥麼？」

當下豪氣一生，大步飛馳而去。

七九　梟雄夢斷

天空飄浮著雲層，逐漸隨風勢密合起來，一朵一朵雲漸漸地將天空佈滿，越堆越厚，朔風加勁地吹拂著。

的確已有相當的寒意了，塞北平原終於有了盡頭，已到了山峰連綿之境。

那一望無垠、廣大無邊的平原，這時彷彿在天邊盡處依靠在起伏的山峰之上，天空厚厚的雲層，緊緊罩在山峰上，似乎遮蓋著一直到山腰部分。

西方和北方連峰接岫，環列而起，稍近處的山，仍可清晰看見山上堆著積雪，這等氣候之下，高原上早已降雪了。

這時道上走著一個少年，一襲灰衫，還是簡單的夾布袍衫，在這麼冷的氣候裡，的確顯得有些單薄。

那少年似乎絲毫不感覺風勢寒冷，他足下匆匆趕路，從一身風沙僕僕看來，這少年必定已走了很長一段路程了。

少年面上隱隱帶著一絲焦急之色，他仰首望了望天色，只見他雙眉軒飛，鼻如懸膽，氣度超逸，正是匆匆趕向塞北的左冰。

左冰別了凌姑娘，帶著滿懷的柔情，卻因逐漸接近塞外，化為了勃勃生氣與滿懷熱血。

他想起這件事立刻便要到最後的關頭，總是忍不住感到一陣心跳。

「爹爹與錢大伯應早已到達了吧，就是白大哥也應該到了，他們現在想必只等我一人了！」左冰心中暗暗想道。

他暫時將凌姑娘的事放在一旁，思考著這最後的一件事，他默默想道：

「北魏一生罪孽深重，殺人難以數計，此刻真相已白，總算抓著他的證據，他一人再是三頭六臂，本事通天，咱們有爹爹、錢大伯以及白大哥，縱使他有許多徒弟，勝算是穩穩在咱們手中。」

但是每當他一念及此，總有一個抑止不了的想法，那北魏決不會如此輕易失敗的。

也不知是什麼原因，他一念及北魏蒙著黑巾，一身黑袍的裝束形態之時，他心中便有一種不寒而慄的感覺。

他加快腳步，又走了有半個時辰，沿著官道望去，只見不遠處有一個鎮集，心中一想，不如明日再行趕路，今日先在鎮中歇息一夜再說。

到得鎮上，找了一家較為寬敞的客棧休息了一會，次日清晨起來，只覺精神煥發，甚為充沛。

他估計了一下路程，大約再走半天便可趕到約定之處，於是吃了早飯後再度上路。

白天道上行人相當多，左冰不好施展輕功，只是加快足步而已。到了中午時分，又到了一個鎮集，這便是約定之處了。

那約定之處原是丐幫在塞外的一個小小分舵，這時丐幫組織又逐漸擴張起來，雖遠在塞外，亦設有分舵，是以全國南北消息甚爲靈通。

左冰來到鎮上，不難便找到了那分舵所在，他走了進去，只見人影一閃，一個人迎門而出，正是白鐵軍本人。

左冰啊了一聲說道：「白大哥，你來此幾天了？」

白鐵軍微微一笑道：「前天到的，倒是左老伯和錢前輩早已至此，快進去相見！」

左冰隨著白鐵軍進入後室，見過錢百鋒與左白秋，左白秋望了望左冰道：「冰兒，那凌姑娘可見著了？」

左冰微微臉紅，道：「見著了，她說等孩兒再去時，便隨孩兒一同回中原來。」

左白秋微微一笑道：「如此甚好。」

左冰望了望白鐵軍，只見白鐵軍面色紅潤有神，想來那內傷早已痊癒，於是說道：「爹爹，白大哥的大仇已報了。」

左白秋點點頭道：「那銀嶺神仙一生行事，正邪難判，總算白老弟能察明元兇，掌報血仇，那楊幫主在天之靈，也可以安息了！」

白鐵軍黯然吁了一口氣。

錢百鋒點了點頭道：「現在，只剩下魏定國了！」

左白秋道：「咱們開門見山，直接下書投柬，約他一見如何？」

錢百鋒道：「我也有此意，想那魏定國一生自視極高，絕不會臨陣脫逃的。」

左白秋點了點頭道：「咱們總不必全部署名在約柬之上？」

錢百鋒略一沉吟道：「我有一個建議。」

左白秋道：「請說吧。」

錢百鋒微微一頓，轉過頭來望了望白鐵軍一眼，口中說道：「那柬書之上，只寫我一人之名吧！」

白鐵軍微微一怔，隨即會意，緩緩說道：「北魏設計陷害錢前輩於不義之境，身負奇冤，這事由錢前輩出面再妥當不過。」

他想到北魏雖對楊陸之死有直接關連，但楊陸乃錢百鋒一生至交，錢百鋒捨名之舉，也有一半是由於楊陸的喪命，所以錢百峰要以一人之名向魏定國要這血債，白鐵軍自是不好硬以楊陸之名下書投柬！

錢百鋒聽白鐵軍如此說，點了點頭道：「這一帶已可算是北魏勢力所及之處，據說魏定國在鎮外有一處居處。」

白鐵軍知道大約這幾日錢百鋒與左白秋兩人已經打聽清楚。

錢百鋒頓了一頓，接著說道：「雖則魏定國行蹤飄忽，但咱們若正式投出書信，想來他的門下一定會儘速通知於他。」

左白秋點點頭道：「咱們不如在柬上說明，就在他那居處相會如何？」

錢百鋒點了點頭，略一沉吟道：「時間方面，由他還是由咱們決定？」

白鐵軍想了一想道：「若是由他決定，他還得帶給咱們回信，不如咱們說定五日之後登門相拜吧！」

左白秋與錢百鋒一齊頷首道：「如此甚好。」

既已決定，便動手寫了信柬，落款人是錢百鋒三字。

錢百鋒望著那大紅的拜柬，心中微生感慨，當夜便送過去。於是四人便耐心等候五日，準備到時候赴約。

好不容易等到五日，四人便一齊赴約而去。

那北魏居處位於鎮郊，四人行走僅半個時辰便已來到。

左冰只見那地方原來是一棟獨立的屋子，沒有什麼出奇的地方，離官道約有二十丈之遙，一眼望去，房屋前後一片靜悄悄沒有動靜。

錢百鋒駐下足來，忽然對面道上緩緩走來一人。

左白秋閃目一看，只見那人一身僧衣打扮，原來是一個和尚。

那和尚並未注意到四人，只因道上仍有行人，那和尚來到近處，轉身便向那房屋行去。

錢百鋒低咦一聲道：「這和尚也要到那屋中？」

左白秋又注視了幾眼，可惜光線太暗，實是分辨不出面目來。

錢百鋒低聲說道：「咱們不如在此觀望一會兒吧。」

白鐵軍道：「咱們最好略略隱蔽身形。」

四人找到一片樹林，就站在道邊，只見那和尚緩緩走到房屋之前，舉手叫門。

屋中緩緩燃起燈火，然後大門一開，那和尚對房內的人也不知說了什麼，然後緩步進入屋中，木門隨後又關上了。

左白秋與錢百鋒對望了一眼，白鐵軍低聲道：「這和尚難道是北魏請來助拳的？」

左白秋點了點頭道：「很有可能。」

錢百鋒道：「只是不知這和尚究竟是什麼人，瞧他出入房屋自如，想來必是熟客了。」

左冰道：「爹爹看清了他的面目麼？」

左白秋搖了搖頭道：「天光太暗加上距離甚遠，分辨不清，不過瞧那行動的神態，似乎並非見過的人。」

白鐵軍插口道：「咱們現下如何？」

錢百鋒道：「自然是照去不誤，看來北魏八成已在等候咱們了。」

左白秋略一沉吟道：「以我之見，咱們分兩批進去，錢兄先去，我隔一會便來。」

錢百鋒並不明白左白秋此舉是何用意，思慮了一下，想起此行真是萬萬不可失敗，那北魏何等人物，既知自己公開挑戰，一定備有種種計策，雖然己方已佔絕對優勢，但終須謹慎一些才是。

想起這一點，立刻點點頭道：「如此甚好，我先與白老弟去吧。」

白鐵軍點了點頭，兩人正待動身，突然只見那房屋大門再度開啓。

四人齊吃了一驚，錢百鋒與白鐵軍兩人連忙收回跨出的足步，再度隱身樹影之下。

只見方才進屋的和尚這時又走了出來，匆匆向來路走回。

四人對望一眼，登時感到這和尚有些神秘的氣氛，只見他進出，也不知究竟是什麼身分。那和尚一會兒便走得不見蹤影，左白秋忽道：「咱們現在不如一齊進去吧。」

四人心中都急於知道究竟，便一齊來到房門口。

錢百鋒走在前面，尚未舉手扣門，只聽呼的一聲，木門陡然大開。

屋內一道強光直射而出，眾人定睛一看，只見一進門便是一間極大的大廳，四壁之上燃起火燭，窗口全掛了黑布，是以屋外看不見什麼光亮，屋內卻是燈火輝煌，形同白晝。

錢百鋒昂然跨入大廳，只見大廳正中坐著一個老者，錢百鋒識得，便是那名震天下、心機無雙的魏大先生！

左冰與北魏相見，尚未見他拉下面上黑布，這時總算看得一清二楚，只見魏定國相貌自成一格，雙目之中流露出一種特別的氣度，頷下略蓄尖型鬚髯，在略嫌瘦削的臉上，顯出冰冷的神情來。

魏定國望著錢百鋒以及身後的三人，面上神色絲毫不變，朗聲說道：「錢兄別來無恙？」

錢百鋒低低哼了一聲，也自朗聲道：「錢某五日以前投柬，今日前來寶宅，倒叫魏先生久候了呢！」

魏定國微微一笑道：「哪裡的話，錢兄沒頭沒臉的等魏某二十年，魏某等錢兄這一刻又算什麼？」

他說得輕鬆，錢百鋒聽在耳中卻是甚不受用，他本是火性脾氣，這時只覺一股怒火直沖上來，冷笑了一聲說道：「那昔年土木堡的事，若說你魏定國不覺羞愧，我錢百鋒還談得上沒頭沒臉麼？」

這句話分量不輕，魏定國被說得面上微微有些掛不住，他吁了一口氣，冷冷說道：「錢兄說話須得有憑有據，好在此處別無外人，否則難免會引起誤會。」

錢百鋒冷冷一笑不語。

魏定國微微頓了一頓，又接著說道：「說實話，錢兄忽然下手找尋在下，尚不知究竟爲何？」

錢百鋒微微一哂，冷靜地道：「錢某想仔細問問魏大先生幾件事情。」

魏定國嗯了一聲道：「自你錢兄由落英塔中出來後，與魏某相逢多次，每次總是免不了要說問問魏某幾件事，今日終有機會在此一會，魏某預備好給錢兄問個痛快清楚！」

他口中邊說，雙目掃過站在錢百鋒身側的左白秋、左冰，然後停在白鐵軍身上。

白鐵軍沉著的面色，好像在冷靜之中流露出幾分堅毅，一時之間看不出深淺。

左白秋忽然上前一步，緩緩開口道：「既是魏兄如此說，咱們也不必旁敲側擊，說話繞圈，乾脆開門見山直問直答如何？」

魏定國微微一笑道：「且慢……」

他左右一揚雙手，大廳兩側各自走出數人來，兩旁一共走出十多人，登時大廳之中熱鬧起來。

左白秋、白鐵軍等人忍不住四下打量，只見那兩邊走出的人均是少年，一望之下，有好幾人甚爲眼熟，心知全是魏定國門下，這批少年曾到中原行動，和左冰、白鐵軍交手過，所以兩人一望便知。

這些少年功力均甚爲高強，有些還身兼北魏以及銀嶺神仙兩門之長，白鐵軍雖不怕他們，但他們人多勢眾，倒也不容忽視。

左冰一眼看去，正好看見一個少年自左方走出，面上神色木然，正是魏定國最得意之徒楊群。

左冰心中一動，特別留神那楊群，只見他並不注意四下情形，只是亦步亦趨跟隨著大家。

魏定國等四下眾人都站定以後，微微一笑道：「既是要問得清白，咱們不如當著眾人說個清楚如何？」

左白秋望也不望兩旁的人，冷冷地道：「二十年前，老朽在塞外隱逸，突被蒙面客驚震，以致練功走氣，拚命逃走，那蒙面客卻窮追不捨，以至在荒山雨夜之中與錢老弟巧會，老朽在二十年中思索不絕，這蒙面人究竟是誰，爲何要找上老朽，總是不得其解，近日豁然開朗，這蒙面人便是魏兄吧？」

他一語直言，單刀而入，四周的人聽了都微微有些動靜，魏定國卻是面不改色，嗯了一聲道：「還有什麼問題一併說出，魏某一次作答如何？」

錢百鋒忍不住接口問道：「你找尋五步追魂手唐弘，下毒害死中原群豪、烏氏雙傑，嫁禍於錢某之身，設計陷害楊陸，仍將罪名移之於我，錢某與你前無恩仇，素未謀面，今日你得好好說一說到底是什麼原因了！」

魏定國冷哼了一聲。

左白秋接著道：「楊陸捨生，錢兄失名，均是你一人所賜，左某受騙，千里請援兵撲空，再一回頭已無可挽救，這些事你都還記在心中麼？」

他與錢百鋒早有默契，雖說是直言直語相問，卻始終不提出中心問題，以待北魏的態度再作應變。

魏定國聽到這裡，雙目一閃，突然仰天哈哈大笑，好一會才道：「魏某以爲兩位投書下柬指名叫陣，一定有什麼驚人之舉，可惜問來問去均是陣腔舊調，魏某拒絕相答！」

錢百鋒面色陡然一沉，立待發作，左白秋心中忖道：「果然不出所料，他是抱定一個賴字。」

他心中一轉，口中淡淡地道：「魏定國，今日可容不得你說一聲拒絕呢！」

魏定國面上的笑容一僵，望著左白秋深沉的面色，幾乎衝口而出的狠話登時收了回來。

二十年前魏定國與左白秋親手相對，自那時起他便知這姓左的乃是平生大敵，這種無意義的狠言大話對他而言也委實無趣！

魏定國一轉怒氣，冷冷地道：「是麼？」

左白秋冷冷道：「只因你已失去拒絕的立場！二十年前之事，咱們可說已一目瞭然，水落石出，你回不回答早已失去重要性，咱們只是想試一試，名震天下、歷久不衰的大先生，究竟是否有一人做事一人承當的氣魄！」

魏定國臉色大變，他第一個念頭便是，那駱金刀的布包已掉在對方手中，並已被對方詳讀過了，登時明白這四人找上門來，乃是要和自己一決生死，除此之外，決無他途可循。

他立刻意識到自己已陷入極險之境，但他乃是一代梟雄，心中所思，面上卻絲毫不露驚惶神色，只是冷冷地道：「左兄此言太過分了。」

左白秋接著說道：「今日一見，所謂北魏魏大先生，原來也是縮頭縮尾之人，不敢承認分毫！」

魏定國怒道：「左白秋，你要魏某承認什麼，你說便是。」

左白秋淡然一笑道：「魏大先生還要裝聾作啞麼？」

魏定國忽然呼地一聲站了起來，雙目瞪視著左白秋一瞬不瞬，怒聲道：「左白秋，你心中知道魏某什麼便說出來，我魏定國可容不得別人胡言亂語，加罪於身！」

他說得聲色俱厲，左白秋暗嘆一口氣道：「這人好會裝作！」口中噓了一口氣說道：「真要老夫說麼？」

魏定國冷笑一聲道：「魏某等候不及了。」

左白秋陡然面色一沉道：「你要奪瓦剌之位，出賣民族，屠害武林、下毒、嫁禍之事不說，在荒屋中要下殺手滅老夫之口，與周公明勾結，以少林金剛院主持騙老夫一遭，計騙山野和尚埋伏星星峽中突襲楊陸，哪一件事你姓魏的敢說你沒有參與？」

魏定國冷笑一聲。

錢百鋒緊接著道：「那姚藥師姚九丹為你所囚，嚴刑逼供，還放火燒他滅口，不是你姓魏的還有別人？」

左冰忍不住插口說道：「還有那郎倫爾。」

魏定國聽那郎倫爾三字心中一跳，錢百鋒緊接著便道：「不但對我朝下手，便是瓦剌方面，郎倫爾國師受計所算，慘墜絕谷之中，抑鬱二十年，你這一身鮮血，十世也難以沖洗！」

這些話說將出來，有如流水行雲，字字落地有聲，四周的人雖均爲北魏門下，但不料北魏手段如此，真是處處下手，步步心機，都不由暗中生寒。

魏定國索性緘口不語，只聽左、錢兩人數說，到錢百鋒說完，他仰天大笑道：「原來如此！」

左白秋與錢百鋒望著他一瞬不瞬，等候他緊接而來的話。

魏定國微微一頓，沉聲說道：「原來是周公明告知各位的！」

錢百鋒冷笑道：「魏先生一再下手要除周公明、駱金刀，奪搶這一本秘本，始終無法如願以償……」

他話未說完，魏定國已插口說道：「魏某一再想奪得這本秘本，便是要看看周公明到底如何說我，剛才兩位既如此說，原來周公明是如此寫的，也真是心黑手辣，他雖與我魏某有過節在先，豈可含血噴人，留下這等秘本？可惜……可惜他已死無對證，否則非得對面相質不可！」

這一番話好似早有準備所說，一口氣說出，暗推暗賴，左、錢兩人料不到魏定國竟然採取此種手段，由此可見魏定國對於此事可說不惜一切，但求成功了。

左白秋與錢百鋒兩人一怔，一時尚答不出話來。

那白鐵軍陡然猛吼一聲道：「魏定國，你別想再賴了！那一年你夜闖山東丐幫總舵，以錢百鋒之名一夜之間下了殺手，擄去楊幫主親生嬰兒作爲要挾，你可沒有料到雷六俠拚死相追，雖爲你打得四肢殘缺，卻終能留下活口，他的指認難道又是與你有過節麼？姓魏的，就是我白某武林後學，也萬萬不料你竟是這等畏首縮尾的窩囊廢！」

白鐵軍這幾句話字字貫足真力，直震得大廳之中嗡嗡亂響，聲勢驚人，加上他句句在理，那魏定國再是裝傻，這時面上也掛不住，再加以白鐵軍提出丐幫被挑之事，那雷六俠迄今未死，魏定國心中一震，一時倒無言可對。

魏定國心念電轉，張口說道：「白鐵軍，那年丐幫之事，與老夫……」

他才說到這裡，忽然一個冷冷的聲音自他身後一字一字說道：「師父，你別多說了。」

魏定國好比觸電一般呼地反過身來，只見楊群滿面激動，雙目之中射出異乎尋常的光芒，一眨也不眨地注視著自己。

魏定國忽然感到心中一冷，這一個古怪的感覺是他從來未有的現象，霎時之間他只覺心中冷了一半，怔怔地注視著楊群，他低聲說道：「群兒，你說什麼？」

楊群喃喃地道：「他們什麼都知道了。」

錢百鋒冷冷地道：「魏定國，你親手撫育楊陸嫡傳之後，難道又存了什麼野心麼？」

魏定國大大震動了一下，臉上神光登時好比死灰一般，他注視著楊群，只見楊群那無助的神光，突然魏定國呼地回過身來，整個面上泛出騰騰的殺氣！

大廳之中起了一陣騷動，難道這楊群乃是楊陸之子？

北魏注視著錢百鋒，咬牙切齒地道：「姓錢的，咱們一切不必多說，你要如何，劃出道來，魏某今日倒要瞧瞧這二十年來你姓錢的功力精進如何！」

他只覺心中有一種無比的空虛之感，立刻取而代之的是狂暴的殺機。

錢百鋒望著他那狂暴的面孔，冷冷一笑說道：「錢某就等你這句話……」

他話聲未落，驀然大廳木門呼地被推了開來，兩個人影一前一後步入大廳。

緊張的情勢稍爲一滯，眾人的目光立刻注視著木門，只見當先一人正是方才入而復出的那個和尚，和尚身後跟有一人，白鐵軍看了只感心中一熱，竟是自己恩師南魏魏若歸。

魏定國的目光通過和尚，停留在魏若歸身上，也瞧不出此刻他心中在想些什麼，面上一片陰沉。

那和尚走入大廳，嗯了一聲，四下打量了數眼，哈哈一笑道：「今日這裡可熱鬧哩，魏定國，老衲又帶來了一位貴客！」

魏定國的目光注視著魏若歸，這兩個齊名並稱的蓋世奇人終於又在一堂之中相見了。

魏若歸冷哼一聲，望了望左白秋、錢百鋒等四人，微微頷首打了招呼。

那和尚不理四周情勢，只是開口說道：「魏定國，你請老衲來助拳，老衲卻遇上了這位老先生，實在無法擺脫，只得一齊來了。你要老衲和哪一人動手，快快講吧，老衲打完了好立刻上路！」

他說得好不輕鬆，魏定國的目光一閃，沉聲說道：「山野大師，你先爲魏某壓陣如何？」

這「山野大師」四字一出，左、錢等人才恍然而悟，原來這人便是那山野和尚，想那山野和尚武功絕世，料不到這時刻又被北魏請到，左、錢兩人心中微凜，暗自忖道不可大意分毫！

那山野和尚四下又打量了一番，搖搖頭道：「魏定國，你少囉嗦，要打一齊動手，還分什麼先後，你說哪個是勁敵，老衲先會會再說！」

魏定國這時已存心一拚，不再猶豫，冷哼一聲道：「大師，這個姓左的，你先試一試吧！」

說著一指左白秋，山野和尚雙目如電，掃在左白秋面上，只見左白秋傲然而立，絲毫瞧不出深淺，分明已到了韜光晦略之境，他乃是百年武學大家，一看便知此人乃是大敵，不由吸了一口氣，大聲道：「不錯不錯。」

他一拂僧袍，踏步上前，忽然身邊冰冷的聲音響起說道：「大師且慢。」

山野和尚回過頭來，只見魏若歸淡淡地站在身邊，他皺了皺雙眉，冷然道：「什麼事？」

魏若歸道：「咱們一同進來的，若是老朽不動手，大師也不便動手吧？」

山野和尚噢了一聲道：「你要攔阻老衲？」

魏若歸淡淡地道：「正是如此！」

山野和尚笑了一笑，驀然之間袍袖一動，左掌一揮，一股暗勁直湧而出，他突起發難，那內力發出已臻化境，絲毫沒有勉強，魏若歸霎時已覺內力如山壓體而生。

他心知這和尚功力蓋世，不敢心存半分大意，右掌陡然一切而出，借勢一晃，左臂平平伸出，已然發出全身功力！

呼地一聲，兩人站身不過三尺之距，在這等近距離中竟各以最高內家真力相碰，若是有一方力道微有不逮，立將震傷，毫無緩衝的餘地！

左、錢等人自然知道其中情勢，是以登時緊張起來，只聽呼的一聲，魏若歸內力後發先至，身形一晃退了一步，那山野和尚全身一震，也移後一步！

山野和尚吃了一驚，注視著魏若歸，心中暗忖要想闖過這人，恐怕萬分困難了！

錢百鋒吁了一口，他的注意力集中在魏若歸的身上，未留神魏定國面上陡然殺氣一濃，猛地一蹲身形，雙掌暴擊而出，口中遲遲吼道：「接招！」

他一招純粹是存偷襲之心，口中雖呼出「接招」，但掌勢早已遞出！

錢百鋒猛可側過身來，這時魏定國全力發出的掌勢已然及體不及三尺，他心中暗呼一聲糟了，但他已存心與魏定國拚個你死我活，是以雖已處於劣勢，依然不避分毫，嘿地吐了一聲，左掌斜翻，硬撞而出。

兩股力道一觸，錢百鋒內臟一陣劇烈震動，心中暗道這北魏好強的內力，同時身形不由自主向後一仰！

北魏得勢不放，立刻連環出掌，第二掌自壓胸而擊。

錢百鋒雙足釘立，就是不退分毫，他望著北魏的第二掌，自己右掌一合，疾削而起，掌緣帶起嗚嗚風聲，這一剎時他已發出「玉玄歸真」的心法！

魏定國雙掌連環交相下擊，一掌重似一掌，錢百鋒被困在固守之勢，他硬挺著一掌一掌還擊，一連對了七掌，錢百鋒只覺心口一跳，知道自己內力消耗太多，但這時刻早存了拚命之心，忽然他大吼一聲，體內真力陡然逆轉，竟在這氣血不順之時，拚命勉強發出「天雷氣」的功夫！

這「天雷氣」功夫乃是錢百鋒一生絕藝，威力絕倫，只是此刻才發，已覺內力不繼，是以一轉一合之間，自己防身內力突衰，北魏掌力長驅直入，已震在自己內臟之上。

只覺一口鮮血直湧而起，忍不住吐了出去，但他仍咬牙散去護心真氣，依然發出「天雷氣」。

北魏一掌得手，仰身後退，他料不到錢百鋒拚命發出「天雷氣」功力，那內力遲發後至，連綿長久，魏定國才一落足，陡然心口一重，已為內力所擊。

魏定國大驚失色，連忙提氣護住心脈，但這時已感覺左方一股尖銳勁風，他心中一寒，知魏若歸已遙遙發出「修羅指力」，這「修羅指力」的威力他心中有數，只得勉力一側身形，卻再也避不過右方左白秋急急拍出的內力。

魏定國原已為「天雷氣」所傷，這時再被左白秋的「劈空掌」力所擊中，登時身形一個踉蹌，整個身體好比裂開一般。

但他內力造詣已至爐火純青之境，猛然吸了一口真氣，這等沉重的傷勢居然被他壓抑起來，只覺頭腦為之一清。

他忽然向後一躍，反手一把扣住站在身後的楊群，口中喘氣，面上流露出一種淒厲神色道：「住手！」

這下變化太過突兀，左白秋扶住錢百鋒，呆呆地望著楊群，白鐵軍想他乃是義父嫡子，不由大為緊張。

魏定國大聲喘息，一字一字地道：「好，好，我魏某撫育楊陸之後二十年，今日便毀去你，也是應當！」

楊群一言不發，只是怔怔地望著師父。

魏定國雙目充滿著毒火，他的門人早被這些突變驚呆了，況且面臨諸人均是天下高手，他們一時間不敢輕舉妄動。

魏定國心中自知傷勢極重，但他到底心機大異常人，方才那一種拚命似的狂暴，逐漸又趨於冷靜，頭腦一清，第一件事便是想到如何得以脫身！

這一個念頭一衝入腦中，他立刻顯得機智起來，他已知握住了一個有力的人質，於是他的腦筋開始飛快的轉動起來。

四周的人都震驚得呆住了似的，錢百鋒、左白秋、白鐵軍望著楊群，真是一時之間不知所措，不過由於北魏面上神色的轉變，他們已知道北魏方才那種同歸於盡的狂暴已趨於平和，他現在必在想如何脫身的問題，也就是說，楊群的生命暫保留下來了。

但是，如若他果然以楊群爲人質逃去，自己方面究竟如何下手？難不成眼睜睜望著他已受傷之身，飄然而去？

明顯的事實是魏定國已受了內傷，更明顯的事實，就算讓北魏一走了之，他帶著楊群，難保不在離開之後再下殺手。

一時之間，左、錢、白三人都覺心中左思右想不知其解，那北魏面上也是一片沉思之色。

左白秋張目一望，突然發現不知什麼時候，左冰已靠在對面石柱側方，距那魏定國不到三步之距。

左白秋心中一緊，只見左冰面色鎮靜如常，右手緊緊握著那柄奇珍「魚腸」寶劍。

這一剎時，左白秋幾乎不敢相信自己的雙目，他只覺心中一陣狂跳，雙目不由自主斜看那魏定國，只見魏定國面上陰沉，口中微微喘息。

左白秋心中閃過一個念頭，暗暗忖道：「讓冰兒試一試，那魏定國已受重傷，身後反應不夠靈敏，只怕他門下弟子只要一見冰兒露身，立刻便出手阻攔……」

但在這當兒之中，也再容不得他多加考慮了，他陡然吸了一口氣，瞠目大吼一聲道：「魏定國！」

這三字他乃是用足了全力，直震得整個大廳簌簌而動，北魏只覺心中一震，知道他故意將聲音之中灌注真力，自己內傷甚重，心中不由震得一痛，雙耳嗡嗡作響，他勃然色變，正待發話，突然只覺背心一涼，一種古怪無比的感覺陡然襲遍他的全身！

左冰幾乎不敢相信，那鋒利蓋世的短刃竟然沒入魏定國的背心，順利得未遇到任何阻礙！

左冰一鬆手，本能地一把抓住楊群向後一帶，魏定國再也無法抓緊楊群的脈門，左冰只覺手中一重，楊群已到了手中，他猛可一個反身倒竄而出，落在父親身旁。

整個大廳好比死一般寂靜，幾十道眼神注視著魏定國一瞬不瞬，過度的震驚使任何人都像是忘記了動作一般。

只見魏定國滿臉絕望、淒涼的表情，那魚腸劍插在他背心之上，他彷彿忘記了痛苦，忘記了一切，只是靜靜地站著，雙目中空洞無比，也不知注意著誰。

誰也預料不到，結局會是如此，魏定國只覺眼前是一片昏天黑地，他仰天悲嘆一聲，剎時滿目全是一片鮮紅，也分辨不清是鮮血或是烈火，深紅的顏色中透出一個個人面，使他感到有一種出奇的疲倦，疲倦得分辨不出任何人來，終於，他合上了雙目，仰天一跤跌倒在大廳地上！

四周仍是一片寂靜，寂靜得幾乎連呼吸之聲均可清晰聽聞，漸漸地，北魏的門人一個一個靜靜地走到北魏身前，默默行禮，然後緩緩退出大廳！

他們沒有抬頭望眾人一眼，也沒有再看楊群一眼，每個人面上全是一片淒涼悲慘的神情。

等到最後一個弟子離開大廳，那山野和尚陡然仰天嘆了一口氣道：「魏定國，想不到老衲在二十年後趕來爲你送終，天網恢恢，疏而不漏，你且受老衲一禮。」

他說完合十一禮，望了望魏若歸，滿面都是寂落神色。

左白秋扶著錢百鋒，望著驚駭初定的左冰，忽然白鐵軍大吼道：「不好！」

眾人一齊吃了一驚，注視著白鐵軍。

白鐵軍大吼道：「咱們快向前走，這大廳前後埋了炸藥！」

他話聲未落，已伸獨臂扶著錢百鋒向外便走，其餘諸人自然緊緊跟隨，飛快地向門外竄去。

才奔出不及二十丈的距離，只聽身後轟然一聲巨響，那大廳整個屋頂被炸得飛在半空，四分五裂，大樑倒在地上，登時燃燒起來，形成一片火海。

眾人停下足來，回身望著那熾燃的火勢，心中暗暗生寒，若是再晚一步，真要粉身碎骨了！

火勢越燃越是猛烈，霎時滿天一片紅光，夜風隨著大火，陣陣熾熱的空氣吹拂過來。

左白秋扶著錢百鋒，吁了一口氣，回首對魏若歸道：「有勞大俠仗義出手。」

魏若歸微微一笑道：「哪裡的話，魏定國一生橫行，恐怕也料不到這樣一個結局！」

左白秋微微嘆了一口氣道：「二十年前土木堡之事至此總算結束，眼看著這場大火，左某彷彿又看見那一年遍地烽煙的情況……」

魏若歸點點頭道：「一切都是上天安排，魏定國逆天行事，他雖有蓋世奇才，總是成事在天啊！」

左白秋道：「那山野和尚也不知是邪是惡，卻這麼走了。」

魏若歸微微一笑。

忽然白鐵軍焦急道：「楊群呢？左老弟……」

左冰怔怔地道：「方才咱們飛奔出來，我好像看見他自左方窗戶之中疾奔而去了，他顯是不願留下見我們。」

錢百鋒喃喃嘆了一口氣道：「這孩兒雖已明知爲楊陸之後，但魏定國對他二十年撫育之恩有如一個死結在他心中，只要見著咱們這些逼死北魏的人，他內心便不會平靜下來。」

火吞飛捲在半空，散發開成點點火星，攜著白煙裊裊。

左白秋嘆了一口氣道：「隨他去吧，秋風吹衣，綠波東流，誰教離斷愁腸淒淒，永成憔悴罷休。」

天際昏暗，漫天雪花狂舞，平原上一片冰晶，遠處稀疏幾棵枯樹，也漸漸埋蓋在皚皚白雪之中。這時，從左面斜坡上走下一人一騎來，那馬通體全黑，並無一根雜毛，立在銀色大地上，尤其神駿得出奇，馬上一個身披厚襖的大漢，一面微抖韁繩，縱馬走將下來。

北風正自怒號，馬上人舉目四面看了一下，只覺一片茫茫，分不出任何景物，他伸手從背囊中取出一個小皮袋來，仰頭咕嚕灌了兩大口烈酒，呼出一大口熱氣，又匆匆向前走去。

漸漸的，在那雪花橫飛的前方，地平線上出現一座模糊的塔影，馬上的大漢舉手揮去了眉睫之間的積雪，輕聲嘆了一聲：「落英塔，落英塔……」

他夾了夾馬肚，那黑馬十分神駿，雖在沒脛積雪之中，仍然放蹄前奔，只見四蹄揚處，雪粉飛起，一人一騎奔到塔前，馬上大漢一勒韁繩，馬勢停了下來。

只見那頹壁廢石間，一座破塔巍巍然矗立在雪白的地上，讓人一望而生幽然懷古之嘆，馬兒行到塔前，自動停了下來，馬上大漢舉袋又飲了兩大口烈酒，把酒袋藏在鞍下，輕輕躍下馬來。

他停下身形，只見他傾耳聽了一會，然後悄然一躍到了古塔左面，落地了然無痕。他悄然繞到塔後，只聽得塔內傳來一陣嗚嗚怪響，他暗暗忖道：「這分明是一種最上乘的奇門內功，這時候，有誰會在落英塔裡與人動手？」

那嗚嗚怪響愈來愈是尖銳，這大漢皺了皺眉暗道：「這古怪的內功竟是我平生未見過，而功力之深，已達登峰造極之境，卻不知是何等人物？」

他悄悄地從塔後小門跨入，黑暗中只覺兩股強不可測的掌風交織而過，一剛一柔，那剛強之勁甚是熟悉，柔軟之勁卻是陌生無比，他腦中靈光一閃，當下大喝道：「兄弟！是你？」

黑暗中一人答道：「大哥！是你！」

只聽得那嗚然之聲驟停，接著轟天一震，這大漢一伏身形，大聲喝道：「兄弟，不可硬架！」

黑暗中那人喘息強笑道：「大哥放心，一掌還要不了我的命！」

這時黑暗中另一個陌生的口音道：「楊群，你不是我對手，還是跟我走吧！」

黑暗中，那人喘息叫道：「大哥閃開，讓我衝出來再作道理！」

門口大漢一個閃身，只聽得黑暗中一連五六聲驚天動地的巨震，接著如閃電般兩條人影接踵而出。

前面一人身形踉蹌，後面一個身著朱紅袈裟的胖大和尚，口中大呼道：「楊群，你走不了的，快跟我走吧！」

前面那人才一落地，反身就是連環十掌劈出，出手之快，取位之準，勁道之強，已達駭人震世的地步，十掌之間一氣呵成，毫無破綻。

閃在塔門邊的大漢忍不住大喝道：「兄弟，好掌法！」

那胖大和尚用一種古怪已極的身法閃了過去，同時之間還了三掌，無一不奇，卻無一不厲害絕頂，他口中喝道：「楊群，你是這世上唯一已得北魏真傳之人，何不跟了我去共參舉世無雙的神妙奇功？」

楊群一連倒退三步，氣喘連連。

站在塔門口的大漢這時一躍而至，大喝道：「住手！」

那胖大和尚斜眼睨了他一眼道：「你要幹麼？」

那大漢道：「大和尚，你要打也不用急，先說出了道理來，憑什麼要叫楊群跟你走？」

那胖和尚呵呵笑道：「老衲平生嗜武如狂，目下武功雖已堪稱天下無雙，卻知若能把魏定國那幾手鐵掌神功融於一爐，那便是達摩始祖再世，也不過如此了，是以要楊群跟老衲回去，共同參研一番，這是光大武學的好事，不料楊群這小子竟不識抬舉……」

他還待說下去，那大漢已打斷道：「就是這個原因麼？」

那胖和尚臉色一沉：「反正他願也罷，不願也罷，老衲要帶他去，還有人能說不麼？」

那大漢道：「不錯，請……」

他一面說請，卻一面橫身阻於胖大和尚之前。

胖大和尚冷笑一聲，大喝道：「讓開！」

他舉手一帶，那嗚嗚怪響立起，一股不可思議的古怪掌力對準那大漢當胸推來，那大漢雙目圓睜，精神凜凜地注視著那一股奇不可測的掌風迎面而來，驀地裡大喝一聲，猛可一掌拍去！

只聽得震耳欲裂的掌聲一連響了三聲，那胖大和尚全身紅袍飛裂，那大漢滿頭長髮散下，兩人之間的距離從五丈變成了一丈。

過了半晌，那胖大和尚一字一定地問道：「你……請教大名！」

那大漢挺立如山，宏聲答道：「白鐵軍！大師你……」

那胖大和尚一聽到白鐵軍三字，仰天大笑打斷了白鐵軍的話聲，他笑聲有如巨浪出壑，震得四周積雪爲之崩落，然後大聲道：

「白鐵軍！好個白鐵軍！有你在中原，老衲尚稱不得天下第一，罷罷罷！後會有期！」

他說罷轉身就走，兩個起落就走得不見蹤影，只留得一地寸斷紅袍。

白鐵軍轉過身來，對著楊群道：「兄弟，你沒事吧？」

楊群苦笑道：「沒事，這和尚乃是西蒙剛丘喇嘛寺首席主持烏龍大師。」

白鐵軍道：「那古怪內功實是深不可測。」

楊群點了點頭沒有說話。

白鐵軍道：「兄弟，你怎麼到這裡來……」

他問了一半就忽然住口，因爲他發現這個問題那麼幼稚，楊群爲什麼來落英塔，他自己爲什麼要來這裡，不是同樣的理由麼？恩恩怨怨，就從這座破塔始，多少年來，多少英雄棄骨荒野，目下萬事俱了，便算是來憑弔一下這座古塔吧！

楊群沒有回答，只是微微地一笑。

白鐵軍沉默地望著那古塔，也不知過了多久，兩人默然地立在雪地上。

白鐵軍緩緩地轉過身來，對楊群道：「兄弟，丐幫大事全交在你手上了。」

楊群道：「大哥你……」

白鐵軍道：「我該走了。」

楊群想說什麼，但只默然點了點頭。

白鐵軍走到馬前，伸手取下那袋烈酒，向楊群揮了一揮，楊群搖了搖頭，只低聲道：「大哥此去何方？」

白鐵軍長笑道：「百事俱了，我要尋個地方過幾年清風明月的日子。」

他仰頸將半袋烈酒一口氣喝乾，順手將空袋扔出數丈，翻身上馬，只道聲：「兄弟珍重。」

一夾馬腹，揚蹄如飛而去。

楊群呆望著白鐵軍縱馬而去，漸漸隱藏在白雪坡上，他躍上了塔頂，一直望著那一個小黑點完全消失在茫茫風雪之中，才縱身躍了下來。

四顧風雪更緊，楊群只覺感慨萬端，呆立了一會兒，終於也向南飛縱而去。

遠處淡淡的雪幕，依稀可見山峰羅布，南北成列，雪峰燦爛，冰谷如鏡，好一片錦白大地！

正是——

今古事，某局勝負，翻覆如斯。嘆紛紛感觸，回首成非。剩得幾行青史，斜陽下斷碣殘碑。年華共混同江水，流去幾時回！

《俠骨關》全書完

上官鼎武俠經典復刻版16
俠骨關（五）軍國秘辛 大結局

作者：上官鼎
發行人：陳曉林
出版所：風雲時代出版股份有限公司
地址：10576台北市民生東路五段178號7樓之3
電話：(02) 2756-0949
傳真：(02) 2765-3799
執行主編：劉宇青
美術設計：吳宗潔
業務總監：張瑋鳳

出版日期：2023年9月 新版一刷
ISBN：978-626-7303-59-7
風雲書網：http://www.eastbooks.com.tw
官方部落格：http://eastbooks.pixnet.net/blog
Facebook：http://www.facebook.com/h7560949
E-mail：h7560949@ms15.hinet.net
劃撥帳號：12043291
戶名：風雲時代出版股份有限公司

風雲發行所：33373桃園市龜山區公西村2鄰復興街304巷96號
電話：(03) 318-1378
傳真：(03) 318-1378
法律顧問：永然法律事務所 李永然律師
　　　　　北辰著作權事務所 蕭雄淋律師

行政院新聞局局版台業字第3595號 營利事業統一編號22759935

定價：320元

國家圖書館出版品預行編目資料

俠骨關 / 上官鼎著. -- 二版. -- 臺北市：風雲時代出版股份有限公司, 2023.05 冊； 公分

上官鼎武俠經典復刻版
ISBN 978-626-7303-55-9 (第1冊：平裝). --
ISBN 978-626-7303-56-6 (第2冊：平裝). --
ISBN 978-626-7303-57-3 (第3冊：平裝). --
ISBN 978-626-7303-58-0 (第4冊：平裝). --
ISBN 978-626-7303-59-7 (第5冊：平裝). --

863.57　　　　　112003685